Claus Bela – Die Toleranten

CLAUS BELA

DIE TOLERANTEN

Roman

MARTIN KELTER VERLAG, HAMBURG

Verlags-Nr. 19

Genehmigte Taschenbuchausgabe für den Martin Kelter Verlag, Hamburg
Copyright 1974 by Hestia Verlag GmbH, Bayreuth
Umschlag: Nono Carrillo/Fischer
Satz und Repro: Mero-Druck Otto Melchert GmbH & Co., Geesthacht
Druck: WSOY, Juva, Finnland 1982
Mitglied von finnprind
ISBN 3-88832-019-4

»Ich hasse Bälle«, sagte Nadia. Und dann ging sie doch zum *Silver Jet Ball*. Ein Kostümfest. Veranstaltet zu irgendeinem wohltätigen Zweck. Vielleicht reizte sie der Kostümzwang. Schon als kleines Mädchen hatte Nadia Landauer eine verräterische Neigung zu Maskeraden gezeigt. Sich verkleiden, ein fremdes Gesicht aufmalen, in ein anderes interessanteres Ich schlüpfen. Als könnte sie sich auf diese Weise wenigstens für einen verspielten Moment der armseligen Wirklichkeit entziehen. So war es damals gewesen. Damals in Hongkong. Und so war es noch heute. Maskiert fühlte sich Nadia sicherer. Auf eine fast magische Weise unverwundbar.

Später fragte sich Nadia, warum ihr Unterbewußtsein sie an diesem schicksalhaften Sonnabend im Stich gelassen hatte. Im Grunde ihres Herzens hatte sie immer gewußt, daß der Augenblick der Wahrheit sie eines Tages erreichen würde. Sie hatte nur gehofft, daß er sie nicht unvorbereitet treffen könnte. Gebrannte Kinder riechen das Feuer sieben Meilen gegen den Wind, hatte sie gedacht. Und dann kam alles ganz anders...

Der *Silver Jet Ball* fand in einem zum Nobelhotel umgebauten Schloß im Taunus statt. Es schneite heftig, als Nadia vor der festlich erleuchteten Freitreppe aus dem Taxi stieg. Sie gab ihren Pelzmantel an der Garderobe ab und warf einen kritischen Blick in den Spiegel. Ihr Kostüm saß wie ein Handschuh. Ein knöchellanger Sarong aus rot-goldener Thai-Seide, vorn züchtig hochgeschlossen, dafür seitlich bis zur Hüfte geschlitzt und mit einem sündhaft tiefen Rückendekolleté. Zu gewagt? Unsinn, sie konnte sich das leisten.

Was versprichst du dir eigentlich von diesem Quatsch? fragte sie ihr Spiegelbild. Nur ein bißchen Abwechslung? Oder ein erotisches Abenteuer? Sei jetzt bitte ganz ehrlich... Wann hast du das letzte Mal mit einem Mann geschlafen? Das war — warte mal —, das war vor genau einem Vierteljahr, und es war die übliche Pleite. Bist du so wild darauf, die ungerade Zahl deiner Niederlagen und Als-ob-Erfolge aufzurunden? Großer Gott, nein! Was willst du also? Ein bißchen protzen mit deiner irren Figur, mit deinem prächtigen Kostüm, mit deinem eurasischen Maskengesicht, deinem verdammten Kühltruhen-Sex? Darauf fliegen die Kerle doch — oder? Die schöne Sphinx mit dem häßlichen kleinen Geheimnis...

Ihre Stimmung war ziemlich flau, als sie den einfallslos dekorierten Ballsaal betrat.

Du wirst dich zu Tode langweilen...

Sekunden später wurde sie unvermittelt an ihre Vergangenheit erinnert. Genauer gesagt: an die *Full-House-Bar* in der Nathan Road in Hongkong. Noch genauer: an ihre erste Liebe und bitterböse Enttäuschung. Im *Full House* hatte sie den schönen, skrupellosen Schiffsarzt Paul Rheda kennengelernt... Die Erinnerung an Paul war ein gezielter Hieb in die Magengrube. Was war passiert? Etwas gräßlich Banales: Die Big Band im Ballsaal hatte gerade zu einer immergrünen Schnulze angesetzt, »*Passion flowers in your heart.*« Nach dieser sentimentalen Melodie hatte Nadia damals in Hongkong zum ersten Mal mit Paul Rheda getanzt. Direkt in ihr Verhängnis. Ein hypnotisiertes Hühnchen, sechzehn Jahre jung und ahnungslos wie ein Firmling... Zum Teufel mit Paul Rheda! Sie hoffte ihn nie im Leben wiederzusehen. Hoffentlich war er längst zur Hölle gefahren, wo er hingehörte...

»Ihre Karte?«

Nadia riß sich zusammen und folgte dem livrierten Saaldiener. Hoch erhobenen Hauptes und ein bißchen knieweich, was ihr zum Glück niemand anmerkte.

»Die Nummer des reservierten Tisches ist auf Ihrer Karte vermerkt.«

Um so besser. Das ersparte ihr die Qual der

Wahl. Ein runder Tisch für sieben Personen, an dem noch zwei Plätze frei waren. Sie setzte sich, verstreute lässig ihr Eisblumenlächeln rund um den Tisch, bestellte Champagner-Cocktail. Was für eine haarsträubend blöde Idee, ohne männliche Begleitdogge auf so ein Fest zu gehen! Wofür halten die dich? Wahrscheinlich für eine Edelnutte. Oder für ein ausgesuchtes Exemplar der Gattung Raubfrau auf Männerfang.

Die anderen Leute am Tisch schienen sich zu kennen. Ihre Konversation ließ darauf schließen. Eine steifleinene Gesellschaft. Drei Herren und zwei Damen. Die Herren hatten sich lästigerweise erhoben. Sie wollten sich doch nicht etwa vorstellen? O doch, sie wollten. Der Dicke mit den Cornedbeafbacken im lächerlichen Sultansgewand eröffnete den Reigen:

»Gestatten, Meyer-Horbach!« Handkuß. Abschätzender Blick aus preußisch blauen Quellaugen. Schwerer Atem.

Nummer zwei hieß Kopp oder Kropp und war auch nicht besser. Ein schmalbrüstiger Brillenträger mit Segelohren. Er trug das Kostüm eines spanischen Granden, und sein Handkuß war unangenehm feucht. Die Damen — eine schwammige Geisha und ein nicht mehr taufrisches Cowgirl — wurden als Gattinnen präsentiert und waren auch sonst von mäßiger Attraktion.

Nummer drei war der Jüngste im Kreis und als

einziger eines zweiten Blickes wert. Nadia schätzte ihn auf Ende dreißig. Es ging etwas von ihm aus, das sie irritierte. In ihrer befremdlichen Verwirrung hatte sie seinen Namen nicht verstanden. Sein Handkuß war nur angedeutet. Einen Zentimeter über ihrem Handrücken. Auch das gefiel ihr irgendwie. Warum flimmerte plötzlich ihr verdammter Puls? Sie war schließlich nicht hergekommen, um sich in den Erstbesten zu verknallen. Aber — war *er* der Erstbeste? Er hatte immerhin Stil, und er sah umwerfend gut aus. Einsachtzig etwa, schwarzer Seidendomino, das Profil eines arroganten Renaissancefürsten, sympathisch hager und tiefgebräunt, das kräftige Haar dunkelbraun, links gescheitelt, weder zu lang noch zu kurz und an den bemerkenswert schönen Schläfen fast weiß.

Halte dein Herz fest, dumme Gans. Du bist schon einmal auf so ein Bild von einem Kerl hereingefallen, und das sollte reichen ...

Zunächst beachtete er sie kaum, und das fand Nadia ärgerlich. Er plauderte angeregt mit der fetten Geisha und ließ Nadia links liegen. Absichtlich? Der Platz neben ihm war immer noch frei. Erwartete er noch jemand? Eine verspätete Gattin? Natürlich war er verheiratet. Solche großformatigen Traummänner gingen doch weg wie die warmen Semmeln. Nadia warf unwillkürlich einen Blick auf seine Hände. Zuverlässige Hände, langgliedrig, kräftig, mit gutgeformten Fingernägeln. Die Hände eines geborenen Eroberers, eines Erfolgs- und Genußmenschen. Und kein Ehering. Auch kein verräterischer heller Streifen am Ringfinger. Also doch nicht verheiratet? Aber ganz gewiß nicht unbeweibt ...

*

Tatsächlich hatte Hans Schwelm seinen Ehering zu Margots Kummer gleich nach der Trauung abgelegt und nie wieder Gebrauch davon gemacht. Ohne Hintergedanken übrigens. Der Ring störte ihn. Das war alles. Aber Margot begriff das bis heute nicht.
Margot ... Während Schwelm mit der dümmlichen Frau Meyer-Horbach Konversation machte, erinnerte er sich mit einem gewissen Unbehagen an seine Auseinandersetzung mit Margot. Es hatte so harmlos angefangen. Er hatte sich bemüht, besonders rücksichtsvoll zu sein, weil Margot ihm leidgetan hatte. Diese Migräneanfälle waren wirklich schlimm. Wenn Margot Migräne hatte, fühlte Hans Schwelm sich stets auf eine schwer zu beschreibende Weise schuldig. Als wäre er die geheime Ursache ihrer krankhaften Zustände ... Zu dumm, daß er den Brief von Kristine überhaupt erwähnt hatte. Den Brief und die Tatsache, daß Kristine in ihrem blöden Internat in der Schweiz vor Heimweh umkam. Warum hatte Margot so wenig Verständnis für ihre Tochter? Kristine war ein Prachtstück. Sie

war jetzt siebzehn, und sie hatte ihrem Vater noch nie Kummer gemacht. Hatte er das Kind zu sehr verwöhnt? Margot behauptete das. Wenn es nach ihm gegangen wäre, dann säße Kristine heute nicht in diesem stockkonservativen Internat in Glion, das Margot für ihre Tochter ausgesucht hatte...

Auf der Fahrt zum *Silver Jet Ball* hatte sich Schwelm ausschließlich mit Kristine beschäftigt. Genau das war es, was Margot ihm immer vorwarf: daß seine Gedanken immer nur um das Goldkind Kristine kreisten. So war es auch jetzt.

»St. Moritz ist uns zu snobby«, sagte Frau Meyer-Horbach mit ihrem verfetteten Sopran. »Wir wollen diesmal nach Wengen. Kennen Sie Wengen?«

»Wengen wird Ihnen sicher gefallen.« Er unterdrückte ein Gähnen. Warum war er hergekommen? Er langweilte sich fürchterlich. Davon abgesehen, war die Welt des Privatbankiers Hans Schwelm in diesem Augenblick noch intakt. Kein Wetterleuchten signalisierte den Blitz, der ihn Minuten später aus schrägen Augen treffen und sein Leben schockartig verändern sollte.

»Sie tanzen wohl nicht gerne?« fragte Frau Meyer-Horbach mit aufdringlicher Koketterie.

»Ich bin untröstlich«, log er mit einem Ausbruch von Charme. »Aber ich hab mir beim Skilaufen den Knöchel verknackst.« Abscheulicher Gedanke, sich mit dieser transpirierenden Zwei-Zentner-Geisha übers Parkett zu quälen.

Natürlich war ihm nicht entgangen, was für eine Schau die Neue am Tisch war. Was war ihm als erstes an der schönen Unbekannten aufgefallen? Der Panthergang? Etwas an ihrer Haltung? Sie hatte sich mit der scheinbar absichtslosen Grazie einer jungen Wilden durch den Saal bewegt. Als trüge sie einen unsichtbaren Tonkrug auf dem Kopf. Nichts daran wirkte eingeübt. Trotzdem vermutete Schwelm, daß sie Tänzerin war. Oder Photomodell? Oder eine von diesen Luxusbienen der Frankfurter Halbwelt? Was auch immer: Er hatte bestimmt nicht die Absicht, mit ihr anzubändeln. Billige Abenteuer kamen für ihn nicht in Frage. Schon wegen Kristine nicht...

Die Big Band spielte jetzt einen Wiener Walzer. Süß wie Sachertorte. Die Herren Meyer-Horbach und Kropp tauschten ihre Gattinnen artig aus und stürzten sich mutig ins Gewühl.

»Schwindeln Sie immer so charmant?«

»Sind Sie immer so direkt?« fragte er zurück und schnippte die Asche von der Brasil.

»Je nachdem«, sagte die Fremde gedehnt. Ein flüchtiges Rot stieg in ihr Gesicht mit den auffallend starken Backenknochen.

Für seinen Geschmack war sie zu maskenhaft geschminkt. Das Make-up betonte ostentativ den asiatischen Schnitt ihres Gesichts, die Schrägstellung ihrer Augen, den Schwung ihrer Lippen. Bei Gott, sie war schön. Am meisten verblüffte ihn die Farbe ihrer Augen. Ein undurchdringliches Eisvogelblau. Eine blauäugige Eurasierin? Der Kontrast war atemberaubend. Ob sie eine Perücke trug? Das starke, blauschwarze Haar war hinten zu einem einzigen Zopf zusammengeflochten.

»Der Zopf ist echt«, sagte sie mit einem ironischen Lächeln.

»Können Sie Gedanken lesen?«

»Wenn es einem so leicht gemacht wird.«

»Und ich habe gedacht...«

»So, haben Sie...?«

Albernes Vorhutgeplänkel.

»Das mit dem Knöchel war tatsächlich eine Notlüge. Außerdem mag ich keinen Walzer. Sie etwa?«

Sie schüttelte langsam den Kopf. Der schwarze — echte! — Chinesenzopf mit den eingeflochtenen — echten? — Perlen bewegte sich wie der Schweif einer gereizten Pantherkatze.

»Wenn wir den ganzen Schuppen hier für uns allein hätten — dann vielleicht. Aber selbst dann: Sie sollten an Ihren Knöchel denken. Und an die verletzliche Eitelkeit korpulenter Damen im kritischen Alter.«

»Sie sind wirklich sehr taktvoll.«

»Man soll gewisse Spielregeln nicht ohne triftigen Grund verletzen«, sagte sie und zwängte eine Zigarette in die lange Jadespitze.

Er beugte sich über den leeren Stuhl, um ihr Feuer zu geben. War das der in ungezählten Romanen beschriebene Moment, wo der Funke übersprang, der Blitz zündete? Die Berührung ihrer Hände war beinahe unkörperhaft flüchtig. Ihre Blicke kreuzten sich, und dieser Schock leidenschaftlichen Erkennens war bedeutsamer als eine Umarmung. In diesem Augenblick war eigentlich schon alles geschehen, vorweggenommen, die Wendemarke überschritten.

Liebe auf den ersten Blick? Warum denn gleich so melodramatisch? dachte Nadia. Sie rauchte eine Spur zu hastig... Hast du's nicht eine Nummer kleiner? dachte sie mit selbstkritischer Ironie. Eine zufällige Begegnung, flüchtig wie Zigarettenrauch. Zufall ist die Anziehungskraft des Bezüglichen, hat irgendein Dichter geschrieben... So eine Art Elektromagnetismus. Man soll das nicht überschätzen. Letzten Endes ist alles ein chemischer Vorgang.

»Was dagegen, wenn ich mich zu Ihnen setze?«

Sie verneinte mit einem distanzierten Lächeln, und wieder setzte sein Herz für einen Schlag aus. Er rückte neben sie auf den Platz, der eigentlich für Margot bestimmt gewesen war. Arme Margot. War ihm eigentlich bewußt, daß er Margot in Gedanken bereits betrog?

»Ich habe Ihren Namen vorhin nicht verstanden.« Ihre rauchige Stimme hatte einen unbestimmbaren Akzent.

»Schwelm. Hans Schwelm. Und Sie?«

»Nadia.«

»Haben Sie auch einen Nachnamen?«

»Nadia genügt.«

»Also — Nadia. Ich frage mich schon die ganze Zeit...«

»Wo ich wohl herkomme. Aus Hongkong. Ich bin dort geboren und aufgewachsen.«

»Sie sprechen sehr gut deutsch.«

»Kein Wunder. Mein Vater war Berliner. Ich bin sozusagen ein Bastard. Meine Mutter stammt aus Singapur. Die blauen Augen hat mir mein irischer Großvater mütterlicherseits vererbt. Das war bedauerlicherweise alles, was er mir vermachen konnte. Wollen Sie noch mehr wissen?«

»Bedeutend mehr. Was halten Sie davon, wenn wir zusammen durchbrennen?«

»Nicht viel. Sie vergessen wieder einmal die Spielregeln.«

»Ich erinnere mich: Man soll gewisse Spielregeln nicht ohne triftigen Grund verletzen. Und wenn ich jetzt einen triftigen Grund hätte?«

»Ich warne Sie«, sagte Nadia mit einem Anflug von Heiserkeit. »Versprechen Sie sich nicht zuviel. Am Schluß ist Ihr Ruf ruiniert, für nichts und wieder nichts.«

»Keine Sorge. Das Risiko nehme ich auf mich. Oder fürchten Sie in Wirklichkeit um Ihren eigenen Ruf?«

»Du liebe Güte, nein«, sagte sie hart. »Da ist nichts mehr kaputtzumachen.« Warum zum Teufel

lügst du? dachte sie betroffen. Warum spielst du ihm dieses Nuttentheater vor? Warum zum Teufel kannst du dich nicht so geben, wie du wirklich bist? »Es geht wahrhaftig nicht um mich«, sagte sie noch eine Spur härter. »Herr im Himmel, ich weiß doch, was in Ihren Kreisen erlaubt ist und was nicht.«
»Sehe ich aus wie ein Spießer?«
»Sagen wir — wie ein Bourgeois. Wie ein Mann, der eine nicht ganz unwichtige Rolle in der sogenannten Gesellschaft spielt, der schon viel erreicht, aber seine Karriere noch nicht hinter sich hat. Und der demzufolge gewisse Rücksichten zu nehmen hat.«
»Und wenn ich es mir leisten könnte, diese gewissen Rücksichten nicht zu nehmen?« Er winkte dem Ober. »Sie erlauben doch, daß ich Ihre Rechnung mit übernehme?«
Sie machte eine gespielt gleichmütige Schulterbewegung.
»Vermutlich können Sie sich auch das leisten. Und noch etwas mehr... Okay, Sir. Ich habe Sie gewarnt.«
»Sie sind vollkommen entlastet«, sagte er lachend. »Wir sollten von hier verschwinden, bevor der Walzer unsere reizenden Nachbarn an den Tisch zurückschwemmt.«
Einerseits ärgerte Nadia die Selbstverständlichkeit, mit der dieser notorische Erfolgstiger über sie verfügte. Auf der anderen Seite... Sie seufzte un-

hörbar und warf die Zigarette in den Aschenbecher. Wahrscheinlich hält er dich für ein fatales Frauenzimmer, für eine Hochglanzhure. So scharf, wie der rangeht... Eine Dame aus seinen Kreisen würde er zurückhaltender umwerben. Bei einer Halbweltlady — für die er dich offenbar hält — spart man sich die Präliminarien...

»Gehen wir?«

Er lotste sie, die Hand an ihrem linken Ellenbogen, durch das Gedränge zum Ausgang. Die Berührung war ihr nicht unangenehm. Sie war auf nervöse Art gespannt, wie es weitergehen würde.

Das fragst du noch? Frage dich lieber, warum du das mitmachst.

»Darf ich Ihre Garderobenmarke haben?«

Sie ordnete ihr Haar vor dem Spiegel, puderte ihre Nase, diese kurze asiatische Katzennase mit den empfindsamen Nüstern. Ihre Hände zitterten nicht. Sie war jetzt unnatürlich ruhig. Wie örtlich betäubt. Aber in ihren Augen war ein Ausdruck wacher Aufmerksamkeit. Sonst verriet ihr Gesicht nichts.

Im goldhellen Hintergrund des Spiegels sah sie ihn kommen. Er trug jetzt einen fellgefütterten Überzieher und ihren Ozelotmantel über dem Arm. Der lose um den Hals gewundene weiße Seidenschal wirkte betont lässig. Als er ihr in den Pelz half, fühlte sie die trockene Kühle seiner Hände auf der bloßen Haut. Sie fröstelte dabei.

»Ich habe ein Taxi bestellt.«

Draußen atmete sie tief durch. Es hatte aufgehört zu schneien. Die Luft war schneidend kalt wie eine geschliffene Klinge. Zwischen zerrissenen Wolken blitzten eisige Sternsplitter. Wie eine Schafherde standen die Wagen auf dem verschneiten Parkplatz.

Er hatte ihr geraten, im warmen Foyer zu warten, und war allein vorausgegangen. Warum befolgte sie seinen Rat nicht? Sie schritt vorsichtig die glatten Stufen hinunter und stand — von ihm unbemerkt — nur zwei, drei Meter hinter ihm, als etwas Unerwartetes geschah.

Eine kleine Gestalt löste sich aus dem bläulichen Halbschatten und flog Schwelm entgegen. Offener Lammfellmantel über feuerroten Kordjeans, die in hohen Pelzstiefeln steckten. Ein Mädchen, fast noch ein Kind, ein großäugiges, langhaariges Nymphchen. Die Waschbärmütze fiel ihr vom Kopf, als sie in Schwelms Armen landete.

Nadia stand wie angefroren. Verschwinde, bevor es eine häßliche Szene gibt! sagte ihr Verstand. Aber ihre verdammten Beine machten nicht mit.

Schwelm schob den langhaarigen Engel sanft von sich. Er sagte etwas, das Nadia nicht verstand. Ein wenig steif vollführte er eine halbe Körperdrehung. Jetzt erst bemerkte er Nadia. Der elende, flehende Ausdruck in seinem Gesicht rührte und empörte Nadia gleichzeitig. Alle Selbstsicherheit schien von ihm abgefallen. Er öffnete den Mund und schloß ihn wieder. Wie ein ertappter Hühnerdieb ließ er die Schultern hängen. Der Blick des Mädchens glitt wach, argwöhnisch von Schwelm zu Nadia und wieder zu Schwelm.

Plötzlich war der alptraumhafte Bann gebrochen. Ohne eine Miene zu verziehen, wandte Nadia sich ab und ging ohne Hast ein paar Schritte zur Seite. Als sie die Scheinwerfer des Taxis über die Böschung der Auffahrt kriechen sah, wäre sie vor Erleichterung fast in Tränen ausgebrochen.

*

»Wer war das?«

»Keine Ahnung«, sagte Schwelm. Seine Stimme klang eigenartig fremd und rauh. »Warum fragst du?«

»Nur so. Ich habe gedacht, du kennst sie. Weil du sie so ulkig angesehen hast.«

»Ich kenne sie überhaupt nicht.«

»Da bin ich aber froh. So'n angemalter Superflapper paßt doch gar nicht zu dir. Und ich hatte schon eine Scheißangst...«

»Sei nicht albern, Kleines. Ich will jetzt endlich wissen, was dein plötzliches Auftauchen zu bedeuten hat. Du bist doch nicht etwa durchgebrannt?« Der Schock saß ihm noch in allen Gliedern. Er hörte das Taxi abfahren. Die Enttäuschung war mörderisch. Andererseits war er erleichtert. Was für eine groteske Situation: von der eigenen Tochter beim Anlauf zu einem Seitensprung überrumpelt zu werden.

»Bist du sehr wütend? So kenne ich dich gar nicht.«

»Du hast meine Frage nicht beantwortet.«

»Keine Gardinenpredigt, bitte. Ich finde es schrecklich, wenn du in diesem Ton ...«

»Schon gut, Kristine. Beruhige dich.« Er konnte sie nicht weinen sehen.

»Ich hab's im Internat einfach nicht mehr ausgehalten.« Rührend kindliche Schnupfenstimme. »Du kannst dir nicht vorstellen, was für eine grauenvolle Ziege die neue Direktorin ist.«

»Woher hast du gewußt, daß ich hier bin? Von Mami?«

»Um Himmels willen! Mami ahnt noch nichts von ihrem Glück. Sie hat schon gepennt. Jedenfalls war kein Licht bei ihr. Warum ist Mami eigentlich nicht mit auf den Ball?«

»Migräne«, sagte er, und Kristine nickte verständnisvoll.

»Ich habe Kaminski aus den Federn geholt. Er hat mich rausgefahren. Er wartet drüben mit dem Wagen.«

Kaminski war sein Chauffeur. Ein Muster von Verschwiegenheit. Sie setzten ihre Unterhaltung im Auto fort. Als Kaminski das Taxi später überholte, sah Schwelm für einen winzigen Moment den

Schatten der Fremden im Fond. Nadia. Und er kannte noch nicht einmal ihren Nachnamen. Sollte er dem Zufall oder Kristine dankbar sein, weil er oder sie ihn vor einer Riesendummheit bewahrt hatten? Er empfand keine Dankbarkeit. Nur diese stumpfe, würgende Enttäuschung.

»Du bist irgendwie komisch, Papi. Und ich Rindvieh habe gedacht, du wirst mich verstehen.« Sie schüttelte das seidenglatte Haar. Eine lebendige Mischung aus bernsteinbraunen und weizenfarbenen Strähnen. Ihre Stimme schwankte schon wieder verdächtig. »Gott, ich sehe ja ein, daß es idiotisch war, einfach aus dem Internat abzuhauen.«

»Nun mal der Reihe nach: Was ist passiert?«

»Nichts Besonderes. Du hast ja keine Ahnung, wie trostlos die Wochenenden im Internat sind. Ich hatte plötzlich die Nase voll. Ich hatte mit einmal keine Lust, noch länger in dem Scheißladen rumzuhängen. Na ja, und da bin ich eben auf und davon. Per Anhalter.«

»Bist du noch zu retten? Per Anhalter? Wenn ich mir vorstelle, was dir hätte zustoßen können...«

»Nun halt mal die Luft an, Papi. Es ist ja gutgegangen.«

»Versprich mir, so etwas nie wieder zu versuchen. Gut. Und nun hör mir mal zu, Kristine. Wenn Mami von der Sache erfährt...«

»... wird sie mal wieder einen hysterischen Anfall kriegen.«

»Nicht diesen Ton!« sagte er, aber es klang nicht besonders streng.

»Okay, okay. Ich bin ja schon still. Was schlägst du also vor?« Sie rieb den Kopf an seinem Ärmel wie ein junger Hund.

»Ich werde dich in einer netten, soliden Pension unterbringen.«

»Muß das sein?« Sie zog enttäuscht die Nase hoch.

»Es muß sein. Wegen Mami... Morgen früh schläfst du schön aus, und dann hole ich dich ab, und wir essen zusammen und unternehmen hinterher noch etwas. Kino oder so. Und abends setze ich dich dann ins Flugzeug. Einverstanden?«

Kristine nickte ergeben.

»Rufst du die Direktorin an? Sonst dreht sie durch und alarmiert womöglich die Polente. Oder sie telefoniert mit Mami.«

»Das bringe ich schon in Ordnung... Kaminski?«

»Ich habe Fräulein Kristine nicht gesehen«, sagte der Chauffeur und sah ungerührt geradeaus.

»Es ist gut, Kaminski. Und jetzt fahren Sie uns bitte zur Pension Frenkler am Palmengarten.«

Nachdem er Kristine in der Pension abgeliefert hatte, fühlte Schwelm sich etwas besser. Der Würgegriff der Enttäuschung lockerte sich. Die Erleichterung überwog.

Er nickte ein und wurde erst wieder wach, als der Mercedes vor der Garage der Kronberger Villa hielt.

Margots Fenster waren dunkel. Er atmete auf. Das war noch einmal gutgegangen.

*

In dieser Nacht schlief Nadia nur wenig. Was für ein blamabler Reinfall. Die Enttäuschung schmeckte wie Blut und Galle.

Ich möchte wissen, wer diese langhaarige Nymphe war. Seine Frau ganz bestimmt nicht. Also sein Verhältnis... So einer ist er, ein reicher Snob mit grauen Schläfen und Appetit auf Schulmädchen-Sex. Das kleine Mähnenschaf ging bestimmt noch zur Schule...

Als Nadia sich vor dem Spiegel abschminkte, heulte sie tatsächlich vor Wut. Aber das ging rasch vorüber. Sie duschte abwechselnd heiß und kalt und schrubbte sich mit wahrer Besessenheit, als könnte sie die Erinnerung wie Staub und Schminke abbürsten. Bis ihr die kindische Naivität ihres Tuns bewußt wurde. Was sie da angeflogen hatte, das ging nicht so leicht von der Haut. Das saß tiefer.

Vielleicht war das honigblonde Mädchenkind gar nicht seine Geliebte, sondern seine Tochter. Also doch verheiratet? Oder geschieden, verwitwet? Sinnlos, sich verrücktzumachen...

Zweite Inspektion vor dem Spiegel. Wenn er dich so sehen könnte, dieses ungeschminkte, überraschend junge, verletzliche Gesicht, umrahmt von tropfnassen Haarsträhnen, mit den angstvoll geweiteten Augen ... Nie wird er dich so sehen. Niemals.

Es war eine fixe Idee von ihr, keinem Mann mit ungeschminktem Gesicht zu begegnen. Nicht einmal im Bett. Ihr nacktes Gesicht kannte nur der Spiegel, Prunkstück ihrer Einrichtung, venezianisch, frühes achtzehntes Jahrhundert, auf einer Auktion erstanden.

Du bist schön, sagte der Goldgerahmte. Du hast es nicht nötig, dein Gesicht hinter einer Maske zu verstecken. Selbst im gnadenlosen Licht einer Hundert-Watt-Birne sieht man sie dir nicht an, deine siebenundzwanzig Jahre, deine verfluchten Erinnerungen, deine belanglosen Siege und schlecht vernarbten Niederlagen ...

Halt den Mund, Spiegel. Als ob es darauf ankäme.

Es gab hellsichtige Momente wie diesen, da konnte sie durch ihr nacktes Gesicht im Spiegel hindurch wie in einen Brunnen starren und auf seinem Grund das kleine Mädchen erkennen, das sie einmal gewesen war. Niemand konnte endgültiger gestorben sein als dieses Kind im Brunnen, Opfer der eigenen naiven Illusionen und eines schrecklich trivialen Verbrechens ...

Sie löschte wütend das Licht über dem Spiegel. Aber die Erinnerung ließ sich nicht mit einem Handgriff abschalten. Warum mußte sie an diesem Abend, in dieser Nacht immer wieder an Hongkong, an das triste Hotelzimmer in der Nathan

Road und an Paul Rheda denken? Warum wohl? Weil sie um Haaresbreite der Gefahr entronnen war, sich zum zweiten Mal in ihrem Leben mit Haut und Haaren an einen Mann zu verlieren. Darum. Wer sagte ihr denn, daß dieser fabelhafte Herr Schwelm mehr taugte als die schöne Bestie Paul Rheda? Was Paul ihr damals angetan hatte, das war schlimmer als Mord ...

Nicht mehr daran denken. Gegen Morgen schluckte Nadia zwei Tabletten und schlief bis Sonntagmittag durch. Der Anblick des frostblauen, leeren Himmels deprimierte sie. Sie liebte ihre kleine Wohnung im dreizehnten Stockwerk dieser unpersönlichen Wohnmaschine am Stadtrand. Mehr als allen Komfort liebte sie den Blick aus dem Fenster. Kein Gegenüber. Nur der große Himmel mit seinen wechselnden Stimmungen. Heute machte sie dieser Anblick rasend. Zum ersten Mal wünschte Nadia, sie hätte Vorhänge zum Zuziehen. Sie hatte Kopfschmerzen und ein neurotisches Verlangen nach tiefer Dunkelheit.

*

Montag, der zwölfte Februar. Schwelm war heilfroh, daß die Sache mit Kristine fürs erste ausgestanden war. Sein Sonntag mit Kristine war für beide Teile unbefriedigend gewesen. Das war natürlich seine Schuld. Er war zerstreut, mit seinen Gedanken ganz woanders. Bei einer fremden, schwarzbezopften Person mit schrägen, phantastisch blauen Augen. Er kannte sich selbst nicht wieder. Etwas Katastrophales war mit ihm geschehen, vergleichbar einer Explosion im Unterbewußtsein ...

Montag, elf Uhr. Es knackte in der Sprechanlage.

»Ihre Gattin«, sagte die sanfte Stimme seiner Sekretärin.

Was hatte dieser Besuch zu bedeuten? Margot kam fast nie in die Bank. Er ging ihr bis zur Tür entgegen und küßte sie auf die Wange. Sie duftete nach Verbenenwasser und Haarspray.

»Das ist aber eine Überraschung! Du warst beim Friseur? Es geht dir also besser. Wollen wir zusammen lunchen?«

»Ich habe Frau Meyer-Horbach beim Friseur getroffen.« Ihre Augen blickten gläsern, ihre Haut war fleckig gerötet.

»Tatsächlich?«

»Frau Meyer-Horbach erzählte mir, daß du sehr früh gegangen bist.«

»Stimmt. Ich habe mich scheußlich gelangweilt.«

»Ich war wach, als du heimkamst. Ich habe auf die Uhr gesehen. Es war fünf Minuten vor zwei.« Eine Ader klopfte an ihrem Hals.

»Und was schließt du daraus, meine Liebe?« fragte er ohne Ausdruck.

»Ich halte mich an die Fakten. Du warst mit einer Frau zusammen. Mit einer gewissen Nadia Landauer. Frau Meyer-Horbach hat die Person erkannt.

Die Landauer ist Direktrice im Modesalon Marie-Helen. Frau Meyer-Horbach hat früher dort arbeiten lassen.«

Jetzt weiß ich alles, was ich wissen wollte, dachte er und staunte über seine heitere Gelassenheit. Arme Margot, da hast du was angerichtet... Du und die Klatschtante Meyer-Horbach... Laut sagte er:

»Du glaubst doch nicht im Ernst...«

Sie unterbrach ihn mit Tränen in der Stimme:

»Bitte, lüge mich nicht an... Mit wem hast du den gestrigen Nachmittag verbracht? An deinem Hemdkragen war Lippenstift...«

Er lachte halblaut, und sie zuckte wie geohrfeigt zusammen. In dieser Situation blieb ihm nichts anderes übrig, als mit der Wahrheit herauszurücken. Mit der halben Wahrheit.

»Der Lippenstift stammt von Kristine«, sagte er und zündete sich eine Brasil an. »Ich wollte dich eigentlich damit verschonen...«

Sie lauschte seinem Bericht mit verkniffenem Gesicht, und sie bekamen anschließend wieder einmal Streit wegen Kristine. Aber diesmal berührte ihn das wenig.

*

Die Blumen kamen um halb sieben Uhr abends. Zwanzig herrliche cognacfarbene Rosen mit gefüllten Blüten.

Ihr Herz stolperte wie ins Leere. Nadia mußte sich setzen, weil ihre Beine plötzlich zitterten. Sie riß den Briefumschlag auf.

»Ich muß Sie trotzdem wiedersehen!« stand auf der Karte. Die Schrift war wie seine Hand: kräftig, zuverlässig, zupackend. »Gehen Sie heute abend mit mir essen? Ich hole Sie um halb acht Uhr ab. H. S.«

Noch eine Stunde Zeit. Sie saß wie träumend, die prachtvollen Rosen im Schoß, und versuchte vergeblich, sich über ihre sehr zwiespältigen Empfindungen klarzuwerden... Warum eigentlich nicht? Ein gemeinsames Abendessen verpflichtete zu nichts.

Sie riß sich zusammen, versorgte die Rosen, ließ ein Bad ein und machte sich an diesem Abend noch sorgfältiger als sonst zurecht. Ihr stahlblaues Seidenkostüm war genau der passende Anzug. Diesmal ließ sie das frischgewaschene Haar locker auf die Schultern fallen. Außer ihren Perlohrringen trug sie keinen Schmuck.

Ich werde unten auf ihn warten. In meiner Wohnung hat er nichts verloren. In dieser Höhle hat kein Mannsbild etwas zu suchen...

Wenige Minuten vor halb acht läutete es. So früh? Eine Welle von Panik überschwemmte sie. Nadia atmete scharf durch und nahm den Hörer des Haustelefons ab.

»Wer ist dort?« Wider Erwarten klang ihre Stimme kühl und beherrscht.

Keine Antwort. Nur ein sonderbar tonloses Lachen, das ihr eine Gänsehaut über den Rücken jagte.

»Warum melden Sie sich nicht?«

Sie wartete noch drei Sekunden und hängte dann ärgerlich ein. Gleich halb acht. Sie nahm sich eisern zusammen, machte das Licht in der Wohnung aus, verschloß die Tür und drückte den Fahrstuhlknopf. Der Lift war besetzt. Sie wartete, lauschte nervös auf das sanfte Summen, trat unwillkürlich einen Schritt zurück, als der Fahrstuhl im dreizehnten Stock hielt.

Was dann geschah, war so unwirklich wie ein Alptraum und hundertmal schrecklicher. Der Mann trug einen dunkelblauen Trenchcoat von militärischem Schnitt und einen eingewickelten Blumenstrauß in der Hand. Sein Haar war wirr und eisengrau, das Gesicht von der Tropensonne und salzigen Winden ausgedörrt. Ein dunkles Ledergesicht mit aggressiv weißen Wolfszähnen.

»Hallo, Nadinka! Da staunst du, wie?« Eine verhaßte, fast vergessene·Stimme von einem anderen, ausgebrannten Stern.

Der Schock verschlug ihr fast die Stimme.

»Hallo, Paul!« sagte Nadia stockheiser. »Wo kommst du her? Aus dem geliebten Hongkong oder geradewegs aus der Hölle?«

Es war wie ein Aufschrecken aus langem Schlaf, aus dem Teufelskreis endloser Fieber- und Tagträume. Sie hatte Paul Rheda nach fast zehn Jahren anders in Erinnerung: größer, sieghafter, schrecklicher. Und natürlich jünger. Sein Bild war in ihrem Bewußtsein eingefroren. Alterslos wie ein gefallener Engel, wie das Böse schlechthin.

»Was für ein charmanter Empfang. Immer noch die alte Kratzbürste!«

»Hast du etwas anderes erwartet?« Der Augenblick jäher Blutleere im Gehirn war überstanden. Sie war jetzt kälter als Eis und vollkommen ruhig.

»Offengestanden: ja!«

»Offengestanden: ich hatte gehofft, dich nie im Leben wiederzusehen. Woher hast du meine Adresse?«

»Von Jo-Jo.«

Jo-Jo war Barfrau im *Full House* in Hongkong. Nadia hatte ihr in einer sentimentalen Anwandlung zu Weihnachten eine Karte geschrieben. Der Teufel sollte Jo-Jo holen.

»Du hast also nicht die Absicht, mich hereinzubitten?«

»Großer Gott, was bist du doch für ein Rindvieh, Paul Rheda! Nein, ich habe nicht die Absicht, dich in meine Wohnung zu lassen. Heute nicht. Und zu keiner Zeit. Ist das klar?« Sie starrte ihn an, ohne mit der Wimper zu zucken. Der Ausdruck von Unsicherheit in seinen grünen Wolfsaugen reizte sie zum Lachen. War das der Mann, den sie einmal bis zum Wahnsinn geliebt und bis zu dieser Stunde mehr als alles auf der Welt gehaßt und gefürchtet hatte? »Außerdem bin ich verabredet«, sagte sie mit einem Blick auf die Armbanduhr. Es war halb acht. Was würde Schwelm denken, wenn er sie zusammen mit Rheda aus dem Haus kommen sah?

»Nervös?« fragte Rheda ironisch.

»Ich habe gute Nerven«, sagte sie mit einer Stimme aus rostfreiem Stahl. »Aber ich hasse es, unpünktlich zu sein.«

»Und wo soll ich nun hin mit diesem hübschen Gemüse?«

Sie tat so, als bemerkte sie die eingewickelten Blumen erst jetzt.

»Du wirst schon eine Abnehmerin dafür finden«, sagte sie und betrat vor ihm den Lift. »Wie ich dich kenne, wirst du dich mit der erstbesten Schnepfe trösten. Das Angebot in dieser Stadt ist groß.«

»Warum so giftig, Nadinka? Haßt du mich so sehr?«

Der Pfeil saß. Etwas wie Mordlust stieg in ihr hoch.

»Du bist mir grenzenlos gleichgültig«, sagte sie etwas zu rasch und spürte tief innerlich, daß dies nicht die volle Wahrheit war. Seine körperliche Nähe im engen Fahrstuhl irritierte Nadia. Er machte keinen Versuch, sie zu berühren. Jedenfalls nicht mit den Händen. Aber er hatte immer noch diese gräßliche Art, einen mit Blicken abzufingern, und es ging etwas wie Raubtierwitterung von ihm aus. Sie hatte auf einmal das Gefühl, ersticken zu müssen, wenn sie noch eine Minute länger die gleiche Luft mit ihm atmete.

»Leider kann ich dir das Kompliment nicht zurückgeben«, sagte er, und sein Atem roch leicht alkoholisch. »Du bist mir nicht gleichgültig, und ich werde darauf bestehen, dich wiederzusehen. Du hast dich wirklich fabelhaft herausgemacht. Du bist schöner als deine arme Mama in ihren besten Jahren.«

»Nur nicht so leicht zu haben!« Sie spürte plötzlich eine brennende Übelkeit in der Kehle.

»So solltest du nicht von deiner Mutter sprechen.«

»Soll ich heucheln? Der Tod ist kein Engelmacher. Aber lassen wir das.«

Sie war wie erlöst, als der Fahrstuhl endlich hielt. In der Haustür wäre sie um ein Haar mit Hans Schwelm zusammengestoßen.

»Hallo!« sagte sie ein bißchen atemlos.

»Hallo! Ich habe mir den Finger wundgeklingelt. Als sich bei Ihnen nichts rührte, hatte ich schon Angst...«

Der Rest blieb unausgesprochen. Die beiden Männer kreuzten Blicke wie Klingen.

»Herr Doktor Rheda. Herr Schwelm.« Ihre Stimme war ausdruckslos vor Kälte.

»Also dann — viel Spaß heute abend«, sagte Rheda betont lässig. »Rufe mich an, Nadinka. Ich wohne im Interconti.«

Schwelm öffnete schweigend die Wagentür und ließ Nadia einsteigen. Er war heute nicht mit dem Mercedes, sondern mit einem schwarzen MG-Zweisitzer gekommen.

»Ein Freund von Ihnen?« Er startete, und der kleine MG schoß wie eine Rakete durch den Schneematsch.

»Ein... ein guter alter Bekannter aus Hongkong.« Sie blickte durch die Windschutzscheibe starr geradeaus. »Fahren Sie immer so rasant?«

Er lachte tonlos und nahm Gas weg.

»Ich hätte nicht fragen sollen«, sagte er. »Schließlich geht es mich nichts an, mit wem Sie verkehren. Aber der Bursche war mir irgendwie suspekt. Als Bankmensch hat man einen geschärften Blick für zwielichtige Existenzen.«

»Ach, wirklich? Das hört sich reichlich arrogant an.«

»Ich wollte nichts Kränkendes sagen.«

»Wenn ich etwas auf den Tod nicht ausstehen kann«, sagte sie schärfer als beabsichtigt, »dann ist es Standesdünkel. Wollen Sie einen Rat von mir annehmen? Gut. Dann geben Sie den ›Bankmenschen‹ künftig an der Garderobe ab, bevor wir uns treffen.«

»Abgemacht. Haben Sie sonst noch was an mir auszusetzen?«

»Warten Sie es ab. Wir kennen uns ja noch kaum... Übrigens: Paul ist keine zwielichtige Existenz. Er ist Schiffsarzt und auch sonst unbescholten. Wir sind seit zehn Jahren befreundet.«

»Eng befreundet?«

Sie sagte: »Kein Kommentar!« und dachte: Warum rede ich so törichtes Zeug? Um ihn eifersüchtig zu machen? Das ist einfach lachhaft. Ihr fiel ein, daß sie sich noch nicht für die Blumen bedankt hatte. Sie holte es nach, brachte es aber nicht fertig, ihre Stimme herzlicher klingen zu lassen.

»Ich bin Ihnen wohl eine Erklärung schuldig«, sagte er hölzern.

»Was soll der konventionelle Schmus«, sagte sie heftig. »Sie sind mir überhaupt nichts schuldig... Wohin fahren wir?«

»Lassen Sie sich überraschen... Also gut. Ich bin Ihnen nichts schuldig. Trotzdem finde ich, wir sollten mit offenen Karten spielen. Das Mädchen neulich war meine Tochter Kristine. Sie war aus ihrem Schweizer Internat durchgebrannt. Ich konnte sie nicht einfach fortschicken. Sie müssen das verstehen. Sehen Sie, ich war auf diesen nächtlichen Überfall nicht vorbereitet und...«

»Schon gut. Sie sind also verheiratet?«

»Seit zwanzig Jahren. Enttäuscht?«

Etwas in ihr krampfte sich zusammen.

»Weder enttäuscht noch überrascht«, sagte Nadia hart. »Nur Ehemänner benehmen sich kopflos. Dabei war alles ganz harmlos, nicht wahr? Was zum Teufel wäre passiert, wenn Sie mich Ihrer Tochter vorgestellt, wenn Sie sich zumindest in aller Form von mir verabschiedet hätten? Aber nein. Sie sind vor lauter Verlegenheit fast gestorben. Das personifizierte schlechte Gewissen! Ein untadeliger Ehemann und Vater, der sich von Zeit zu Zeit seine kleinen Freiheiten nimmt, aber augenblicklich durchdreht, wenn man ihn dabei erwischt.«

»Wenn Sie es so sehen.«

»Wie soll ich es denn sehen? Ach, halten Sie den Mund. Und glauben Sie bloß nicht, daß ich mich beleidigt fühle. Eine Frau wie ich...«

»Machen Sie sich nicht schlechter, als Sie sind.«

»Woher wissen Sie, wie gut oder wie schlecht ich bin? Eine Frau, die, ohne sich zu zieren, mit einem wildfremden Mann...«

»Sie glauben doch nicht im Ernst, daß ich Sie deswegen für ein billiges Flittchen halte?«

»O nein. Nicht für ein billiges Flittchen. Mit sowas würden Sie sich doch gar nicht abgeben. Wie nennt man Frauen wie mich in Ihren Kreisen — unter Männern? Ich kenne mich da nicht so aus.«

Er schwieg, und sie dachte ein bißchen verzweifelt: Warum mache ich ihm diese idiotische Szene? Noch ein Wort, und ich werde alles verdorben haben, bevor es richtig angefangen hat...

»Nadia?«

»Ja?«

»Warum haben Sie meine Einladung trotzdem angenommen?«

Sie antwortete nicht gleich. Sie schüttelte eine Zigarette aus der Packung, und er drückte mit einem mechanischen Handgriff auf den elektrischen Anzünder.

»Nun? Ist meine Frage so schwer zu beantworten?«

»Vielleicht.« Sie wartete, bis das Ding wieder heraussprang. Sag jetzt um Himmels willen etwas halbwegs Richtiges, dachte sie und stieß den Rauch der Zigarette durch die Nase. »Vielleicht gefallen Sie mir. Vielleicht fehlt ein ›Bankmensch‹ in meiner Sammlung. Vielleicht will ich rauskriegen, was hinter Ihrem noblen Getue steckt.«

Falsch, dachte sie entmutigt... Ganz falsch. Was soll die Komödie?

»Na schön«, sagte er mit einem nicht ganz echten Lachen. »Versuchen Sie es herauszubekommen. Wie sind denn die Spielregeln?«

»Vor allem keine Indiskretionen. Ich will nicht wissen, wie es um Ihre Ehe steht. Und ich will nicht gefragt werden, was mit meinem Privatleben los ist. Zuviel Aufrichtigkeit ist von Übel. Danach kommt die große Langeweile.«

»Weiter.«

»Das genügt fürs erste. Ich habe etwas gegen Programme. Nur noch eines...«

»Und das wäre?«

»Sobald einer von uns anfängt, sich zu langweilen, ist das Spiel aus. Das wär's.«

Er sagte: »Einverstanden!« und berührte ihr Knie flüchtig mit den Fingerspitzen. Einen Augenblick lang war sie beinahe glücklich. Aber wußte sie seit damals in Hongkong überhaupt noch, was das war: Glück?

*

Sie aßen in einem kleinen, teuren Lokal im Taunus zu Abend. In einem von diesen modisch aufgemachten Pferdeställen mit rustikalem Flair, romantischer Kerzenbeleuchtung und viel Kunstgewerbe an den Wänden. Irgendwann fing Nadia an, von Hongkong zu erzählen. War der Wein schuld daran? Dunkler, schwerer Wein aus der Gironde. Chateau Mouton-Rothschild. Nein, sie war nicht betrunken, nicht einmal beschwipst. Sie konnte schon etwas vertragen. Dabei hatte sie plötzlich große Lust, sich zu betrinken. Vielleicht hätte sich dann dieser scheußliche Krampf in ihrem Inneren gelöst. Wie eine Eule hockte ihr zweites Selbst auf ihrer Schulter, starräugig, wachsam, heillos nüchtern.

»Ich war voriges Jahr in Hongkong«, sagte Hans Schwelm. »Geschäftlich. Eine faszinierende Stadt.«
Und Nadia:
»Ich hasse Hongkong!« Was überhaupt nicht stimmte. Jedenfalls nicht in dieser Verallgemeinerung. Die Wahrheit war, daß sie heute noch unter Anfällen von wütendem Heimweh litt. Aber wen

ging das etwas an? Mit diesem Widerspruch mußte sie allein fertigwerden. »Was wissen Sie schon von Hongkong«, sagte sie böse. »Was haben Sie von Hongkong gesehen? Die Luxushotels, die feinen Läden und Restaurants, die Teehäuser und Bankpaläste? Den Tiger Balm Garden, die siebenstöckige Pagode, die Villenviertel und die, ach, so malerischen Hausboote? Vielleicht haben Sie sich für ein paar lumpige Dollars einen reinseidenen Anzug nähen lassen. Oder zwei Dutzend Seidenhemden nach Maß. Vielleicht haben Sie für die Frau Gemahlin Perlen und Jadeschmuck gekauft. Und dann hat man Sie in die Chinesische Oper geführt, in den Cricket Club oder auf den Golfplatz an der Deep Water Bay.«

»Und wenn? Was ist daran so verwerflich?«

»Oh, nichts. Gar nichts ... Hongkong für Touristen mit dicken Brieftaschen und Photoapparaten. Hongkong für Feinschmecker und Bildungsspießer mit rosa Brillen. Eine faszinierende Kulisse. Ein exotisches Blendwerk. Die Wirklichkeit dahinter sieht verdammt anders aus. Die stinkt zum Himmel.«

»Ich bin kein romantischer Schuljunge«, sagte er leicht gereizt. »Ich bin Realist, und natürlich weiß ich, daß es ein anderes Hongkong gibt: das Flüchtlingsproblem, das Wohnungselend...«

»Das sagt sich so leicht dahin. Das wirkliche Grauen klebt zwischen den Zeilen der Statistiken.

Oder haben Sie genug Phantasie, um sich vorzustellen, was es heißt, in Hongkong arm zu sein? In einer Wellblech- oder Bretterbude zu hausen? Oder in einer Höhle oder auf einem Hausdach? Zehn, fünfzehn Menschen auf lausigen zwanzig Quadratmetern?«

»Haben Sie so leben müssen?«

»Nicht ganz so elend. Aber elend genug.« Das Mitgefühl in seinen Augen machte sie rasend. »Schauen Sie mich nicht so barmherzig an«, sagte sie. »Ich habe mich durchgebissen. Ich bin aus hartem Stoff. Ich bin wie meine Mutter. Die hatte mehr Leben als eine Straßenkatze. Die war nicht totzukriegen. Das schönste Tanzmädchen aus der Nathan Road, mit allen Lastern gesalbt. Uneheliches Kind einer heruntergekommenen Chinesin aus uraltem Mandaringeschlecht und eines irischen Matrosen. Eine irre Mischung, wie?«

»Lebt Ihre Mutter noch?« fragte er und gab sich Mühe, seine Betroffenheit zu verbergen.

»Sie starb vor zwei Jahren in London. Wir hatten uns sieben Jahre nicht mehr gesehen und auch keine Sehnsucht danach.«

»Und Ihr Vater?«

»Ein verkrachter Musiker. Als er kurz vor Kriegsausbruch von Berlin nach Hongkong ging, hatte er gerade das Konservatorium mit Auszeichnung absolviert. Vielleicht wäre er ein ganz großer Pianist geworden. Aber er hat das Exil nicht verkraftet.

Hongkong hat ihn geschafft. Hongkong, meine bezaubernde Mama. Und der Whisky. Ein versoffener Klavierspieler in der *Full-House-Bar*. Ein Träumer mit verfaulten Rosinen im Kopf. Ein genialer Waschlappen. Als er dem Schicksal die Zähne zeigen wollte, da hatte er schon keine mehr. Sein Tod war so grotesk wie sein Leben. Er stolperte sinnlos betrunken in eine Schlägerei, mit der er nichts zu tun hatte, und bekam eine Flasche über den Schädel. Ich war vierzehn, als es passierte, und ich war dabei.«

Sie hörte sich reden und dachte: Was du da erzählst, ist nur eine Viertelwahrheit. Weil du die Akzente falsch gesetzt hast... Verzeih mir, Papa, dachte sie, und die Erinnerung war wie Stacheldraht in der Brust... Verzeih, Papa, armer Papa. Aber ich hasse Mitleid wie die Pest. Niemand braucht zu wissen, wie verzweifelt ich dich geliebt habe. Die Wahrheit ist etwas zu Kostbares. Man soll sie nicht wie überflüssiges Geld aus dem Fenster werfen. Und was Mama angeht, da habe ich noch nicht einmal gelogen...

»Ich fange an zu verstehen, warum Sie so geworden sind.«

Nadia lächelte. Es war ein schiefes Lächeln.

»Sie ahnungsloser Bankmensch«, sagte sie. »Was zum Teufel reizt Sie eigentlich an mir? Eine gewisse Anrüchigkeit? Der von Gourmets so hochgeschätzte exotische Hautgout?«

»Sagen wir: Ihr Anderssein.«

»Gegensätze ziehen sich an. Eine Binsenweisheit. Wie auch immer: Noch können Sie aussteigen.«

»Und wenn ich nicht will?«

»Sie sollten es aber wollen. Bevor es zu spät ist. Ich bin ein zu harter Brocken für Sie. Sie könnten daran ersticken.«

Er nahm ihre Hand und drehte sie so, daß er die Linien darin betrachten konnte. Als er die Innenfläche ihrer Hand ganz sanft mit dem Mund berührte, stieg Panik in ihr hoch. Es war, als prallte ihr Herz wie ein plötzlich geblendeter Vogel gegen eine glasharte Scheibe.

Mach Schluß, dachte sie. Jetzt und hier. Bevor die Falle zuschnappt. Oder du wirst sein Leben kaputtmachen und er das deine ...

»Vielleicht reizt es mich dahinterzukommen, wie Sie wirklich sind.«

Sie entzog ihm die Hand, lehnte sich zurück, musterte ihn aus schmalen Augen durch den Rauch der Zigarette.

»Bei mir gibt es nichts zu entdecken«, sagte sie und zog die Unterlippe durch die Zähne. »Ich bin eine Sphinx ohne Rätsel. Wie Sie mich auch drehen und wenden. Ich bin nur Oberfläche.« Sie stand so plötzlich auf, daß sie das Glas mit dem restlichen Wein umwarf. »Und jetzt bringen Sie mich bitte nach Hause. Ich bin müde.«

»Oder gelangweilt?«

Nadia machte eine vage Schulterbewegung. Sie wirkte ganz locker in diesem Moment und unerhört überlegen. Sie war so beherrscht, daß ihr sämtliche Muskeln wehtaten, als hätte sie Kohlensäcke geschleppt.

»Es war ein reizender Abend«, sagte sie statt einer Antwort, und ihre Augen blickten kalt und klar und ein wenig abwesend. Diese eisvogelblauen Augen verrieten nichts von der Angst, die sich tief in ihr festgefressen hatte wie Rost.

Auf der Heimfahrt sprachen sie kaum ein Wort miteinander. Er fuhr schnell, aber nicht unvorsichtig. Sie hätte gerne gewußt, was er jetzt dachte. War er immer noch neugierig auf sie? Was wollte er noch von ihr wissen? Wie sie im Bett war? Oder hatte sie es glücklich geschafft, ihn abzuschrecken? Das hatte sie doch gewollt, oder?

Der Abschied vor der Haustür war kurz und fremd. Er versuchte nicht, sie zu küssen.

Wenn ich ihm jetzt ganz lässig vorschlage, noch einen Kaffee bei mir zu trinken: Wie wird er reagieren?

Sie war nahe daran, ihm diesen Vorschlag zu machen. Warum tat sie es nicht?

»Werde ich Sie wiedersehen?« Es war nichts Drängendes in dieser Frage. Sie hörte sich fast geschäftsmäßig an.

»Warum nicht?« fragte Nadia gespielt gleichmütig. »Sie können mich ja anrufen. Irgendwann.«

Später im Lift mußte sie gegen einen Weinkrampf ankämpfen.

*

Er stieg wütend in den Wagen und fuhr bis zur nächsten Straßenkreuzung. Dann tat er etwas Unbegreifliches: Wie unter einem Zwang wendete er den Wagen und fuhr ein Stück zurück.

Nadia hatte ihre fast leere Zigarettenpackung im Auto vergessen. Obwohl Schwelm sonst nie Zigaretten rauchte, steckte er sich eine an, als könnte er auf diese Weise einen geheimen Kontakt zu Nadia herstellen. Ihr herbes Parfüm haftete noch an den roten Lederpolstern. Er stieg aus. Er wußte, daß sie im dreizehnten Stock wohnte. Als dort ein Fenster hell wurde, spürte er sein Herz und gleich darauf eine eigenartige Übelkeit. Unsinn, sein Herz war in Ordnung. Dieser lächerliche Schmerz war pure Einbildung. Eine Unzahl von Fragen bedrängten ihn, während er dort stand und rauchend hinaufstarrte und in der Februarnacht fror. War sie wirklich so abgebrüht, wie sie sich gab?

Er mußte unvermittelt an Ginny denken. An diese kleine amerikanische Studentin aus South Dakota, die über ein Jahr als Aushilfe in seiner Bank gearbeitet hatte. Ein ziemlich biestiger Rotschopf mit eindrucksvollen Körperformen, etwas eigenartigen Manieren und einem entnervenden Sex-Appetit. Ginny Scott. Sie hatte nicht lockergelassen, bis sie ihn soweit hatte. Und es war einigermaßen schwierig gewesen, sie wieder abzuhalftern. Eine Zeitlang hatte er sie trotz allem vermißt. In gewisser Hinsicht. Mit Rücksicht auf Margot und Kristine und seine ramponierten Nerven hatte er allen Ginnys der Welt abgeschworen. Mein Gott, Ginny! Übrigens sein einziger echter Fehltritt in zwanzig Ehejahren. Und jetzt also Nadia. Zwischen diesen beiden Frauen gab es nichts Verbindendes.

Worauf wartete er? Auf ein Zeichen vom Himmel? Das Fenster oben im dreizehnten Stock wurde dunkel. Er warf die Zigarette in den Schnee und stieg wieder ins Auto. Warum fuhr er nicht los?

Minuten später passierte es. Aus der Tiefgarage schoß ein roter Fiat. Im Vorbeiflitzen erkannte er Nadia hinter dem Steuer, obgleich sie ein Kopftuch und eine dunkle Brille trug. Er wußte nicht, ob sie ihn bemerkt hatte. Aber er glaubte zu wissen, wohin sie fuhr. Ins Interconti. Zu ihrem zweifelhaften Freund Doktor Rheda.

Spätestens in diesem Moment wurde es Schwelm mit erschreckender Deutlichkeit bewußt, daß er bis zum Wahnsinn in Nadia Landauer verliebt war. Aber war ihm auch klar, auf was er sich da einließ? Wie ein eifersüchtiger Primaner hängte er sich mit seinem schnellen MG an den Fiat an. Er fühlte sich verraten, um etwas Einzigartiges betrogen und elend wie nie zuvor.

Nachdem sie hinter der Glastür des Hotels verschwunden war, hockte er noch fünf Minuten oder länger wie von einem Schlag auf den Kopf betäubt hinter dem Steuer. Ihm war zumute, als wäre er in zwei Teile zerschnitten, als versickerte sein Leben aus einer unheilbaren inneren Verletzung. Was blieb, war ein Gefühl absoluter Trostlosigkeit und Verwirrung.

Sie ist unter ihrer kostbaren Verpackung eine ganz miese, eiskalt berechnende Nutte. Sei froh, daß du beizeiten dahintergekommen bist...

Nein, er konnte und wollte sich nicht mit dem Gedanken abfinden, daß er sie mit anderen Männern teilen sollte. Schlimm genug, daß er es soweit hatte kommen lassen. Er verachtete sich für diesen Augenblick kopfloser Schwäche. Als er endlich die Energie aufbrachte, den Wagen zu starten, war Schwelm fest entschlossen, Nadia Landauer nicht wiederzusehen.

Es war kurz nach Mitternacht, als er in Kronberg ankam. Im Wohnraum brannte Licht. War Margot früher als beabsichtigt nach Hause gekommen? Sie war am Nachmittag zu ihrer Schwester nach Wiesbaden gefahren und wollte dort übernachten.

Er ging, von unguten Ahnungen wie von beginnendem Sodbrennen geplagt, durch die Garage ins Haus.

»Du bist schon zurück? Es ist doch hoffentlich nichts passiert?«

»Jedenfalls nichts Schlimmes. Komm herein. Du wirst Augen machen.« So gelöst, so heiter hatte er Margot seit Jahren nicht mehr erlebt.

Sekunden später hing Kristine an seinem Hals.

»Ist das eine Überraschung? Du sagst ja gar nichts.«

»Eine Verschwörung, wie?« Er lächelte unsicher. Der Druck in seiner Kehle ließ allmählich nach. »Wer von euch beiden hat denn diese tolle Idee gehabt?«

Kristine strahlte wie ein kleiner Weihnachtsbaum.

»Stell dir vor: Es war Mami! Du kannst den Mund wieder zumachen, alter Herr. Es war wirklich Mami. Sie hat heute mittag in Glion angerufen und alles geregelt.«

»Ich kapiere noch immer nicht...«

»Kristine bleibt bei uns«, sagte Margot mit ungewohnt sanfter Stimme. »Ihr Abitur kann sie auch in Frankfurt machen.«

Er fragte sich, was Margot mit diesem Schachzug bezweckte. Er konnte einfach nicht glauben, daß sie diesen Entschluß aus purer Güte und Einsicht gefaßt hatte.

»Das muß begossen werden!«

Auf der Treppe zum Weinkeller erlitt er einen leichten Schwächeanfall. Er schwitzte plötzlich und mußte sich mit beiden Händen am Geländer festhalten. Der Teufel sollte Nadia Landauer holen! Im

Grunde war er erleichtert, daß die Affäre Nadia ausgestanden war.

*

»Du bist ja betrunken«, sagte Nadia angewidert.
»Na und?« fragte Paul Rheda grinsend. »Schnaps ist der beste Kumpel. Und die beste Medizin für ein gebrochenes Herz.«
»Laß die Albernheiten. Wenn du zu besoffen bist, um dich mit mir zu unterhalten...«
»Unsinn. So besoffen kann ich gar nicht sein. Willst du dich nicht setzen? Ich kann es noch nicht fassen, daß du wirklich hier bist. In meinem Hotelzimmer. Um zwölf Uhr in der Nacht.«
»Bilde dir bloß keine Schwachheiten ein. Ich bin nicht gekommen, um mit dir zu schlafen. Und ich werde auch nicht lange bleiben.«
»Trinkst du einen Schluck mit mir? Es ist noch ein Rest in der Buddel. Komm, mach es dir bequem. Und entschuldige die schreckliche Unordnung. Ich habe noch nicht ausgepackt.«
»Jetzt wirst du auspacken, mein Lieber.« Sie setzte sich und schlug die Beine übereinander. »Ich rede nicht von deinen Koffern«, sagte sie und fixierte ihn kalt. »Ich will wissen, warum du nach Frankfurt gekommen bist. Was hast du vor?«
Er lachte heiser.
»Das scheint dich ja mächtig mitzunehmen«,

sagte er und segelte schräg wie eine Jolle bei Windstärke acht über den Teppich. Er füllte den Rest aus der Whiskyflasche in zwei Zahngläser. »Du hast von mir doch nichts zu befürchten, oder?«

Das war der wunde Punkt. Sie hätte wissen müssen, daß er ihren nächtlichen Überfall so auslegen würde.

»Ich habe keine Angst vor dir. Warum auch. Aber ich hasse unklare Verhältnisse. Die Vergangenheit ist für mich tot wie ein rostiger Nagel.«

»Rostige Nägel sind gefährlich, Nadinka. Sie können das Blut vergiften. Auf deine Gesundheit.«

»Ich habe nicht die Absicht, mir diesen rostigen Nagel ins Fleisch zu rennen. Und jetzt schieß endlich los. Was hast du hier verloren?«

»Du wirst es nicht glauben. Aber ich bin geschäftlich hier. Seit ich meinen Job als Schiffsarzt aufgegeben habe, arbeite ich sozusagen wissenschaftlich. Ich stehe in Verhandlungen mit den Farbwerken Höchst... Weißt du, Schätzchen, irgendwann kriegt jeder das Zigeunerleben satt. Außerdem ist meine werte Gesundheit ein bißchen angekratzt.«

Sie war noch nicht überzeugt. Sie trank einen Schluck, musterte ihn über den Rand des Glases hinweg und fragte sich, was an seiner Geschichte gelogen war. Aus der Nähe betrachtet, wirkte er tatsächlich krank. Das Weiß in seinen Augen war gelblich verfärbt. Sein Mund war schlaff geworden. Er hatte den Kragen aufgeknöpft, und Nadia sah mit einer gewissen Genugtuung, wie alt und mager sein Hals war.

»Du hast dich wirklich fabelhaft herausgemacht, Nadinka«, sagte er schwerzüngig.

»Danke. Und du bist ganz schön abgetakelt.«

»Du wirst dich wundern, Kindchen. Ich bin noch lange nicht am Ende.« Seine Augen wurden trübe wie schmelzendes Eis. »Die kleine Nadia«, sagte er und atmete röchelnd. »Das häßliche Entlein aus der Nathan Road. Damals habe ich mir nicht viel aus dir gemacht. Damals hat mich deine schöne Mama mehr interessiert. Mein Gott, war das ein Weib. Ich war ganz schön verrückt nach ihr. Das hast du mir doch übelgenommen, Nadinka.« Er beugte sich vor und stierte sie an.

»Ihr habt mich angeekelt«, sagte sie durch die Zähne. »Du und Mama. Wer hat schon gern 'ne Hure zur Mutter?«

»Vielleicht war sie 'ne Hure. Aber sie war phänomenal. Und das häßliche Entlein war so süß eifersüchtig. Stell dir vor, mein Schatz: Ich weiß heute gar nicht mehr, ob ich damals mit dir geschlafen habe. Ich habe ein Gedächtnis wie ein Schweizer Käse.«

»Du hast nicht mit mir geschlafen.«

Er weiß tatsächlich nicht, was damals geschehen ist, dachte sie fassungslos und gleichzeitig wie von einer Last befreit... Und ich schwöre, daß er es von mir nicht erfahren wird...

Sie stellte das leere Glas hart auf den Tisch.

»Adieu, Paul«, sagte sie und nahm ihren Mantel. »Schlaf deinen Rausch aus... Adieu für immer.«

Sie konnte sich später nicht mehr genau erinnern, wie es passiert war. Er versperrte ihr den Weg, versuchte, sie zu umarmen. Sie stieß ihn zurück, und er fiel um wie ein toter Ochse und knallte mit dem Hinterkopf auf die Metallkante des niedrigen Tisches.

Als sie das Blut auf dem Teppich sah, wurde ihr beinahe schlecht. Danach handelte sie erstaunlich kaltblütig. Sie ging aus dem Zimmer und verließ das Hotel. Von der nächsten Telefonzelle rief sie das Hotel an.

»Der Herr von Zimmer 1307 braucht dringend einen Arzt«, sagte sie mit verstellter Stimme und hängte gleich wieder ein.

Am nächsten Morgen fühlte sie sich so hundeelend, daß sie beschloß, nicht ins Geschäft zu gehen, sondern im Bett zu bleiben. Sie hatte drei Tage lang Fieber und konnte nichts essen, ohne sich sofort zu übergeben. Drei Tage lang wartete sie auf einen Anruf, aber nichts rührte sich. Schwelm schien sie vergessen zu haben, und das war vielleicht auch besser so. Und Paul Rheda? Sie war sicher, daß er den Sturz überlebt hatte. Dennoch hatte sie ein schlechtes Gewissen. Mehr als einmal war sie versucht, ihn anzurufen. Aber sie tat es nicht.

Am Freitag raffte sie sich auf und fuhr in den Salon Marie-Helen.

*

»Kristine möchte zu ihrem Geburtstag eine kleine Party geben«, sagte Margot am Freitagmorgen beim Frühstück. »Du hast doch nichts dagegen?«

»Selbstverständlich nicht.«

»Sie braucht dringend ein neues Abendkleid. Das Hellblaue ist schon ein bißchen schäbig und vollkommen aus der Mode.«

Schwelm las die Zeitung und hörte nur mit halbem Ohr hin.

»Das ist Weibersache«, murmelte er. »Sucht etwas Hübsches aus. Vater schweigt und blecht.«

Er hatte keine Ahnung, worauf Margot hinauswollte. Der Schlag traf ihn völlig unvorbereitet.

Margots Stimme bekam plötzlich einen metallischen Unterton.

»Ich habe uns für heute fünf Uhr im Modesalon Marie-Helen angemeldet«, sagte sie langsam. »Und ich bestehe darauf, daß du uns begleitest.«

Schwelm wußte, daß er sich jetzt keine Blöße geben durfte. Schon sein Zögern machte ihn verdächtig. Er war jedenfalls froh, daß Kristine noch nicht am Frühstückstisch erschienen war. Ganz langsam faltete er die Zeitung zusammen und legte sie neben den Teller. Sein Lächeln war sonderbar ausdruckslos wie seine Augen. Er fragte ohne besondere Betonung: »Und warum legst du so großen Wert darauf, daß ich euch in den Modesalon begleite?«

Margots Gesicht war starr. Eine streifige Röte stieg vom Hals in ihre Wangen. Ihre Hand berührte die Perlenkette, als litte sie unter Atemnot.

»Ich sagte, ich bestehe darauf.«

»Seit wann verkehren wir im Befehlston miteinander? Also schön, du bestehst darauf. Und warum, wenn ich fragen darf?«

»Wenn du es nicht weißt...«

»Ich nehme an, du willst mich auf die Probe stellen.« Er sprach ohne Schärfe. Der Spott in seiner Stimme wirkte deshalb nicht weniger verletzend. »Du glaubst also immer noch, daß ich etwas mit diesem Fräulein... Entschuldige, der Name ist mir entfallen...«

»Fräulein Landauer... Tu doch nicht so unschuldig. Ich habe lange darüber nachgedacht. Und ich kann mir jetzt denken, wie sich die Sache neulich beim *Silver Jet Ball* abgespielt hat.«

»Da bin ich aber neugierig.«

»Du hast mit ihr zusammen den Ball verlassen. Frau Meyer-Horbach hat euch beobachtet. Dann ist Kristine dir dazwischengekommen. War es nicht so? Warum antwortest du nicht? Du hast diese Person wiedergesehen, nicht wahr? Montag abend, als ich zu meiner Schwester Agnes nach Wiesbaden gefahren war...«

»Ich habe diese Dame Landauer nicht wiedergesehen«, sagte er gelassen. »Und ich habe auch nicht die Absicht. Deine Eifersucht ist kindisch und absolut unbegründet. Wir sind jetzt zwanzig Jahre verheiratet. Hattest du jemals Grund zur Eifersucht?«
»Ich weiß es nicht«, sagte Margot dünn. »Ich... ich kann es nur vermuten. Du bist sehr geschickt, sehr vorsichtig. Und ich habe dir nie nachspioniert. Sowas liegt mir nicht.«
»Aber du unterstellst mir, daß ich dich betrüge. Einfach so.«
»Nicht einfach so. Mein Gott, ich bin doch in der Lage, eins und eins zusammenzuzählen.«
»Weiter.«
»Es ist mir peinlich, gewisse Dinge zur Sprache zu bringen.«
»Du hast angefangen, meine Liebe. Jetzt darfst du nicht kneifen.«
Ihr Blick wurde unstet. Ihre Hände flatterten. Mit fahrigen Gesten stellte sie das Frühstücksgeschirr zusammen. Natürlich tat sie ihm in diesem Augenblick leid. Es war nicht schwer zu erraten, worauf sie anspielte.
»Ich werde in einem Vierteljahr neununddreißig. Ich bin noch keine alte Frau. Du hältst mich vielleicht für kalt, weil ich... nun ja, weil ich die seelische Gemeinschaft höher einschätze als gewisse andere Dinge. Dennoch...«
»Schon gut«, sagte er unangenehm berührt. »Wir

beide sind in dieser gewissen Hinsicht ein wenig unterkühlt. Müssen wir unbedingt ins Detail gehen? Ich denke, du kannst dich über mich nicht beklagen.«

»Du darfst mich nicht mißverstehen«, sagte sie verunsichert. »Ich rede nicht von ... von Bettgeschichten. Was ich wirklich vermisse, ist ein wenig Zärtlichkeit, Wärme. In den ersten Jahren unserer Ehe ...«

Als das Dienstmädchen an dieser Stelle hereinplatzte, atmete er auf. Gleich darauf kam auch Kristine zum Frühstück. Ein sehr süßer, noch etwas verschlafener Botticelli-Engel. Ihr Morgenkuß roch nach Zahncreme und warmer Milch und Kinderschlaf.

»Es wird Zeit für mich«, sagte er. »Also, dann bleibt es dabei: Ihr holt mich um halb fünf in der Bank ab, und dann fahren wir zusammen in den Salon Marie-Helen.«

Kristines Begeisterung rührte und beschämte ihn. Auf der Fahrt nach Frankfurt dachte er über die Szene am Frühstückstisch nach. Er versuchte, sich zu erinnern, wie Margot damals ausgesehen hatte, als er sie kennenlernte. Eine wohlerzogene Achtzehnjährige, ganz Diplomatentochter vom braunblonden Scheitel bis zu den Zehenspitzen, zarthäutig, mit blaßblauen Schmachtaugen, einem zu mageren, unwissenden Körper und sentimentalen Vorstellungen von Liebe und Ehe. Warum hatte er sie geheiratet? Es hatte sich so ergeben. Das Fürchterliche war, daß er sich nicht mehr erinnern konnte, ob er jemals richtig in Margot verliebt gewesen war. Er hatte sich nie für einen Ausbund an Sinnlichkeit gehalten. Bis zu der Geschichte mit Ginny. Und er hatte auch Ginny relativ rasch sattbekommen. Und wie war es mit Nadia Landauer? Bis zur Begegnung mit Nadia hatte er sich nie für besonders leidenschaftlich gehalten. Er war ein Kopfmensch. Das hatte sich auch in seiner Beziehung zu Ginny letzten Endes gezeigt. Seit er Nadia kannte, war alles anders geworden. Jetzt bedrückte ihn das scheußliche Gefühl, als habe er jahrelang mit einer Zeitbombe in seinem Innern gelebt...

Er mußte Nadia warnen. Es war unfair, sie unvorbereitet in diese unmögliche Situation zu bringen. Der Gedanke, sie unter solchen Umständen wiederzusehen, machte ihn richtig krank.

Schwelm versuchte, Nadia im Modesalon telefonisch zu erreichen. Sie war da, aber zu beschäftigt, um an den Apparat zu kommen.

»Kann ich etwas ausrichten? Vielleicht kann Fräulein Landauer zurückrufen, sobald sie mit der Kundin fertig ist?«

Er murmelte etwas Unverständliches und legte auf. Nein, er durfte nichts riskieren. Alle Anrufe gingen über sein Vorzimmer. Es wäre aufgefallen, wenn er den Apparat umgeschaltet hätte. Um zehn und halb zwölf hatte er wichtige Besprechungstermine. Er unternahm keinen zweiten Versuch mehr und war den ganzen Tag so eingespannt, daß ihm bis halb fünf keine freie Minute mehr blieb.

*

»Für fünf Uhr hat sich eine Frau Schwelm mit Tochter angemeldet.«

Nadia wurde etwas blaß um die Nase. Sie sah unwillkürlich auf die Uhr. Acht Minuten vor fünf.

»Die Herrschaften kommen zum ersten Mal. Frau Meyer-Horbach hat sie empfohlen. Der Name Schwelm ist Ihnen doch sicher ein Begriff? Bankhaus Schwelm & Schilling... Fühlen Sie sich nicht wohl, Darling? Sie sind ja käsebleich.«

Madame Marie-Helen Colbert hatte Augen wie ein Staatsanwalt.

»Die Grippe steckt mir noch in den Knochen«, sagte Nadia. »Aber keine Sorge, ich mache nicht wieder schlapp.«

»Das beruhigt mich«, sagte Madame. »Ich möchte, daß Sie Frau Schwelm und Tochter selbst bedienen. Kundschaft aus diesen Kreisen ist heutzutage dünn gesät. Ich verlasse mich da ganz auf Sie.«

»Sie können sich auf mich verlassen.«

Nadia überprüfte hastig ihr Make-up. Ihr Gesicht im Spiegel war wirklich geisterhaft blaß. Augen wie von einer fieberkranken Siamkatze. Frau Schwelm und Tochter also. Zufall oder Absicht? Ob das Mädchen sie wiedererkannte? Hoffentlich nicht.

»Die Herrschaften Schwelm!«

»Was kann ich für Sie tun?« Nadias Lächeln war kühl und klar — wie Tau auf einer fremden, weißen Blume. Ihre Selbstdisziplin war bewunderungswürdig. Als sie Schwelm erkannte, wäre sie am liebsten tot umgefallen. Aber sie verriet sich mit keiner Geste.

»Bei unserem Fräulein Landauer sind Sie gut aufgehoben«, sagte Madame mit ihrer süßesten Milch-und-Honig-Stimme. Sie verneigte sich wie ein graziöses Nilpferd und wogte von dannen.

»Ich glaube, wir kennen uns vom *Silver Jet Ball*«, sagte Nadia mit sehr viel Haltung. »Erinnern Sie sich?«

»Allerdings. Ich glaube, Sie haben sich genauso gelangweilt wie ich.« Er lächelte liebenswürdig unterkühlt. Angedeuteter Handkuß. Wie damals bei ihrer ersten Begegnung. »Darf ich die Damen miteinander bekanntmachen? Meine Frau, meine Tochter Kristine.«

Warum war er mitgekommen? Soviel Taktlosigkeit hätte sie ihm nicht zugetraut. Niemals. Wollte er mit dieser geschmacklosen Demonstration ungetrübten Familienglücks etwas Bestimmtes erreichen?

Sie wandte sich, immer noch beherrscht bis in die Fingerspitzen, den Damen zu und verwickelte sie in ein Gespräch über Stoffe und modische Detailfragen. Die Tochter war wirklich sehr reizend und von fohlenhafter Anmut. Vielleicht ein bißchen zu sehr höhere Tochter. Ein Musterbeispiel an Wohlerzogenheit und naturblonder Cornflake-Gesundheit... Nadia war fast sicher, daß die Kleine sie wiedererkannt hatte. Da war so ein gewisser Ausdruck in Kristines Rehaugen: eine Mischung von Neugier und kindlichem Argwohn.

»An welche Farbe haben Sie gedacht? Vielleicht ein warmes Maisgelb?«

»Ich kann Gelb nicht ausstehn!« erklärte Kristine aufsässig. Für einen Moment vergaß sie ihre tadellose Erziehung.

»Es muß ja nicht Gelb sein. Einen Moment. Ich bringe Ihnen die Mappe mit den Stoffmustern.«

Im Vorübergehen streifte Nadia Schwelm ohne Absicht mit der Hüfte. War er zusammengezuckt?

Mich kannst du nicht täuschen, dachte Nadia. Dir ist genauso speiübel wie mir. Es war ihre Idee? Übrigens: ich habe mir deine Frau attraktiver vorgestellt... Gib acht, sie läßt uns nicht aus den Augen.

Die Sache war schon fast überstanden, da leistete sich Margot Schwelm etwas Ungeheuerliches: Sie lud Nadia zu Kristines Geburtstags-Party ein. Schwelm traute seinen Ohren nicht.

»Ich habe gehört, Sie stammen aus Hongkong«, sagte Margot mit süßsaurer Stimme. »Wie interessant! Ich war als junges Mädchen einige Zeit in Hongkong. Mein Vater war damals beim Deutschen Generalkonsulat tätig. Wir müssen uns unbedingt über Hongkong unterhalten.«

»Ich komme gern!« sagte Nadia mit gespielter Unbefangenheit. Sie nahm die Herausforderung also an. Unmöglich, daß sie die Provokation nicht als solche erkannt hatte.

Schwelm hatte sich noch nicht wieder gefaßt, als Madame wieder auf der Bildfläche erschien. Ihr Marzipanteint hatte plötzlich einen ungesunden Grünton. Ihr hochgeschnürter Busen bebte.

»Zwei Herren für Sie. Es ist dringend. Sie warten in meinem Büro. Gehen Sie nur. Ich werde die Herrschaften weiter beraten.«

Nadia hatte mit einem Mal ein mulmiges Gefühl im Magen. Als sie die gepolsterte Tür zu Madames Privatbüro öffnete, wußte sie sofort, daß die Besucher von der Polizei waren. Und sie zweifelte keine Sekunde lang, daß es sich um Paul Rheda handelte. Man muß für seine Fehler bezahlen, dachte sie.

»Fräulein Nadia Landauer? Kriminalpolizei. Wir müssen Ihnen leider ein paar Fragen stellen. Es handelt sich um einen gewissen Doktor Rheda.«

»Ich weiß«, sagte sie und verschränkte die Finger ineinander. »Ich habe Sie erwartet. Früher oder später. Hat Doktor Rheda mich angezeigt?«

Paul hatte tatsächlich Anzeige erstattet. Er war noch am gleichen Abend ins Krankenhaus gebracht worden. Seine Kopfverletzung war nicht weiter gefährlich. Man hatte eine leichte Gehirnerschütterung festgestellt. Als er wieder einigermaßen klar denken konnte, hatte er die Polizei verständigt.

»Sie werden uns aufs Präsidium begleiten müssen«, sagte der ältere Beamte nicht unfreundlich.

»Bin ich verhaftet?« Eine vage Angst verschleierte ihre Augen. »Es war ein Unglücksfall. Doktor Rheda war betrunken. Er hat mich belästigt.«

»Sie werden das alles zu Protokoll geben. Von einer Verhaftung kann nicht die Rede sein. Wir werden Sie auch nicht lange aufhalten.«

Die Beamten waren sehr diskret. Trotzdem erregte es Aufsehen, als Nadia den Modesalon in ihrer Begleitung verließ. Die Schwelms waren immer noch da, von Madame ängstlich abgeschirmt. Nadia konnte sich nicht einmal von ihnen verabschieden. Die wenigen Schritte bis zum Ausgang kamen ihr endlos vor. Unbewußt straffte sie die Schultern und setzte ihr hochmütigstes Gesicht auf. Dennoch fühlte sie die Blicke wie Dolchspitzen im Rücken.

*

Hans Schwelm erfuhr die Geschichte wenige Tage später aus der Zeitung. Ein Skandalblatt hatte die Affäre entsprechend knallig herausgestellt. »*Ex-Prostituierte aus Hongkong nach Schlägerei in einem Frankfurter Hotel festgenommen.*«

Er pflegte Zeitungen dieser Art sonst nicht zu lesen. Kristine hatte das Blatt irgendwo aufgegabelt und mit nach Hause gebracht.

»Das ist ungeheuerlich«, sagte Margot verkniffen.

»Und ich habe diese Person zu Kristines Party eingeladen!«

Schwelm warf die Zeitung auf den Tisch. Er gab sich Mühe, ruhig zu sprechen. Seine Stimme war gefährlich leise.

»Das hast du dir selbst eingebrockt. Ich verstehe nicht, warum du sie einladen mußtest. Das war sehr unüberlegt und überflüssig. Jetzt wirst du sie wohl wieder ausladen müssen. Diese Peinlichkeit kann ich dir leider nicht ersparen.«

»Könntest du nicht vielleicht an meiner Stelle ...«

»Ich denke nicht daran.«

»Wenn sie noch einen Funken Anstand besitzt«, sagte Kristine, »dann wird sie von sich aus unter einem Vorwand absagen.«

»Vielleicht«, sagte Schwelm hölzern. »Hoffen wir es.« Er ging in sein Arbeitszimmer und schlug die Tür hinter sich zu.

Ex-Prostituierte aus Hongkong... Ich kann es nicht glauben... Seine Hand zitterte, als er sich eine Brasil anzündete.

»Darf ich reinkommen, Papi?«

Er nickte düster. Sein Kragen war ihm plötzlich zu eng.

Kristine hockte sich auf die Schreibtischecke. Sie drehte eine blonde Strähne um den Zeigefinger, holte hörbar Luft.

»Mami hat im Modesalon angerufen. Madame Colbert hat die Landauer fristlos entlassen.«

»Das war zu erwarten. Sonst noch was?«

»Hand aufs Herz, Papi: Hast du was mit dieser Chinesin?«

»Was für eine Frage! Natürlich nicht. Hat Mami etwas in dieser Richtung angedeutet?«

»Nicht direkt. Aber du mußt zugeben, daß sie sich komisch benimmt.«

»Weiß Gott, das tut sie. Frau Meyer-Horbach hat ihr einen Floh ins Ohr gesetzt.« Die Zigarre schmeckte nicht. Er mußte husten.

»Sie ist verdammt sexy. Und brandgefährlich. Nun mal ehrlich, Papi: Wolltest du neulich mit ihr abhauen, als ich dir vor dem Schloßhotel aufgelauert habe? Hab ich dir die Tour vermasselt?«

»Rede keinen Stuß. Es war purer Zufall, daß wir gleichzeitig gegangen sind. Zufrieden? Oder möchtest du, daß ich auf die Bibel schwöre?«

»Ich glaub dir auch so«, sagte sie und rutschte auf seinen Schoß. »Du hast mich noch nie angeschwindelt.«

Ihr Haar kitzelte seine Wange. Er legte die Brasil vorsichtig auf den Aschenbecher und drückte Kristine fest an sich. Er konnte jetzt nichts sagen. Eine gräßliche Übelkeit brannte in seinen Eingeweiden.

*

»Gratuliere«, sagte Nadia. »Du hast es geschafft, Paul. Du hast es wieder mal geschafft. Die Zeitungen schleifen mich durch den Dreck. Ich mußte ein Polizeiverhör über mich ergehen lassen. Meine Stelle habe ich verloren. Ich kann einpacken.«

»Du bist ein zähes Aas, Nadinka«, sagte er ungerührt. »Du fällst immer wieder auf die Füße.«

Er lag erster Klasse. Südzimmer mit Balkon. Die Situation schien ihm Spaß zu machen.

»Warum läßt du mich nicht in Frieden? Ich hatte mir eine Existenz aufgebaut. Warum machst du alles kaputt?« Sie hatte sich nicht gesetzt. Sie stand am Fußende des weißen Bettes und starrte haßerfüllt auf ihn hinunter.

»Ich wollte dich vom hohen Roß herunterholen, Kindchen«, sagte er sanft. »Wenn du ganz unten bist, dann wirst du für mich reif sein.«

»Und wenn ich Dreck fressen müßte: Du kriegst mich nicht, Paul Rheda! Ich könnte dich wegen Rufmord verklagen. Du weißt sehr gut, daß ich nie auf den Strich gegangen bin. Ich bin kein Unschuldslamm, aber verkauft habe ich mich nie.«

»Verklage mich nur«, grinste er. »Dann wird noch mehr ausgepackt. Ein Fressen für die einschlägige Presse. Wie hat übrigens dein stinkfeiner Bankonkel auf die Sache reagiert. Vermutlich sauer, wie?«

Sie war wortlos aus dem Zimmer gegangen. Auf dem Heimweg kaufte sie eine Flasche Scotch. Sie war keine Trinkerin. In Gesellschaft trank sie mäßig, allein keinen Tropfen. Aber heute mußte sie trinken. Obwohl sie den Geruch von schottischem Whisky haßte, weil er sie an ihren armen Papa und die Zeit damals in Hongkong erinnerte.

Zu Hause trank sie das Zeug direkt aus der Flasche. Sie duschte, wusch sich das Haar, wischte die Schminke vom Gesicht. Aber da war etwas Zähes, Klebriges, das nicht mit Wasser und Seife abzuwaschen war. Je mehr sie trank, desto nüchterner wurde sie. Ihr Hirn war wie vereist. Diese gnadenlose Klarheit in ihrem Kopf war nicht auszuhalten.

Als du als hilfloses Bündel in die Welt geworfen wurdest, da war das bißchen Glück schon verteilt.

Sie sah ihr schrecklich nacktes Gesicht im Spiegel und warf die fast leere Whiskyflasche danach. Jetzt war der kostbare Goldgerahmte kaputt und der Teppich voller Scherben, und ein Gestank war im Zimmer wie in einer Hafenspelunke in Aberdeen.

In diesem Zustand fand Schwelm sie. Ihr Anblick erschütterte ihn derart, daß er alles vergaß, was er ihr sagen wollte. Sie war nicht wiederzuerkennen. Sie trug Blue jeans und einen formlosen Pullover und weder Schuhe noch Strümpfe. Das feuchte Haar ringelte sich wie schwarze Schlangen um ihr ungeschminktes, geisterhaft blasses Gesicht. Ihr Blick war kalt wie der Tod.

»Darf ich hereinkommen?«

Sie hob die Schultern und ging wortlos voraus. Ein großer, heller, sparsam möblierter Raum. Eine Ledercouch, ein chinesischer Teppich, ein fellbespannter Sessel. Keine Bilder, kein femininer Firlefanz. Klare Linien und starke Farben. Und hinter dem riesigen Fenster das sterbende Blau des leeren Himmels.

»Was wollen Sie noch von mir?«

Schwelm brachte keinen Ton heraus. Er roch den verschütteten Whisky, sah den zerbrochenen Spiegel und die Scherben der Flasche und fand einfach nicht das richtige Wort.

»Wollten Sie nachfragen, für wieviel ich zu haben bin? Was wollten Sie denn anlegen? Hundert, zweihundert? Oder ist mein Marktwert gesunken? Ich nehme an, Sie haben die Zeitung gelesen.«

»Wenn es die Unwahrheit ist«, murmelte er sonderbar hilflos. »Warum verklagen Sie diesen Doktor Rheda nicht?«

»Wenn es die Unwahrheit ist...« wiederholte Nadia höhnisch. »Wenn! Irgendwas wird schon dran sein, nicht wahr? So denken Sie doch? Sowas kann man sich doch nicht aus den Fingern saugen, wie?«

»Wenn Sie mir sagen, daß es nicht wahr ist...«

»Den Teufel werde ich! Denken Sie doch, was Sie wollen.«

»Können wir uns nicht vernünftig unterhalten? Es tut mir leid, daß Sie Ihre Stellung verloren haben. Vielleicht kann ich Ihnen helfen.«

»Sie können mich mal!«

»Ich möchte Ihnen aber helfen. Sie sollten mir

jetzt alles erzählen. Was haben Sie in der fraglichen Nacht von diesem Rheda gewollt?«

»Das geht Sie einen Dreck an. Und nun verschwinden Sie gefälligst.«

»Ich habe Angst um Sie, Nadia.«

»Sie rühren mich zu Tränen. Aber ich kann Sie beruhigen. Ich werde mich nicht aus dem Fenster stürzen. Und ich werde mir auch nicht die Pulsadern aufschneiden oder Schlaftabletten schlucken. Ich bin hart im Nehmen, Herr Schwelm. Die Gosse ist keine gute Kinderstube, aber eine prächtige Schule fürs Leben. Wen die Gosse nicht umbringt, den macht sie unverwundbar. Und jetzt hauen Sie endlich ab.«

Er ging. Was anders hätte er auch tun sollen? Sie brachte ihn schweigend zu Tür, und er drehte sich noch einmal um und sagte etwas ungeheuer Dummes:

»Das mit der Einladung haben Sie doch nicht ernstgenommen? Ich ... ich entschuldige mich für meine Frau. Es war geschmacklos und hirnverbrannt und ...«

»Raus!« fauchte sie.

*

Zunächst hatte Nadia nicht im Traum daran gedacht, auf diese idiotische Party der Familie Schwelm zu gehen. Wann hatte sie ihren Entschluß geändert?

Als Schwelm seine gestotterte Entschuldigung vorgebracht hatte, wäre sie ihm am liebsten an die Gurgel gesprungen. Das also war der wirkliche Grund seines Kommens: Er wollte sie auf die ganz linke Tour wieder ausladen. Das ganze Herumgerede war nur die Petersilie auf dem Braten. Wie kümmerlich, wie schäbig.

Nun gerade, dachte sie, als sie die Scherben vom Teppich klaubte. Sie schnitt sich dabei. Der Anblick ihres Blutes erfüllte sie mit wütender Genugtuung... Und ob ich die Einladung annehme! Sie war doch ohnehin eine Kampfansage von Margot Schwelm. Was bildet sich diese Gesellschaftsziege eigentlich ein? Für welche Waffen hat sie sich entschieden? Vergiftete Pfeile, in Heimarbeit angefertigt? Oh, ich kenne die Geheimwaffen dieser anmaßenden High-Society-Hyänen. Wenn sie Krieg will, soll sie ihn haben. Von jetzt an wird zurückgeschossen.

Vor der Party trank sie sich in einer ziemlich obskuren Kneipe Mut an. Spätestens beim zweiten Doppelstöckigen wurde ihr bewußt, daß sie Angst hatte. Diese Erkenntnis war ein Schlag in den Nakken. Trotzdem bestellte sie noch einen Doppelten. Das scharfe Zeug brannte ein Loch in ihren leeren Magen. Seit Tagen hatte sie keine warme Mahlzeit mehr zu sich genommen.

»Einen Mokka, bitte! Nein, keinen Mokka. Die Rechnung.«

Am Steuer ihres Fiat bemerkte sie, wie betrunken sie war. Sie fand das Haus der Schwelms nicht gleich. Eine Weile kurvte sie kreuz und quer durch Kronberg und wurde dabei etwas nüchterner. Ein kleiner Junge zeigte ihr schließlich den Weg.

Ein prachtvolles Haus in einem prachtvollen Garten mit Silbertannen und Ziersträuchern und strohbedeckten Beeten. Der obligate Swimmingpool fehlte ebensowenig wie die Terrasse mit Blick auf den Taunus. Englischer Rasen, winterlich fahl. Tauwind bewegte die kahlen Zweige der Trauerweiden am Zierteich.

Sie war spät dran. Die Party lief bereits auf vollen Touren. Viel junges Gemüse. Eine Drei-Mann-Band spielte zahmen Beat. Die Jungen und Mädchen hüpften beim Tanz wie die Osterlämmer. Süße, brave, frischgewaschene und ordentlich gekämmte Lämmer. In der Halle prunkte ein kaltes Büffet wie aus dem Bilderbuch für Feinschmecker. Ein Butler reichte Getränke. Am Kamin saßen die glücklichen Eltern der Osterlämmer und schwitzten Wohlwollen aus allen Poren.

»He, Seemann! Wollen Sie mich verdursten lassen?«

Um ein Haar hätte der Butler das Silbertablett mit den Champagnerschalen fallenlassen. Es war wie im Märchen vom Dornröschen: Ein Ruck ging durch die Anwesenden, dann erfror jede Bewegung. Die Typen am Kamin glotzten wie Goldfische, unter die sich unverhofft ein Hai gemischt hat. Im Raum nebenan hopsten ahnungslos die Lämmer.

Hans Schwelm faßte sich als erster. Ein wenig steifbeinig ging er auf Nadia zu, die ihn mit einem mokanten Lächeln erwartete. Ihr Kleid war eine einzige Provokation. Eine Art Kettenhemd, das weit mehr enthüllte als verbarg. Ein klirrendes, gleißendes Nichts.

»Wie nett, daß Sie doch noch gekommen sind.« Nur ein heiseres Flüstern.

»Das haben Sie nicht erwartet, oder? Wie Sie sehen, habe ich keine Hand frei.« Sie hatte zwei Gläser vom Tablett genommen. Die Qual in seinen Augen war Balsam für ihre Seele. »Auf das Wohl des Geburtstagskindes!« sagte sie und kippte den französischen Champagner wie Wasser. »Auf das Wohl aller verdammten Spießer der Erde!« Sie leerte das zweite Glas, lächelte böse. Ein kaltes, blaues Feuer brannte in ihren Augen. Sie schwankte an Schwelm vorbei und feuerte beide Gläser in den Kamin.

Margot Schwelm sprang auf. Sie zitterte am ganzen Körper.

»Sie sind ja betrunken«, sagte sie dünn und schrill. »Das ist unerhört ... unerhört. Bitte, Hans, tu doch etwas. Das können wir uns doch nicht bieten lassen ...«

Hans Schwelm stand wie gelähmt. Er riß sich mit letzter Kraft zusammen. Fast stimmlos sagte er:

»Ich glaube, es ist besser, wenn Sie jetzt gehen.«
»Besser für wen? Was haben die Herrschaften an mir auszusetzen? Haben Sie noch nie 'ne Hure gesehen?«

Eine alte Dame griff ächzend an ihr Herz und sank anmutig vom Stuhl. Schwelm fing sie auf und trug die Ohnmächtige hinaus. Die Beat-Band hatte aufgehört. Die »Lämmer«, die im Nebenraum getanzt hatten, standen jetzt halb verstört, halb wißbegierig-erregt im Türbogen. Kristine wagte sich als einzige vor. Sie trug ihr neues Tanzkleid aus großblumigem Chiffon vom Salon Marie-Helen und war sehr blaß um die Nase.

»Warum machen Sie diese eklige Szene«, sagte sie mit leiser, bebender Stimme. »Was haben wir Ihnen denn getan?«

Nadia antwortete nicht gleich. Sie war jetzt heillos nüchtern und irgendwie weit weg. Es war so entsetzlich still im Raum, daß man das Buchenholz im Kamin knacken hörte.

»Nichts«, sagte Nadia sanft. »Gar nichts.«
Margots Stimme schnitt durch die Stille:
»Kaminski! Werfen Sie die Person hinaus!«

*

Die Beat-Band spielte wieder, als Schwelm ins Kaminzimmer zurückkam.

»Wo ist Fräulein Landauer?« fragte er ausdruckslos.

Margot warf den Kopf in den Nacken.

»Ich habe sie von Kaminski an die Luft setzen lassen ... Wie geht es unserer lieben Frau von Zabern?«

»Sie fühlt sich wieder besser. Sie hat ihre Tropfen genommen. Klara kümmert sich um sie.«

Etwas Sonderbares war mit ihm vorgegangen. Etwas absolut Unerklärliches. Er hörte seine Stimme wie die eines Fremden. Seine Bewegungen hatten etwas Marionettenhaftes. Der abrupte Spannungswechsel in seinem Innern versetzte ihn in einen narkoseartigen Zustand. Eine zerbrechliche Ruhe war in ihm. Wie an Drähten gezogen ging er hinaus. Aus dem Haus, durch den Garten, auf die Straße. Nadia stand reglos neben ihrem Wagen, die Hand leicht auf den Kotflügel gestützt. Ihr Ozelotmantel lag neben ihr im Schneematsch. Als sie ihn kommen hörte, drehte sie sich mit einem abwesenden Lächeln um. Ihr Kleid klirrte metallisch.

»Sie werden sich erkälten.« Er hob den Mantel auf und legte ihn um ihre Schultern. »Ich werde Sie jetzt nach Hause bringen.«

Nadia gab ihm die Autoschlüssel und stieg, ohne ein Wort zu sagen, ein.

Er fuhr sehr vorsichtig, den Blick starr auf die Straße gerichtet. War sie eingeschlafen? Ihre Augen waren jedenfalls geschlossen.

»Es tut mir so leid«, sagte sie plötzlich, ohne die Lider zu heben.

»Vergessen Sie es«, sagte er fast zärtlich.

»Leicht gesagt. Es gibt Dinge...«

»Ich liebe Sie, Nadia«, hörte er sich sagen. »Ich liebe Sie trotz allem.«

»Trotz allem...« wiederholte sie mit trauriger Ironie. »Wie großmütig.« Sie öffnete die Augen. Ihre Zähne schlugen wie im Fieberfrost aufeinander. »Und ich werde trotzdem nicht mit Ihnen schlafen«, sagte sie und raffte den Mantel am Hals zusammen. »Wir aus der Gosse haben unseren Stolz. Und unsere eigenen Moralbegriffe. Stellen Sie sich vor: Ich hab etwas gegen Ehebruch! Ich mag keine verheirateten Liebhaber. Sie bringen einen nur in demütigende Situationen.«

Er fuhr den Wagen an den Straßenrand und stellte den Motor ab.

»Und wenn ich mich scheiden lasse, um Sie zu heiraten?« fragte er, ohne sie anzusehen.

Zuerst war Nadia nur grenzenlos verblüfft. Aber gleich darauf spürte sie den Griff der Angst im Genick. Eine todkalte, knöcherne Hand, die ihr die Luft zum Atmen nahm. Sie wartete, bis ihr Puls sich beruhigt hatte. Mit trauriger Zärtlichkeit in der Stimme sagte sie:

»Sie wollen sich scheiden lassen, um mich zu heiraten? Nach allem, was vorgefallen ist? Sie müssen den Verstand verloren haben.«

»Ich habe es mir reiflich überlegt«, sagte er ein wenig hölzern. Das war gelogen. Der Gedanke hatte ihn unvermittelt durchschossen, und es kam ihm vor, als hätte ein anderer ihm diesen ungeheuerlichen Entschluß suggeriert. Jener dunkle Zwilling, von dessen Existenz und Leidenschaftlichkeit Schwelm bis jetzt kaum etwas geahnt hatte. Jetzt, wo es ausgesprochen war, stand seine Entscheidung unwiderruflich fest. »Ich werde mich in jedem Fall von meiner Frau trennen«, sagte er mit erzwungener Ruhe. »Und ich frage Sie noch einmal, ob Sie mich...«

»Und was ist mit Kristine?« fiel Nadia ihm ins Wort. Er zögerte mit der Antwort, und ihr war klar, daß sie den neuralgischen Punkt der Sache berührt hatte.

»Ich hänge sehr an meiner Tochter.«

»Darum frage ich.«

»Im ersten Moment wird es natürlich ein Schock für sie sein. Aber wenn wir uns erst ausgesprochen haben... Kristine hat mir immer vollkommen vertraut. Sie empfindet wenig Zärtlichkeit für ihre Mutter. Wenn ich ihr alles erkläre, wird Kristine mich verstehen.«

»Und wenn nicht?«

»Warum zerbrechen Sie sich meinen Kopf. Kristine ist mein Problem.«

»O nein«, sagte Nadia heftig. »Wenn Sie durch mich unglücklich werden, wenn Sie Ihre Verrücktheit eines Tages bereuen, dann wird Kristine auch mein Problem sein. Eine Ehe ist ein Geschäft auf

Gegenseitigkeit. Wir können zwar Gütertrennung vereinbaren. Aber es gibt Verantwortlichkeiten, die unteilbar sind.«

»Wir reden um den Kern der Sache herum«, sagte er mit einem Seufzer.

Sie wußte, was jetzt kommen würde, und sie fürchtete sich davor. Er nahm ihr Gesicht in seine Hände und zwang sie sehr sanft, ihn anzusehen.

»Du möchtest wissen, ob ich dich liebe«, sagte sie mit einem vagen Lächeln. Sie duzte ihn mit einmal ganz selbstverständlich. »Ich weiß es nicht«, sagte sie und sah ihn voll an. »Ich weiß es wirklich nicht. Ich weiß nicht einmal, ob ich fähig bin, einen Mann zu lieben. Ich will dir nichts vormachen. Wenn ich jemals die Fähigkeit zu lieben besessen habe, dann ist sie mir jedenfalls im Laufe der Jahre schrecklich verkümmert, erstickt von Mißtrauen und Selbstverachtung. Glaubst du, daß man sich selbst hassen und dennoch fähig sein kann, einen anderen Menschen zu lieben?«

»Keine Spitzfindigkeiten. Du mußt doch wissen, was du für mich empfindest.«

»Eben nicht«, sagte sie und fror unter seinen warmen Händen. »Ich weiß nur, daß ich mich noch mehr hassen würde, wenn ich dich unglücklich gemacht hätte. Die bloße Vorstellung ist mir verhaßt.«

»Du bist schrecklich kompliziert.« Er küßte sie, und sie wich ihm nicht aus. Ihr Mund war kalt und fest geschlossen.

»Ich habe dich gewarnt.«

»Ja, ja«, sagte er halb verärgert, halb belustigt. »Du hast mich gewarnt. Soll ich's dir schriftlich bestätigen, daß du mich mehr als einmal mit Engelszungen gewarnt hast? Möchtest du eine eidesstattliche Erklärung, daß ich nie zu dir kommen und sagen werde: Es tut mir leid, dich geheiratet zu haben?«

»Du hast es noch immer nicht begriffen«, murmelte Nadia. »Auch das Risiko ist unteilbar.«

Statt einer Antwort küßte er sie wieder, und es kam ihr vor, als würden ihr die Beine von einem ungeheuren Sog einfach weggerissen. Es war grauenhaft und wundervoll und jenseits aller Erfahrungen, die sie bis zu diesem Augenblick gemacht hatte. Vielleicht war es wirklich Liebe. Aber es war auch die Erkenntnis, unrettbar verloren zu sein. Sie fühlte sich hinterher wie ausgeblutet. Ausgezehrt von einer unfaßbaren, sanften, unheilbaren Traurigkeit.

Er brachte sie nach Hause und kam mit hinauf in ihre Wohnung. Sie wußte, daß er die Nacht bei ihr bleiben würde.

»Aber nicht hier...« sagte sie, und er sah sie verständnislos an.

»Und warum nicht hier?«

»Eine Marotte«, murmelte sie ausweichend. »Es ist nur.. Ich habe in dieser Wohnung noch nie mit einem Mann...«

»Du bist wirklich schwierig. Aber bitte. Wir könnten in meine Jagdhütte im Spessart fahren.«

»Eine wunderbare Idee. Ich packe nur ein paar Sachen zusammen und ziehe mich rasch um.«

»Hast du etwas dagegen, wenn ich Kristine von hier aus anrufe?«

»Natürlich nicht. Ich verziehe mich solange ins Bad.« Sie küßte ihn auf die Wange und verspürte dabei wieder dieses Kältegefühl im Nacken.

Schwelm setzte sich auf die Ledercouch. Eine volle Minute lange starrte er das weiße Telefon an — unfähig, einen halbwegs klaren Gedanken zu fassen. Er hatte plötzlich feuchte Hände und eine strohige Trockenheit im Mund.

»Soll ich Kaffee machen?« fragte Nadia von der Tür her.

»Kaffee wäre nicht schlecht.« Er wartete, bis sie die Tür geschlossen hatte, und wählte dann endlich die Nummer. Nach einer Weile meldete sich Kaminski. Er bat ihn, das Gespräch in sein Arbeitszimmer zu legen und Kristine an den Apparat zu holen. Zu seiner Erleichterung klappte alles rasch und reibungslos.

»Hallo, Papi? Großer Gott, wo steckst du denn? Mami ist schon völlig aufgelöst.«

Er mußte den Hörer mit beiden Händen festhalten. Ihm war unbeschreiblich elend, aber er wußte, daß er jetzt unter keinen Umständen lügen durfte. Aber wie zum Teufel sollte er es schaffen, die richtigen Worte zu finden? Nachdem er ihr das Notwendige gesagt hatte, war es am anderen Ende der Leitung verdächtig stillgeblieben. Er hörte Kristine atmen. Wenigstens weinte sie nicht.

»Ich wünschte, ich könnte dich verstehen«, sagte Kristine schließlich mit einer ganz kleinen, fernen Kinderstimme. »Entschuldige, Papi, aber ich schaffe das nicht. Es ist einfach zu verrückt.«

»Hör zu, mein Liebes«, sagte er gepreßt. »Was auch passiert: An unserem Verhältnis darf sich nichts ändern. Nein, unterbrich mich jetzt nicht. Ich möchte dir noch etwas sagen. Es ist nicht das erste Mal, daß ich an Scheidung denke. Du sollst wissen, daß ich diesen Gedanken bisher nur deinetwegen immer wieder beiseite geschoben habe. Wenn du von mir verlangst, daß ich bei deiner Mutter bleibe...«

»Ich soll entscheiden, ob du... Himmel, das kann ich nicht.« Jetzt weinte sie doch, und Schwelm war zumute, als hätte er ein Messer zwischen den Rippen. Das Hemd klebte an seinem Rücken.

»Entschuldige«, sagte er vollkommen heiser. »Es war nicht fair von mir, die Verantwortung auf dich abzuschieben. So war es auch nicht gemeint. Ich wollte damit nur ausdrücken...«

»Schon gut, Papi«, sagte die kindliche Schnupfenstimme. »Jetzt hab ich's gefressen. Trotzdem glaube ich, daß du eine ganz große Dummheit machst. Aber verflixt nochmal, vielleicht kannst du nicht anders. Ich bin froh, daß du mir alles gesagt hast. Und, Papi: Ich werde immer auf deiner Seite sein. Was auch passiert!«

»Danke, Kleines«, sagte er mit erschöpfter Stimme. »Und jetzt hole bitte Mami ans Telefon.« Eine seltsame Erschlaffung war über ihn gekommen. Das Schwerste war überstanden. Der Rest war unangenehm genug, aber was jetzt noch kommen konnte, würde ihm nicht mehr unter die Haut gehen. Allenfalls auf die Nerven.

Natürlich machte Margot ihm eine gräßliche Szene. Sie wurde dermaßen hysterisch, daß Kristine ihr mit Gewalt den Hörer aus der Hand nahm.

»So hat das keinen Zweck, Papi. Ich werde mich um Mami kümmern. Sobald sie sich wieder gefangen hat, wirst du herkommen, und ihr werdet wie erwachsene Menschen das Nötige besprechen.«

»Du bist eine Wucht, Kleines«, sagte er, aber sie hatte schon aufgelegt. Danach war er so fertig, daß er wie ein knochenloser Sack auf Nadias Ledercouch hockte und eine Ewigkeit brauchte, um sich wieder zu fassen. Er war immer noch totenblaß, als Nadia mit dem Kaffee kam. Sie stellte keine Fragen. Sie sagte nur einen einzigen Satz:

»Du kannst immer noch zurück.«

Er schüttelte langsam den Kopf. Der Kaffee war heiß und stark. Allmählich fühlte Schwelm sich besser.

*

Es war schon fast Morgen, als sie die Jagdhütte erreichten. Der abnehmende Mond stand wie blankes Eis über den schwarzen Fichten.

»Du siehst ganz verfroren aus? Soll ich Feuer im Kamin machen? Willst du noch etwas trinken? Es ist alles da.«

Nadia verneinte mit einer Kopfbewegung. Sie war sehr schön in diesem Moment zwischen Nacht und Morgen — aber irgendwie verändert und sehr still. Und unendlich weit weg. Er sah sie an und fand ihr Gesicht eigentümlich verjüngt. Ein todernstes Kindergesicht. Was ihn betroffen machte, war der Ausdruck unsäglicher Verlorenheit in ihren eisvogelblauen Augen. Er konnte nicht aufhören, sie anzusehen, und dabei spürte er sein Herz, wie er es noch nie in seinem Leben gespürt hatte.

»Das Bad ist dort drüben. Möchtest du zuerst...?«
»Es ist mir lieber, wenn du...«

Was ist los mit uns? dachte er. Warum benehmen wir uns wie verwirrte Kinder? Warum können wir nicht unbefangen miteinander umgehen?

Sie hatte ihn gebeten, das Licht auszumachen. Als sie zu ihm gekommen war, fühlte er ihren Herzschlag und die Straffheit ihres Körpers, der wie eine zu hart aufgezogene Stahlfeder vibrierte. Ihre Haut war weich und kühl und duftend wie Jasmin nach dem Regen. Ihr Haar fiel über sein Gesicht, und er küßte sie heftig und ein bißchen verzweifelt und sagte Mund an Mund mit ihr:

»Warum kannst du dich nicht entspannen?«

»Können wir nicht einfach nebeneinander liegen und uns aneinander gewöhnen?«

»Wenn du darauf bestehst«, sagte er ernüchtert.

Sie nahm seine Hand und legte sie auf ihre Brust, und er fühlte wieder das harte Hämmern ihres Herzens.

»Ich bestehe nicht darauf«, sagte sie mit einem sonderbaren Unterton. Sie wünschte, er würde behutsamer mit ihr umgehen. Aber er nahm sie sehr rasch und sehr hart und fügte ihr die gleichen Schmerzen zu wie jeder Mann, der sie vor ihm gehabt hatte. Trotzdem war es anders als sonst. Sie konnte nicht sagen warum. Aber es war anders, und es war nicht aussichtslos. Es war immerhin ein Anfang.

»Enttäuscht?« fragte sie hinterher. »Vielleicht hast du von einem Profi mehr Raffinesse erwartet...« Für diesen Satz hätte sie sich gleich darauf ohrfeigen können.

»Warum mußt du immer wieder davon anfangen? Ich liebe dich, wie du bist. Und wenn deine Vergangenheit ein Stück von dir ist, dann akzeptiere ich sie auch. Aber laß uns nicht mehr darüber reden.«

Sie legte ihren Kopf auf seine Brust, und nach einer Weile fing sie an zu weinen. Lautlos und ohne Krampf. Als das vorüber war, begann sie genau so unvermittelt zu reden. Sie wollte ihm alles erzählen. Aber nach den ersten zehn Sätzen merkte sie an seinem Atem, daß er tief eingeschlafen war.

Es ist zum Totlachen, dachte sie in einer Anwandlung von Selbstironie... Endlich bin ich soweit, daß ich über diese fürchterliche Sache sprechen kann. Und ausgerechnet da schläft er ein. Zufall oder Bestimmung? Müßig darüber nachzudenken. Vielleicht ist es überhaupt besser, wenn ich auch in Zukunft die ganze Geschichte für mich behalte.

*

Ungefähr eine Woche nach ihrem ersten Zusammensein in der Jagdhütte — Nadia war wieder zu Hause — bekam sie per Post die neueste Nummer des bewußten Skandalblättchens zugesandt. Zu ihrer Überraschung entdeckte sie beim flüchtigen Durchblättern eine ziemlich schwülstig abgefaßte »Ehrenerklärung«, die Paul Rheda für ein gewisses Fräulein Landauer abgegeben hatte. Er nahm — ein bußfertiger und zerknirschter Sünder — sämtliche ehrenrührige Behauptungen mit dem Ausdruck des Bedauerns zurück. Das Ganze sei eine Kurzschlußreaktion gewesen, die kleinliche Rache eines bis zum Wahnsinn verliebten, abgewiesenen Freiers. Schon die Überschrift triefte von Schmalz und Verlogenheit: »Verzeih mir, Nadinka!« Und dann: »Nadinka, meine Seele, Licht meines Lebens: Ich habe dich geliebt, als du noch ein Mädchenkind warst, und ich werde nicht aufhören, dich zu lieben. Bis zu meinem letzten Atemzug.«

Es war zu albern und absolut widerwärtig, und es paßte einfach nicht zu Rheda.

Da Paul Rheda inzwischen aus dem Krankenhaus entlassen war, versuchte Nadia, seinen Aufenthalt über die Redaktion zu erfahren. Nach einigem Hin und Her gab man ihr die Telefonnummer einer Fremdenpension in der Frankenallee. Nach dem zweiten Versuch hatte sie Rheda tatsächlich an der Strippe.

»Was bezweckst du mit diesem dümmlichen Rührstück? Was steckt dahinter?«

»Aber nichts, rein gar nichts! Also wirklich, Nadinka, dein Mißtrauen kränkt mich. Und ich Esel habe gedacht, du würdest dich freuen. Die Sache tut mir ehrlich leid.«

»Ach nee. Mir kommen die Tränen. Meine Stelle bin ich so und so los. Und ein kaputter Ruf läßt sich nicht kitten wie ein zerbrochener Milchtopf.«

»Na schön. Den Job hast du verloren. Wozu brauchst du einen Job? Du hast doch etwas viel Besseres.«

Diese Bemerkung brachte sie auf die richtige Spur. Als Hans Schwelm sie am Abend zum Essen abholte, warf sie ihm die Zeitung hin.

»Wieviel hast du dem Schwein bezahlt, damit er sich das hier abringt?«

Er wurde tatsächlich rot, und das rührte Nadia sonderbar.

»Ich verstehe nicht...«

»Du verstehst sehr gut. Also — wieviel?«

»Ich bestreite ganz energisch...«

»Du willst es mir also nicht sagen? Schon gut. Dann will ich dir mal was sagen. Du hast Rheda Blut zu lecken gegeben. Früher oder später wird er versuchen, dich wieder anzuzapfen. Hast du das überlegt?«

»Wenn er das wagt, werde ich ihn anzeigen. Das weiß Rheda.«

»Jetzt hast du dich verraten. Gut, gut. Du würdest ihn also anzeigen? Und wenn ich dich bitten würde, von einer Anzeige abzusehen? Vielleicht weiß Rheda noch ganz andere Dinge von mir. Häßliche Dinge, die in einem Prozeß vor aller Öffentlichkeit breitgetreten würden.«

Darauf antwortete Schwelm nichts. Aber er sah so bedrückt aus, daß sie bereute, überhaupt davon angefangen zu haben.

Später erzählte er ihr, Margot habe einen Nervenzusammenbruch erlitten und sei in ein Sanatorium im Schwarzwald gebracht worden.

»Kristine ist bei ihr. Kristine hält sich großartig.«

»Und welche Konsequenzen gedenkst du daraus zu ziehen?«

»Ich werde nicht zu ihr zurückgehen. Falls du das gemeint hast.«

»Und wenn sie es ablehnt, sich scheiden zu lassen?«

»Sie hat ihren Stolz. Nach allem, was passiert ist, bin ich für sie gestorben. Übrigens wird ihre noble Familie schon dafür sorgen, daß Margot von sich aus die Scheidung einreicht.«

*

Sie sahen sich von nun an täglich. So oft Schwelm es einrichten konnte, fuhr er mit Nadia in den Spessart. Sie liebte die einsame Blockhütte, die Abende am Kamin, den Geruch des brennenden Holzes, die Stimmen des nächtlichen Waldes und den silbrigen Dunst der frühmorgendlichen Stunden. Ihre Anfälle von Zukunftsangst wurden seltener. Obwohl sie beinahe glücklich war, gelang es ihr nicht, sich vollkommen zu entspannen.

»Bin ich dir zu wenig leidenschaftlich, zu passiv? Gib zu, daß du mehr von mir erwartet hast!«

»Ich gebe überhaupt nichts zu«, sagte er lachend. Aber sein Lachen wirkte nicht ganz frei. Tatsächlich überraschte ihn Nadias spröde Zurückhaltung im Bett. Ihre Zärtlichkeiten waren mädchenhaft unschuldig. Wollte sie ihm auf diese Weise zeigen, wie konsequent sie mit ihrer Vergangenheit gebrochen hatte? Er hatte das befremdliche und zugleich erregende Gefühl, sie niemals ganz zu besitzen. Dabei entdeckte er stündlich neue Eigenschaften an ihr, die nicht zu dem Bild passen wollten, das er sich von ihr gemacht hatte. Für eine femme fatale war sie erstaunlich gebildet und von einer geradezu fanatischen Ordnungsliebe. Sie konnte fabelhaft kochen, und es machte ihr Spaß, im Haus herumzuwirtschaften. Sie hatte hundert Gesichter, und er kam einfach nicht dahinter, welches ihr wirkliches Gesicht war.

Was Margot betraf, so hatte Schwelm sich nicht getäuscht. Anfang März reichte sie die Scheidungsklage ein. Sie lautete auf Ehebruch und Aufhebung der häuslichen Gemeinschaft. Bei einem Mittagessen mit Kristine erfuhr er, wie es dazu gekommen war.

»Die Familie hat einen Generalangriff gestartet. Mit Opa an der Spitze. Am liebsten hätte Opa dich zum Duell gefordert. Aber seit dem zweiten Schlaganfall ist er so zittrig, daß er kaum den Suppenlöffel halten kann. Geschweige denn eine Pistole... Wirst du diese Landauer heiraten?«

»Sobald die Scheidung rechtsgültig ist. Ich nehme an, du hast den Widerruf dieses Doktor Rheda in der Zeitung gelesen?«

»Ein doller Knüller. Du hast den Typ doch geschmiert, oder?«

»Du bist ja verrückt, Kleines. Das traust du mir zu? Die Wahrheit ist, daß Nadia ihn verklagt hätte. Daraufhin hat er gekniffen.«

Kristine sah ihn skeptisch an, sagte aber nichts.

Die Scheidung ging glatt über die Bühne. Margot erschien natürlich nicht zum Termin. Sie ließ sich durch den Familienanwalt vertreten. Sie behielt das Haus mit allem Inventar und das Sorgerecht für Kristine und bekam eine überaus großzügige Abfindung. Da Hans Schwelm abgesehen von seiner Teilhaberschaft am Bankhaus Schwelm & Schilling über ein ererbtes, beträchtliches Privatvermögen verfügte, ließ sich der finanzielle Teil der Scheidung mit Anstand lösen.

Er kaufte eine Penthouse-Eigentumswohnung in einem Neubau am Stadtwald. Eine richtige Traumwohnung, die Nadia nach ihrem Geschmack einrichten durfte. Und sie hatte einen bemerkenswert sicheren Geschmack. Was ihn verblüffte, war ihre ausgeprägte Sparkamkeit.

»Du hast es nicht mehr nötig zu sparen, Liebes. Dein zukünftiger Mann ist ganz gut betucht. Hast du etwas dagegen, einen Großkapitalisten zu heiraten?«

»Es fällt mir nicht ganz leicht, mich an diesen Gedanken zu gewöhnen. Du wirst es komisch finden, aber ich mache mir nichts aus Luxus. Am liebsten würde ich mit dir in der Spessart-Hütte leben.«
Sie meinte das im Ernst. Aber er schien ihr das nicht abzunehmen.

»Aber du hast doch Spaß an schönen Dingen?«
»Zuviel Besitz macht mir Angst.«
Am liebsten hätte sie ihre alte Wohnung behal-

ten. Aus Furcht, er könnte diesen Wunsch falsch verstehen, sprach sie ihn gar nicht erst aus. Obwohl sie es nicht wollte, richtete er ihr ein eigenes Konto ein, über das sie frei verfügen konnte.

Mitte März heirateten sie in Frankfurt. Es war eine standesamtliche Trauung ohne festlichen Klimbim. Es gab keine Feier, keine Gäste, keine Glückwunschtelegramme und Geschenk-Greuel. Zwei Bankangestellte fungierten als Trauzeugen. Die Familie, die Gesellschaft, die alten Freunde und Bekannten stellten sich tot. Nur Kristine schrieb eine Karte aus Las Palmas, wohin sie ihre Mutter begleitet hatte.

Auf Nadias Bitte fuhren sie gleich nach der Trauung in den Spessart und blieben über das Wochenende in der Hütte. Als sie das Jagdhaus am Montag verließen, weinte Nadia.

»Du bist eine merkwürdige Frau.«

»Ich bin wie ich bin.« Ihr Gesicht wirkte plötzlich verschlossen. Sie wandte sich ein letztes Mal um und hatte das scheußliche Gefühl, als werde sie nie wieder so glücklich sein wie in diesen Hüttentagen und Waldnächten. In diesem Moment ahnte sie nicht, was für eine verhängnisvolle Rolle das Jagdhaus noch einmal in ihrem Leben spielen sollte.

Am folgenden Morgen flogen sie nach Rotterdam. Das weiße Luxusschiff *MS Trinidad* lief noch am gleichen Abend zu einer Kreuzfahrt in das Karibische Meer aus.

Nadia hatte die Schiffskarten am Hochzeitstag unter dem Frühstücksgedeck gefunden. Eine Überraschung. Sie heuchelte Begeisterung, obgleich ihr insgeheim vor dieser Reise graute. Eine Vorahnung? Vielleicht auch das. Manchmal hatte sie hellsichtige Augenblicke. Außerdem war da die Angst, seekrank zu werden. Als Kind hatte sie in Hongkong drei Jahre auf einem Hausboot im Dschunkenhafen von Aberdeen leben müssen. Natürlich war jeder Vergleich zwischen der strahlend weißen *Trinidad* und der alten, stinkenden *Tjen Hoh* vollkommen absurd. Trotzdem träumte Nadia schon in der ersten Nacht von der *Tjen Hoh*, und es war kein guter Traum. Und obwohl die See ruhig war, mußte Nadia sich fürchterlich übergeben. Sie war froh, daß Schwelm nichts davon bemerkte. Er hatte einen beneidenswerten Schlaf.

*

Nadia konnte sich später nicht mehr genau erinnern, bei welcher Gelegenheit ihr dieser Cabral erstmals aufgefallen war. Antonio Goncalves Cabral aus Brasilien, Mitte Vierzig, verwitwet, ein steinreicher Viehzüchter aus dem Matto Grosso, Großgrundbesitzer, Eigentümer von Mietshäusern und Hotels in Rio, Copacabana und Brasilia. Sie mochte ihn von Anfang an nicht, obwohl er rundherum der Typ war, auf den Frauen fliegen. Vielleicht lag es daran, daß er sie auf eine schwer zu beschreibende Weise an Paul Rheda in seinen besten Jahren erinnerte.

Hans Schwelm lernte Antonio Goncalves Cabral an Deck des Schiffes beim Tontaubenschießen kennen. Cabral und die finnische Fotografin Maida Järnefelt, die ganz offenkundig seine Freundin war. Diese Maida war eine Galanummer: ein langbeiniger, langmähniger Traum von einem Mädchen. Wenn sie ihre Prachthüften über das Promenadendeck schwenkte, bekamen die Männer Stielaugen und die Damen einen verkniffenen Zug um den Mund. Auf Nadias Erscheinen reagierten sie übrigens ähnlich. Dabei waren Nadia und Maida verschieden wie Tag und Nacht. Die Finnin mit der haferblonden Mähne, die sie sieghaft im Seewind flattern ließ, war fünf Jahre jünger. Eine robuste Sinnlichkeit ging von ihr aus. Im Gegensatz zu Nadia war sie ein Freilufttyp, unbekümmert und geheimnislos. Das ganze Leben, einschließlich Sex, war Spiel und Sport für Maida Järnefelt. Sie machte kein Hehl daraus, daß Hans Schwelm ihr über alle Maßen gefiel. Vielleicht hatte sie den öligen Charme von Cabral satt. Und Schwelm? Auch er fand Maida sehr anziehend und amüsant. Möglicherweise hätte er sich stärker für dieses schöne Nordlicht interessiert, wenn er nicht mit Haut und Haaren Nadia verfallen gewesen wäre.

Jedenfalls machte Schwelm einen verhängnisvollen Fehler. Er bat Cabral und Maida an seinen Tisch.

Bis dahin hatte Nadia dem ungleichen Paar kaum Beachtung geschenkt. Sie hatte bisher auch nicht an den verschiedenen Bordveranstaltungen teilgenommen. Für Sport interessierte sie sich nicht. Die meiste Zeit verbrachte sie lesend oder wachträumend in ihrem Liegestuhl an Deck.

Cabral schien nichts dagegen zu haben, daß seine Freundin Maida wie wild mit Schwelm flirtete, denn er war umgekehrt vom ersten Moment an verrückt nach Nadia. Ihre undurchdringliche, fast schroffe Kühle reizte ihn bis aufs Blut.

»Warum bist du so unliebenswürdig zu Cabral?« fragte Schwelm, als sie wieder allein in ihrer Kabine waren.

»Ich mag ihn nicht«, sagte Naida und schleuderte ihre Goldsandalen mit einer heftigen Bewegung von den Füßen. »Ich finde ihn gräßlich aufgeblasen.«

»Du könntest trotzdem etwas höflicher sein.«

Sie streckte sich auf dem Bett aus und verschränkte die Hände hinter dem Kopf.

»Okay«, sagte sie gedehnt. »Ich werde mir die größte Mühe geben.«

»Und wie findest du Maida Järnefelt?« fragte er in der Tür zum Bad.

»Sehr attraktiv. Nur ein bißchen direkt. Sie fliegt auf dich.«

»Unsinn«, sagte er. »Sie flirtet mit allem, was Hosen anhat.«

*

Zwischen Barbados und St. Vincente schlug das Wetter um. Am Abend war die See noch spiegelglatt und pfauenblau. Aber es lag etwas in der Luft, und die Glut der untergehenden Sonne warf ein strahlenloses, kränkliches Braunrot wie gerinnendes Blut über den Horizont.

Gegen zehn kam Wind auf, und die *Trinidad* begann zu schlingern.

Obwohl Nadia die Symptome beginnender Seekrankheit spürte, nahm sie sich eisern zusammen und ging Schwelm zuliebe mit zum Bordfest. Später wünschte sie, sie wäre in der Kabine geblieben.

Maida ließ Schwelm nicht aus ihren Fängen. Ihr schien der Seegang nichts auszumachen. Im Gegenteil. Sie wirkte geradezu stimuliert, und Schwelm ließ sich gern von ihrer Champagnerlaune anstecken. Es ist ja alles ganz harmlos — dachte er.

Cabral tanzte mit Nadia, Wange an Wange und eng umschlungen. Sie litt Höllenqualen. Sie fand ihn physisch unerträglich und seine Komplimente abgeschmackt und aufdringlich. Der ganze Kerl war ihr in tiefster Seele zuwider. Außerdem war ihr speiübel von der Schaukelei des Schiffes. Nach dem dritten Tanz gelang es Nadia endlich, ihn abzuhängen. Sie schnappte sich ihre Tasche und rannte hinaus. Die frische Luft tat ihr gut. Ein Schauer von Flugwasser durchnäßte sie bis auf die Haut. Sie mußte sich an der Reling festklammern, um nicht umgeblasen zu werden. Plötzlich war Cabral hinter ihr und versuchte, sie zu küssen. Mit Händen und Füßen wehrte sie sich und riß sich los. Dann wurde ihr mit einmal grauenhaft schlecht, und sie mußte sich über die Reling übergeben. Es war ihr gleich, daß Cabral sie in dieser jämmerlichen Verfassung sah. Ihr war alles egal. Er brachte sie dann zu ihrer Kabine und verabschiedete sich sehr förmlich von ihr. Enttäuscht von seinem Mißerfolg kehrte er übrigens nicht in die Bar zurück, sondern angelte sich eine kreolische Kabinen-Stewardeß und ging mit ihr ins Bett.

Das Verschwinden von Nadia und Cabral war natürlich aufgefallen. Schwelm wollte Nadia suchen, aber Maida hielt ihn zurück.

»Sei kein Spielverderber«, lächelte sie vielsagend. »Zufällig habe ich mitgekriegt, wie mein Antonio und deine Nadia zusammen in der Kabine verschwunden sind.«

Schwelm war krank vor Enttäuschung und Eifersucht. Aber er war zu stolz, um sich etwas anmerken zu lassen, und so ließ er sich bis zur Bewußtlosigkeit vollaufen.

Am nächsten Morgen wachte er mit einem schlimmen Kater in Maidas Bett auf. Ihm war elend wie nie zuvor. Körperlich und seelisch. Ohne Abschied verließ er die fest schlafende Maida und wankte in seine Kabine.

Nadia hatte kaum geschlafen. Sie fühlte sich jammervoll, und so sah sie auch aus. Aber Schwelm sah nur die dunklen Ringe unter ihren Augen und fragte mit gespieltem Zynismus:

»Ich hoffe, du hast dich gut amüsiert mit deinem Verehrer Cabral.«

Sie begriff sofort. Die eisige Wut erstickte sie fast. Warum zum Teufel klärte sie dieses groteske Mißverständnis nicht auf? Statt dessen fragte sie mit beherrschter Stimme zurück:

»Und wie war deine Nacht mit der glücklichen Kuh aus Finnland?«

»Du hast kein Recht, so über Maida zu reden!«

Dann sprachen sie nicht mehr über die Sache. Bis Schwelm ihr jenen fatalen Vorschlag machte, der das Glied einer Kette von katastrophalen Irrtümern werden sollte:

»Ich bin nicht kleinlich, und ich bin auch kein spießiger Moralist. Wenn du es wünschst, dann werden wir eben eine sogenannte moderne Ehe führen, in der jeder dem anderen seine Freiheit läßt. Oder hast du gedacht, ich will dich an die Kette legen?«

Sie steckte diesen Hieb ein, ohne mit der Wimper zu zucken. Glaubte er im Ernst, daß sie so veranlagt war? Oder wollte er ihr auf diese zartfühlende

Weise beibringen, daß eine Frau allein ihm nicht genügte? Hatte sie versagt? Warum schrie sie ihm nicht ins Gesicht, daß sie nur ihn liebte und keinen anderen Wunsch hatte, als diesen: ihn glücklich zu machen und eine ganz altmodische und gute Ehe mit ihm zu führen. Welcher Teufel hatte sie geritten, zum Schein auf seinen grandiosen Vorschlag einzugehen?

In St. Vincente mußten sie ihre Hochzeitsreise vorzeitig abbrechen, denn Schwelm bekam ein Kabel aus Frankfurt. Sein Kompagnon Schilling war nach einem Herzinfarkt ins Krankenhaus eingeliefert worden. Nach einem kühlen Abschied von den Mitreisenden gingen sie von Bord und flogen nach Frankfurt zurück. In ihrer Wohnung erwartete sie eine Überraschung: Kristine.

»Tut mir rasend leid, aber ich habe mich mit Mami verkracht. Seit es ihr wieder besser geht, ist sie unausstehlich. Darf ich bleiben?«

»Wenn Nadia nichts dagegen hat«, sagte Schwelm zögernd.

»Wie könnte ich«, sagte Nadia mit einem flachen Lächeln. »Ich hoffe, daß Kristine sich bei uns wohlfühlen wird.« Sie hatte sogar eine ganze Menge dagegen, doch ihr fehlte die Kraft, sich aufzulehnen.

Wenige Tage später brachte Kristine einen Freund zum Abendessen mit, den fünfundzwanzigjährigen Musikstudenten Hardy Pross. Offensichtlich war sie bis über beide Ohren in ihn verknallt. Aber der schlaksige, braunhaarige Junge schien nur Augen für Nadia zu haben. Und damit war der Stein des Unheils endgültig ins Rollen gekommen.

*

Es entging Nadia nicht, daß Kristines neuer Freund sie bei Tisch mit unverhohlener Bewunderung und naiver Neugier beobachtete. Sie erwiderte seine Blicke völlig unbefangen, und es war ein argloses Einverständnis zwischen ihnen, als seien sie sehr alte Bekannte, die sich durch Zufall wieder begegnet sind. Hardy Pross saß zwischen Nadia und Kristine. Aber er unterhielt sich die meiste Zeit nur mit Nadia. Aus der Nähe wirkte sein bräunliches Gesicht knabenhaft jung und verletzlich. Ein makellos modelliertes Erzengelgesicht mit nachdenklichen grauen Augen, dichten Mädchenwimpern, einer geraden Nase und einem auffallend schön geschnittenen Mund. Seine Manieren waren untadelig. Und obgleich seine Jeans einigermaßen verschlissen und seine dunklen Haare fast schulterlang waren, machte er durchaus keinen ungepflegten Eindruck.

»Sie studieren Musik?« fragte Nadia freundlich.

»Hardy ist irre begabt«, sagte Kristine mit einem trotzigen, besitzanzeigenden Aufschwung der Stimme. »Er spielt drei Instrumente, und alle gleich gut. Klavier, Gitarre und Hammondorgel.«

»Du übertreibst mal wieder«, wehrte er ab.

»Ich übertreibe keine Spur. Manchmal denke ich, deine Bescheidenheit ist pure Arroganz. Warum hast du deine Gitarre nicht mitgebracht?«

»Weil ich sie versetzt habe.«

»Hört euch das an! Der Knabe schleppt seine geliebte Gitarre aufs Leihamt, weil er zu stolz ist, seine Freunde anzupumpen.«

»Fängst du schon wieder davon an? Ich hab dich doch gebeten...«

Kristine pustete eine helle Strähne aus der Stirn.

»Wenn ich etwas auf den Tod nicht ausstehen kann«, sagte sie grimmig, »dann ist es verschämte Armut. Wozu hat man Freunde, he? Halt den Mund, ich bin noch nicht fertig. Es ist doch nichts dabei, daß du hart jobben mußt, um dir dein Studium zu verdienen. Ich finde das fabelhaft... Hardy ist nämlich Vollwaise. Als seine Eltern bei einem Autounfall umkamen, war Hardy erst fünf. Er hat dann bei seinen Großeltern in Straßburg gelebt, und als die auch starben, hat man ihn ins Waisenhaus verfrachtet.«

»Nun mach mal 'nen Punkt«, sagte Hardy Pross. »Meine Biographie interessiert doch niemand.«

»Im Gegenteil«, sagte Nadia lächelnd.

»Ich spreche nicht gern über mich«, sagte er ohne Pose. »Es gibt auch nicht viel zu erzählen.«

An diesem Punkt schaltete Schwelm sich in die Unterhaltung ein. Er wollte wissen, womit Hardy Pross sich seinen Lebensunterhalt verdiente.

»Manchmal fahre ich Taxi. Aushilfsweise. Am Wochenende spiele ich Gitarre in einer Band. In einem Jazz-Schuppen. Hin und wieder auch auf Parties. Das bringt nicht viel. Aber es macht Spaß.«

»Und wo wohnen Sie?«

»In einer sagenhaften Bruchbude im Westend«, antwortete Kristine an seiner Stelle. »Mit drei anderen Typen in einem Raum von zwanzig Quadratmetern. Üben kann er nur in der Waschküche.«

»Ich mache Ihnen einen Vorschlag«, sagte Schwelm unvermittelt, und damit fing alles an. Beim Mokka auf der Terrasse setzten sie das Gespräch fort.

»Ich brauche dringend einen Chauffeur. Sind Sie schon mal Mercedes gefahren?«

Hardy Pross nickte schweigend. Er sah zu Nadia hinüber, als wollte er sich vergewissern, welche Haltung sie in dieser Sache einnahm.

»Sie müssen sich ja nicht gleich entscheiden«, sagte Nadia betont neutral... Du darfst ihn nicht ermutigen, dachte sie und nahm eine Zigarette aus dem Mahagonikasten... Sonst könnte leicht der Eindruck entstehen, als hättest du ein besonderes Interesse an ihm...

Schwelm und Hardy Pross beugten sich gleichzeitig vor, um ihr Feuer zu geben. Hardy war etwas schneller, und sie dankte ihm mit einem unpersönlichen Lächeln. Da war ein gewisser Ausdruck in seinen Augen, der Nadia stutzig machte.

»Also, an deiner Stelle würde ich nicht lange überlegen«, sagte Kristine überlaut in die momentane Stille. »Das ist doch ein Pfundsangebot. Papi ist keiner von diesen widerlichen Ausbeutern. Du bekommst ein prima Gehalt und den nettesten Arbeitgeber der Welt. Und dir bleibt bestimmt genügend freie Zeit für deine Musik. Mann, das ist deine Chance!«

»Ich dachte, Sie haben einen Chauffeur«, murmelte er.

»Kaminski ist bei Mami geblieben«, sagte Kristine schnell. »Papi hat ihn mit Ach und Krach dazu überredet. Weil Mami jemand braucht, auf den sie sich verlassen kann. Ich finde es rasend anständig von Papi, daß er ihr Kaminski überlassen hat.«

Schwelm hüstelte und warf seiner Tochter einen beschwörenden Blick zu.

»Hardy weiß Bescheid«, sagte Kristine ungerührt. »Ich habe ihm alles erzählt. Weil ich nicht wollte, daß er die Geschichte hintenrum erfährt. Scheidungen kommen schließlich in den besten Familien vor.«

Schwelm erhob sich etwas plötzlich.

»Lassen Sie sich meinen Vorschlag durch den Kopf gehen«, sagte er zu Pross. »Wenn Sie einverstanden sind, würde ich Ihnen hier im Haus ein nettes Ein-Zimmer-Appartement besorgen. Sie könnten selbstverständlich mietfrei wohnen. Also, denken Sie darüber nach und besuchen Sie mich in den nächsten

Tagen in der Bank. Wir werden dann alles weitere in Ruhe besprechen.«

Er verabschiedete sich, und Nadia folgte ihm wenige Minuten später in sein Arbeitszimmer.

»Wie findest du den Jungen?« fragte Schwelm und beschäftigte sich mit seiner ausgegangenen Brasil.

»Er macht keinen schlechten Eindruck. Auf den ersten Blick.« Sie stand mit dem Rücken zum Fenster und rauchte. Ihr Gesicht war im Schatten. Eine undurchschaubare Maske aus Elfenbein. »Kristine ist sehr verliebt in ihn«, sagte sie einfach. »Und das ist gut so. Es wird sie von dir und mir ablenken.«

Schwelm bekam schmale Augen.

»Der Junge scheint sich mehr für dich zu interessieren. Sag nicht, daß dir nicht aufgefallen ist...«

»Mir ist überhaupt nichts aufgefallen.«

»Na schön. Aber Kristine hat es bemerkt, und es hat ihr einen Stich versetzt. Ich kenne doch meine Tochter. Und ich kenne deine Wirkung auf Männer. Du brauchst nur mit dem kleinen Finger zu winken...«

»Ich habe weder mit dem kleinen Finger noch mit sonst was gewunken«, sagte Nadia müde. »Du glaubst doch nicht im Ernst, daß ich deiner Tochter den Freund ausspannen möchte? Wenn du das denkst, bist du schief gewickelt. Ich bin vielleicht unmoralisch. Aber geschmacklos bin ich nicht.«

»Entschuldige«, sagte er förmlich. »Wenn ich dich verletzt habe...«

»Warum so pathetisch? Nein, du hast mich nicht verletzt. Wenn du es unbedingt hören willst: Ich habe mich noch nie in unerfahrene kleine Jungs verliebt. Naivität rührt mich. Aber sie regt mich nicht auf. Zufrieden?«

Er räusperte sich trocken.

»Du hast doch nicht angenommen, daß ich eifersüchtig bin?« fragte er gewollt blasiert. »Es geht hier wirklich nicht um dich und mich. Es geht um Kristine. Ich will nicht, daß man ihr wehtut.«

»Ich will es auch nicht«, sagte Nadia leise. »Ich mag Kristine nämlich. Es ist vielleicht absurd, aber ich mag sie tatsächlich. Dabei haßt sie mich wie die Erbsünde. Sie traut mir jede Schlechtigkeit zu. Am liebsten würde sie mich vergiften. Aber dazu ist deine Tochter zu brav und edel.«

»Du weißt ja nicht, was du redest«, sagte er heiser.

Sie löste sich vom Fenster. Im Vorübergehen berührte sie seine Wange mit den Fingerspitzen.

»Ich weiß es sehr gut«, sagte sie mit einem verhangenen Lächeln. »Und es ist leider die Wahrheit. Gute Nacht, Lieber. Schlaf gut.«

Es war ein ungewöhnlich warmer Aprilabend. Auf der Terrasse brannte kein Licht. Nadia hörte gedämpfte Stimmen und Kristines Lachen. Das erhitzte, ein wenig überreizte Lachen eines verliebten Teenagers. Sie ging rasch weiter.

Hoffentlich schafft sie es, den Jungen in sich verliebt zu machen, dachte Nadia und fröstelte leicht. Im Augenblick macht er sich noch nicht viel aus ihr. Aber das kann sich ändern...

In dieser Nacht konnte Nadia lange nicht einschlafen. Nach der Rückkehr von der mißglückten Hochzeitsreise hatten sie und ihr Mann sich für getrennte Schlafzimmer entschieden. Es war Schwelm, der davon anfing:

»Ich dachte, es wäre dir vielleicht lieber...«

»Wenn es deiner Vorstellung von einer ›modernen‹ Ehe entspricht...«

Das Schlimmste war, daß sie nicht mehr aufrichtig zueinander sein konnten. Sie einigten sich schließlich mit geschäftsmäßiger Kühle. Das erste grundlegende Mißverständnis war wie ein unsichtbares Stahlnetz zwischen ihnen. Sie schliefen gelegentlich miteinander und trennten sich danach, und es war nie mehr so, wie es am Anfang ihrer Beziehung gewesen war. Damals in der Jagdhütte im Spessart.

In dieser Aprilnacht dachte Nadia an die Blockhütte im Wald wie an ein verlorenes Paradies. Dort hatte sie sehr zaghaft und ungläubig angefangen, Hans Schwelm zu lieben und das Vergangene zu vergessen. Sie hatte tatsächlich geglaubt, mit ihm ein neues Leben beginnen zu können. Was für eine schöne, zerbrechliche Illusion. Ein neues Leben mit mehr Selbstvertrauen und weniger Mißtrauen. Sie hatte ihre frühere Existenz abgestreift wie eine Natternhaut. Und jetzt kam es ihr vor, als habe sie eine Haut zu wenig, als sei sie verwundbarer als je zuvor.

Sie war schrecklich wach in dieser Nacht. Der grüne Aprilmond kam durch das vorhanglose Fenster in ihr Zimmer, das sie genau so eingerichtet hatte wie das Appartement, das sie vor ihrer Ehe bewohnt hatte. Die Ledercouch, der blaue China-Teppich, der goldgerahmte venezianische Spiegel. Schwelm hatte ihn neu verglasen lassen. Eine Überraschung zum Tag ihrer Hochzeit. Sie war schrecklich wach und sehr allein. Und während sie vergeblich auf ihren Mann wartete, fragte sie sich, welchen entscheidenden Fehler sie gemacht hatte.

Das fragst du noch? Du und deine fatale Angewohnheit, dich selbst schlecht zu machen und nicht zu widersprechen, wenn andere schlecht von dir reden. Dein Unvermögen, Gefühle zu zeigen. Dein ewig nagender Argwohn. Deine kindische Furcht, dich zu demaskieren ...

Das Fürchterliche war, daß sie die Barrieren, die sie selbst aufgerichtet hatte, nicht aus eigener Kraft übersteigen konnte. Das Cabral-Mißverständnis war wie ein Verhau aus Stacheldraht. Hatte Schwelm nur aus trauriger Wut über ihren vermeintlichen Fehltritt mit Maida geschlafen? Oder war er nicht besser als andere Männer, die einer langbeinigen, rundbusigen, blondmähnigen Versuchung unmöglich widerstehen konnten? Hatte er Spaß mit Maida gehabt? Diese königliche Kuh aus Finnland hatte keine Komplexe. Sex war für sie die natürlichste Sache von der Welt. So herrlich selbstverständlich wie Essen und Trinken und Atmen.

Sie haßte Maida und beneidete sie gleichzeitig.

Der grüne Mond war mit den Wolken weitergezogen. Es war jetzt dunkel im Zimmer. Der opalisierende Lichtfleck des Spiegels wachte wie ein lidloses Auge über ihr. Nadia hörte die Flüsterstimmen von Kristine und Hardy Pross, die sich an der Wohnungstür verabschiedeten. Die Tür klappte, dann wurde es vollkommen still.

Nadia hielt es nicht mehr aus. Sie stand auf, zog ihren Kimono über und ging barfuß über den Flur. Im Arbeitszimmer war Licht, die Tür nur angelehnt. Schwelm war noch auf, aber er war nicht allein. Kristine hockte neben ihm auf der Sessellehne.

»Vielleicht bin ich zu passiv«, sagte Kristine unglücklich. »Vielleicht sollte ich Hardy mehr herausfordern. Ich fürchte, ihr habt mich falsch erzogen. Mit jungfräulicher Zurückhaltung ist heute kein Blumenpott mehr zu gewinnen. He, Papi, sag endlich ein Wort!«

Nadia hörte Schwelm lachen.

»Du bist gerade achtzehn geworden«, sagte er mit liebevollem Spott. »Du hast noch massenhaft Zeit.«

»Denkste. Die anderen Mädchen aus meiner Klasse haben schon jede Menge Erfahrungen in punkto Liebe und so. Manchmal komme ich mir richtig zickig vor, weil ich doch noch nie... Na ja, du weißt schon. Ich habe eben immer auf den Richtigen gewartet, und jetzt ist er da, und es ist wieder nichts. Lach mich nicht aus, bitte!«

»Ich werde mich hüten. Die erste Liebe ist eine todernste Sache.«

»Ist sie auch. Ich bin ganz kaputt vor lauter Liebe. Und er... er behandelt mich wie 'ne kleine Schwester.«

»Sei froh, daß er nicht wie die anderen Jungs ist.«

»Ich weiß nicht. Ich finde sein Verhalten irgendwie deprimierend. Zuerst habe ich gedacht, er ist schwul. Damit hätte ich mich zur Not abgefunden. Aber dann habe ich gesehen, wie er Nadia angestarrt hat...«

Unbemerkt schlich Nadia in ihr Zimmer zurück. Sie schämte sich, weil sie gehorcht hatte. Sie fühlte sich irgendwie schmutzig und furchtbar überflüssig und noch einsamer als vorher. Endlich wieder im Bett, fror sie trotz der Schwüle. Sie wartete noch eine halbe Stunde oder länger. Aber er kam nicht. Schließlich schluckte sie eine Tablette und fiel in einen dumpfen, wirren Schlaf.

*

In den folgenden Wochen schuftete Schwelm wie ein Schwerarbeiter. Durch die Erkrankung seines

Kompagnons mußte er nun das doppelte Pensum leisten. Er vergrub sich förmlich in seine Arbeit und kam kaum zum Nachdenken. Er verbrachte halbe Nächte in der Bank, und wenn er zeitiger nach Hause kam, verbarrikadierte er sich in seinem Arbeitszimmer hinter Aktenbergen und Schwaden von Zigarrenrauch.

Hardy Pross hatte das Angebot, für Schwelm als Chauffeur zu arbeiten, angenommen. Er zog in ein Appartement im gleichen Haus, nur durch ein Stockwerk vom Penthouse getrennt.

»Wenn Sie noch irgend etwas an Einrichtungsgegenständen brauchen«, sagte Nadia, »wir helfen Ihnen gerne aus.«

»Ich stelle keine großen Ansprüche«, sagte Hardy lachend. »Besitz ist Ballast. Ich habe alles, was ich brauche. Trotzdem vielen Dank.«

Seine lässige Einstellung zu materiellen Gütern machte ihn Nadia noch sympathischer. Sie war neugierig, wie er seine neue Behausung gestalten würde. Aber sie hatte Angst, Kristine könnte ihr Interesse falsch auslegen, und deshalb hielt sie sich zurück.

An einem trüben Maimorgen hielt Hardys feuerwehrroter, kleiner Citroën vor der Tür. Kristine half ihm beim Ausladen.

»Ist das alles?« fragte sie verdutzt, als sie das Klappbett, die Kiste mit seinen Büchern, Schallplatten und Noten, die wieder eingelöste Gitarre und den schäbigen Seesack mit seinen wenigen Kleidungsstücken mit dem Lift hinaufbefördert hatten.

»Es ist mehr als genug«, sagte Hardy lakonisch. »Zigeuner wie ich sollten nicht mehr besitzen, als man auf dem Buckel davontragen kann.«

Hardy Pross war wirklich ein Glückstreffer. Er war nicht nur ein zuverlässiger Fahrer, der mit dem Mercedes so geschickt und einfühlsam umging wie mit seiner Gitarre. Er war ein Allround-Talent, dem einfach alles glückte, was er in die Hand nahm. Es dauerte nicht lange, und er war für den Schwelm-Haushalt unentbehrlich geworden. Man mußte ihn mögen, weil er soviel natürliche Harmonie und Freundlichkeit ausstrahlte.

Kristine ging wieder zur Schule, nutzte aber jede freie Minute, mit Hardy zusammenzusein. Er war immer nett zu ihr, machte jedoch zu ihrem Leidwesen nach wie vor nicht den leisesten Versuch, etwas an ihrem unerotischen Bruder-Schwester-Verhältnis zu ändern.

Hardy Pross hatte den Eindruck, daß Nadia Schwelm ihm aus dem Weg ging.

Er wäre für sie barfuß durch die Hölle gegangen. Diese Erkenntnis überraschte ihn selbst am meisten. Er war schon öfter verliebt gewesen, und er war nicht einmal sicher, ob sein spontanes, starkes Gefühl für Nadia Schwelm Liebe im landläufigen Sinn war. Obgleich er von Natur nicht zu romantischer Schwärmerei neigte, empfand er für diese seltsame

Frau eine ebenso scheue wie leidenschaftliche Verehrung. Zu seinem Kummer nahm sie seine Dienste nie in Anspruch, behandelte ihn mit liebenswürdiger Zurückhaltung und vermied es peinlich, länger als fünf Minuten mit ihm allein zu sein. Er fing unwillkürlich an, sich zu fragen, ob sie sehr unglücklich oder nur kalt und hochmütig war. Kristine hatte ihm allerhand über Nadia erzählt. Dinge, die so mies und häßlich waren, daß er sie einfach nicht glauben konnte. Nadia war die schönste und aufregendste Frau, die ihm je begegnet war. Verglichen mit Nadia, war Kristine ein bezauberndes Nichts. Ihre schwärmerische Verliebtheit ging ihm manchmal schrecklich auf die Nerven. Er hatte nicht die Absicht, mit ihr ins Bett zu gehen. Und Nadia war für ihn tabu — zwischen ihnen war eine Polarzone, die Hardy Pross nicht einmal in seinen kühnsten Träumen zu durchdringen wagte.

Bis Mitte Mai ereignete sich nichts von Bedeutung. Die Stadt stöhnte unter einer frühen Hitzewelle. Auf der Terrasse blühten die Rosen. Es war ein Frühsommer mit heftigen Gewittern und jähen Wolkenbrüchen und unerträglich schwülen Nächten. In diese Zeit fiel das hundertjährige Firmenjubiläum des Bankhauses Schwelm & Schilling.

»Ich werde einen Stehempfang in der Bank geben«, sagte Schwelm. »Und abends eine kleine Party bei uns auf dem Dachgarten.«

»Und du meinst im Ernst, sie werden alle kommen?« fragte Nadia. »Die ganze piekfeine Gesellschaft, der du durch deine Scheidung und unsere Heirat auf den Schlips getreten hast? Es wäre klüger, auf den ganzen Rummel zu verzichten. Der Skandal ist noch nicht vergessen, mein Lieber. Feine Leute haben ein Gedächtnis wie Elefanten. Die vergessen und vergeben nicht so leicht.«

»Sie werden kommen«, sagte er eigensinnig. »Weil sie es sich auf die Dauer nicht leisten können, den Chef des Bankhauses Schwelm & Schilling zu schneiden. Für dich wird es eine Premiere sein. Und ein großer Triumph.«

»Auf den ich herzlich gern verzichte. Von mir aus kannst du deinen Empfang und deine Party geben. Aber ohne mich.«

»Du bist meine Frau. Und ich erwarte von dir...«

Sie ließ ihn einfach stehen und ging ohne ein weiteres Wort aus dem Zimmer.

*

Am Vorabend des großen Ereignisses war Nadia spurlos verschwunden. Schwelm fiel sofort auf, daß ihr kleiner Fiat nicht in der Garage stand. Als sie bis neun Uhr nicht aufgetaucht war, setzten Schwelm und Kristine sich ohne sie an den Abendbrottisch.

»Wann hast du sie zuletzt gesehen?« fragte Schwelm. Der Appetit war ihm vergangen.

»Sie war jedenfalls in ihrem Zimmer, als ich mittags aus der Penne kam«, sagte Kristine gleichgültig.

»Und sie hat dir nicht gesagt, was sie vorhat?«

»Keine Silbe. Sie pflegt sich nicht bei mir abzumelden. Manchmal reden wir tagelang kaum ein Wort miteinander.«

Er warf seine Serviette auf den Tisch und ging in sein Arbeitszimmer. Wenn sie wenigstens anrufen würde. Aber das Telefon blieb still. Ob sie sich mit einem anderen Mann getroffen hatte? Er durfte sich nicht beklagen. Hatte er ihr nicht mehr als einmal versichert, daß er sie nicht an die Kette legen wollte? Gleichviel. Etwas mehr Rücksicht konnte sie schon nehmen. Jedenfalls nahm er Nadia übel, daß sie ihn ausgerechnet jetzt hängenließ. Er war außer sich und verbrachte eine unruhige Nacht. Als sie am Morgen darauf immer noch nicht aufgetaucht war, hatte seine erste Wut sich gelegt und eine panische Angst ihn gepackt.

»Ihr ist bestimmt nichts passiert«, sagte Kristine beim Frühstück auf der Terrasse. »Sei froh, daß sie nicht dabei ist. Wahrscheinlich hätte sie wieder ihren antibürgerlichen Koller gekriegt und die gleiche Schau wie damals auf meiner Party abgezogen.«

»Bitte, Kleines«, sagte Schwelm beschwörend. Es war ihm peinlich, daß Kristine dieses Thema in Gegenwart von Hardy anschnitt.

Hardy ließ seinen Kaffee stehen.

»Ich fahre den Wagen inzwischen aus der Garage«, sagte er und ging rasch hinaus.

»Hör zu, mein Kind«, sagte Schwelm ärgerlich. »Ich verbiete dir, in diesem Ton vor fremden Leuten über Nadia zu sprechen.«

»Hardy ist kein Fremder. Er ist mein Freund, und ich liebe ihn.«

»Er ist auch mein Chauffeur. Vergiß das nicht.«

Später tat es ihm leid, daß er Kristine so angefahren hatte.

Der Stehempfang ging ohne Zwischenfall über die Bühne. Die geladenen Gäste waren tatsächlich fast ausnahmslos erschienen. Das Ehepaar Meyer-Horbach hatte mit einer fadenscheinigen Ausrede telefonisch abgesagt. Einige andere Geschäftsfreunde, die persönlichen Kontakt mit Margot Schwelm pflegten, waren unentschuldigt ferngeblieben.

Die beiden Vorzimmerdamen reichten Erfrischungen. Kristine und Hardy Pross assistierten.

»Kommt Ihre Stiefmutter nicht?« fragte Schwelms Privatsekretärin mit einem gewissen Unterton.

Hardy warf Kristine einen warnenden Blick zu.

»Sie ist zu Hause mit den Vorbereitungen für die Party beschäftigt«, sagte Kristine schnell. »Hat sich jemand nach ihr erkundigt?«

»Bisher nicht«, sagte die Chefsekretärin gedehnt.

»Das Volk fühlt sich um eine Sensation betrogen«, flüsterte Hardy Kristine zu.

»Mir tut nur mein Vater leid«, zischte Kristine. »Er ist vollkommen fertig. Hoffentlich fragt ihn niemand nach Nadia.« Sie nickte ihrem Vater aufmunternd zu, und er lächelte etwas gequält zurück.

Obwohl Schwelm innerlich vor Nervosität verging, stand er den Empfang mit eiserner Beherrschung durch. Sollte er Nadias Abwesenheit mit irgendeiner Notlüge erklären? Nein, es war besser, die Sache mit Stillschweigen zu übergehen. Er hoffte immer noch, daß Nadia bis zur Party am Abend zurückkommen würde.

Nach der Feier im Bankhaus fuhr er nach Hause, um sich für die Party umzuziehen. Der Abend brachte keine Abkühlung. Fast violett brannte der Himmel über den Dächern, und die Luft schien den Atem zu verhalten. Es war jetzt sieben. Die ersten Gäste würden in einer Stunde kommen. Schwelm war so aufgeregt, daß er Kristine bitten mußte, ihm die Smokingschleife zu binden. Seine Tochter sah sehr hübsch und unschuldig aus in ihrem Organzakleid.

»Kommst du zurecht, Kleines?«

»Keine Sorge. Alles läuft wie am Schnürchen. Die Typen vom Party-Dienst spuren phantastisch.«

Sie fragte nicht, ob Nadia sich gemeldet hatte. Sie sagte nur: »Du siehst miserabel aus. Wie wär's mit einem Cognac?«

In diesem Moment läutete das Telefon. Kristine kam ihm zuvor.

»Es ist Nadia«, sagte sie mit einem unkindlich verkniffenen Ausdruck und gab ihm den Hörer.

Er schickte Kristine mit einem Wink hinaus. Schweiß stand auf seiner Stirn. Er mußte sich aufs Bett setzen, weil seine Knie mit einmal nachgaben. Seine Stimme krächzte:

»Um Himmels willen, wo steckst du? Ich habe mir schreckliche Sorgen gemacht.«

»Ich bin im Jagdhaus.« Ihre Stimme klang fern und verändert.

»Bist du allein?«

»Wie meinst du das?« fragte sie nach einer kleinen Pause. »Du wirst doch wohl nicht annehmen...«

»Schon gut«, sagte er rauh. »Wie auch immer... In einer Stunde kommen die ersten Gäste. Wenn du noch einen Funken Zuneigung für mich empfindest...«

»Ich kann nicht kommen«, sagte sie kühl. »Mein Wagen springt nicht an. Außerdem...«

»Hardy wird dich mit dem Mercedes abholen«, sagte er und legte auf.

*

Nadia erwartete Hardy Pross auf der Bank vor der Hütte. Als der Mercedes hielt, erhob sie sich mit einer schlafwandlerischen Bewegung und kam ihm entgegen. Sie trug weiße Leinenhosen und ein kariertes Männerhemd mit aufgerollten Ärmeln und eine dunkle Brille. Ihr blauschwarzes Haar war zu einem dicken Zopf zusammengeflochten. Noch nie hatte Hardy Pross sie ungeschminkt gesehen. Und obwohl sie erschreckend blaß war, fand er sie schöner und jünger denn je.

»Sind Sie krank? Ihr Mann hat eine furchtbare Angst um Sie ausgestanden.« Er nahm ihr die lederne Reisetasche aus der Hand und warf sie auf den Rücksitz. Sein Herz stampfte plötzlich unregelmäßig.

»Wollen Sie sich meinen Fiat ansehen?« fragte Nadia statt einer Antwort. »Ich verstehe nichts von Motoren.«

»Das hat Zeit«, sagte er. »Wir werden Ihren Wagen ein andermal holen. Ich habe Anweisung, Sie auf dem schnellsten Weg nach Hause zu bringen.«

Sie hob gleichmütig die Schultern, stieg in den Mercedes und steckte sich eine Zigarette an.

»Daß Sie die Hütte gleich gefunden haben...«

»Ich war mal Pfadfinder.« Er grinste schief und ließ den Motor an. »Außerdem hat Ihr Mann mir eine Planskizze mitgegeben.«

In der ersten halben Fahrtstunde schwieg Nadia beharrlich und rauchte eine Zigarette nach der anderen. Er hätte sie gern eine Menge gefragt. Aber ihr Schweigen war eine Wand aus blankem Eis. Um so verblüffter war er, als sie unvermittelt mit gläserner Stimme sagte:

»Ich bekomme ein Kind.«

Als sie es ausgesprochen hatte, war sie selbst bis ins Herz erschrocken. Einen Augenblick zweifelte sie an ihrem Verstand. Warum zum Teufel zog sie ausgerechnet diesen Jungen ins Vertrauen?

»Da wird sich Ihr Mann freuen«, sagte er eigenartig hölzern.

»Glauben Sie? Ich bin da nicht so sicher. Er wird sich fragen, ob das Kind auch wirklich von ihm ist.«

»Hat er denn Grund, daran zu zweifeln?« Er streifte ihr starres Profil mit einem Seitenblick.

»Nein«, sagte sie mit einer sonderbar wesenlosen Stimme. »Er vermutet es nur. Ein idiotisches Mißverständnis.«

»Wenn Sie ihm alles erklären, wird er Ihnen bestimmt glauben.«

»Ich werde ihm gar nichts erklären«, sagte sie hart. »Er würde doch nur annehmen, daß ich ihm das Kind eines anderen Mannes unterschieben möchte. Ich hätte mich vorher mit ihm aussprechen sollen. Jetzt ist es zu spät.«

»Sie dürfen sich nicht so verrennen. Er liebt Sie doch. Und Sie . . .«

»Lassen wir das«, sagte sie dünn. »Tut mir leid, daß ich davon angefangen habe. Ich weiß nicht, was in mich gefahren war.«

»Ich würde Ihnen immer glauben«, sagte Hardy. »Jedes Wort.«

Sie spürte einen nadelfeinen Stich in der Herzgegend, brachte aber keinen Ton über die Lippen. Den Rest der Fahrt legten sie schweigend zurück.

Als sie in der Wohnung ankamen, war die Party schon in vollem Gang. Sie benutzten den Dienstboteneingang, und Nadia verschwand sofort in ihrem Zimmer. Sie war gerade mit dem Umkleiden fertig, als Schwelm hereinkam. Sein Gesicht sah ungesund gelb aus.

»Ich erwarte jetzt keine Erklärung von dir.«

»Ich hatte auch nicht die Absicht, irgend etwas zu erklären.«

Sie starrten sich an wie Fremde.

»Leider habe ich eine peinliche Überraschung für dich. Dein Freund Doktor Rheda ist aufgekreuzt. Sieh zu, wie du ihn wieder los wirst. Ohne Aufsehen natürlich. Ich kann mir keinen neuen Skandal leisten.«

»Das überlasse nur mir«, sagte sie unnatürlich ruhig. Sie wunderte sich, wie unendlich gleichgültig ihr mit einmal das alles war.

*

Nadia bewegte sich wie eine Mondsüchtige zwischen den Partygästen, und es kam ihr vor, als ginge sie durch ein Wachsfigurenkabinett.

»Guten Abend. Ich freue mich, daß Sie gekommen sind.« Handküsse, Verbeugungen, Namen, die sie sofort wieder vergaß. »Sie sehen bezaubernd aus, Gnädigste... Darf ich Ihnen meine Frau vorstellen...« Lächeln, Lächeln. Maskengesichter. Augen wie Saugnäpfe. »Was möchten Sie trinken? Das kalte Büffet ist drüben... Ich freue mich, Sie endlich kennenzulernen...« Das übliche Party-Bla-Bla, Gespräche über das Wetter. Komplimente. »Sie haben wirklich eine bezaubernde Wohnung... Was für ein herrlicher Blick...«

Nichts war wirklich. Nichts hatte Kontur. Ein gespenstisches Ballett. Nadia hörte sich reden. Sie hatte das alptraumhafte Gefühl, doppelt vorhanden zu sein: Akteur und Zuschauer in einer Person.

»Nadinka! Du siehst fabelhaft aus!« Paul Rheda kam ihr mit ausgestreckten Händen entgegen. Er trug einen nagelneuen, mitternachtsblauen Smoking und eine weiße Nelke im Knopfloch.

»Hallo, Paul! Immer noch in Frankfurt?« Mit einer gewissen Erleichterung stellte sie fest, daß er halbwegs nüchtern war. In diesem Moment setzte die Musik wieder ein. Einige Paare tanzten. Sie zog Rheda an die Hausbar und fragte halblaut: »Warum bist du gekommen?«

»Ich muß dich unbedingt sprechen, Nadinka.«

»Aber doch nicht jetzt und hier. Wenn du eine Szene machst...«

»Keine Sorge. Ich werde ganz brav sein. Können wir uns morgen treffen? Ich wohne jetzt in der Hauffstraße.«

»Ich werde nicht in deine Wohnung kommen.«

»Wie du meinst. Im gleichen Haus ist eine Kneipe. Die *Flipper-Bar*. Ich werde dich morgen abend um acht dort erwarten. Es ist wichtig.«

Nach kurzem Zögern sagte sie zu, und er verließ die Party etwa zwanzig Minuten später. Ganz unauffällig.

Die letzten Gäste gingen kurz nach Mitternacht. Kristine klebte wie ein Schatten an ihrem Vater.

»Wie war ich?« fragte Nadia mit ironisch unterkühlter Stimme. »Ich meine, bist du zufrieden mit mir?«

»Du hast großen Eindruck gemacht«, sagte er spröde. »Jedenfalls auf die männlichen Gäste.«

»Habe ich etwas falsch gemacht?«

»Aber nein. Es ist nicht deine Schuld, daß du auf Frauen in gewisser Weise provozierend wirkst.«

Kristine öffnete und schloß den Mund, ohne etwas gesagt zu haben.

»Ich falle um vor Müdigkeit«, sagte Nadia. »Gute Nacht.«

»Gute Nacht, Liebe«. Er küßte ihr beinahe förmlich die Hand.

»Nacht«, murmelte Kristine mit zugeknöpfter Miene. »Weißt du jetzt, wo Nadia sich herumgetrieben hat?« fragte sie, als sie mit ihrem Vater allein war.

Eine jähe Röte stieg ihm ins Gesicht.

»Deine Ausdrucksweise gefällt mir ganz und gar nicht.«

»Ich wollte nicht ungezogen sein«, sagte Kristine kleinlaut. »Aber ich finde es einfach schandbar, wie sie dich behandelt.«

»Wir haben uns ausgesprochen«, sagte er und wich ihrem Blick aus. »Mehr habe ich dazu nicht zu sagen. Und nun marsch ins Bett!«

Als er wenige Minuten später an Nadias Tür vorüberging, zauderte Schwelm einen Augenblick. In ihrem Zimmer war noch Licht. Ob sie auf ihn wartete? Warum ging er einer Aussprache aus dem Weg?

Weil du Angst hast, dachte er und nahm die Hand von der Türklinke. Angst vor der Wahrheit. Angst vor einer Abfuhr. Angst davor, sie könnte dir ansehen, wie dir in Wirklichkeit zumute ist ..

Nadia hatte tatsächlich auf ihn gewartet. Gegen zwei Uhr nachts löschte sie entmutigt das Licht. Vielleicht war es besser so. Ihr graute vor dem unvermeidlichen Verhör. Sie war zu müde zum Nachdenken. Viel zu müde, um Schmerz oder Verzweiflung oder überhaupt etwas zu empfinden.

Hardy Pross war mit Aufräumen beschäftigt, als Kristine plötzlich hereinkam.

»Du bist noch nicht im Bett? Es ist ein Uhr vorbei.«

»Ich habe ein Problem«, sagte sie und ließ sich in einen Stuhl fallen. »Nadia hat sich mit diesem Doktor Rheda für morgen abend in der *Flipper-Bar* verabredet. Wie findest du das?«

»Ich finde es abscheulich, daß du ihr nachspionierst.«

»Ach nee. Sie ist immerhin die Frau meines Vaters. Und ich werde nicht zulassen...«

»Was zum Teufel hast du vor?«

»Das fragst du noch? Ich werde morgen um acht in der *Flipper-Bar* sein. Ich will wissen, was gespielt wird. Kennst du die Kneipe? Du hast doch in der Gegend gewohnt.«

»Ein ziemlich anrüchiger Schuppen«, sagte er. »Wenn du bei deiner Schnapsidee bleibst, werde ich dich begleiten. Aber es wäre besser...«

»Okay!« sagte sie. »Dann also bis morgen.«

*

Die *Flipper-Bar* befand sich im Keller eines abbruchreifen Hauses. Der vordere Raum war mit Spiel- und Musikautomaten vollgestellt. Hier wimmelte es von zwielichtigen Typen, und der Krach war ohrenbetäubend. Im Hinterzimmer gab es eine primitiv zusammengehauene Bar und ein paar Tische in schummrigen Nischen und obszöne Poster an den fleckigen Wänden. Um diese Zeit war das Hinterzimmer fast leer.

»Mach's kurz«, sagte Nadia. »Der Laden hier gefällt mir nicht.«

»Ich fühle mich hier eigentlich ganz wohl«, grinste Rheda. »Was möchtest du trinken, Goldkind?«

»Nichts. Und jetzt schieß endlich los. Ich habe nicht viel Zeit.«

»Ich brauche dringend Geld«, sagte er ungeniert. »Ich habe eine große Sache vor. Aber leider bin ich im Moment nicht flüssig. Ich hätte mich natürlich an deinen Mann wenden können. Aber ich dachte...«

»Du hast ihn doch schon gemolken, oder? Wieviel hat er dir bezahlt?«

»Darüber bin ich dir keine Rechenschaft schuldig. Frage ihn doch selbst... Jedenfalls bin ich blank wie ein Arsch. Ich habe in Homburg gespielt und verloren. Jeder hat mal 'ne Pechsträhne.«

»Ich möchte, daß du aus Frankfurt verduftest«, sagte sie und nahm ihr Scheckbuch aus der Tasche. »Was kostet das?«

»Tausend blaue Riesen«, sagte er sanft.

»Du bist ja verrückt!«

In diesem Augenblick gab es Krawall. Eine Keilerei hatte im vorderen Raum angefangen. Jeder prügelte jeden, und von einer Minute zur anderen war auch im Hinterzimmer der Teufel los.

Nadia sprang auf. Rheda wollte sie zurückhalten. Aber sie riß sich los und drängte zum Ausgang. Es war hoffnungslos. Sie schwamm in der Menge, wurde wie ein Stück Treibholz vom Sog mitgerissen.

Hardy Pross stand schon eine geraume Weile mit Kristine an einem der Spieltische.

»Ich muß Nadia da rausholen«, rief er Kristine zu, als der Spektakel unversehens losbrach. Er packte ihren Oberarm mit hartem Griff und zog sie zur Tür. »Hau ab, bevor die Funkstreife hier antanzt«, sagte er und schob sie die Treppe hinauf. »An der nächsten Ecke ist ein Taxistand. Na los, mach schon!«

Kristine protestierte, aber Hardy kehrte schon wieder um und stürzte sich boxend und tretend ins Gewühl. Halb verrückt vor Angst und Zorn, zauderte Kristine noch einige Minuten. Dann rannte sie mit zitternden Beinen die Straße hinunter und heulte wie ein kleines Kind. Als sie ins Taxi kletterte, hörte sie die Sirene der Funkstreife.

Als Hardy Pross unvermittelt vor ihr auftauchte, war Nadia viel zu überrascht, um irgend etwas zu sagen. Hardy sah schlimm aus. Er blutete aus der Nase, und sein Hemd war am Ärmel zerfetzt.

»Kommen Sie«, sagte er atemlos und zerrte sie an der Hand mit sich. »Ich bringe Sie durch den Hinterausgang hinaus.«

Paul Rheda war verschwunden. Sie liefen Hand in Hand durch die Küche und die Kellerstiege hinauf und landeten in einem Hinterhof mit überquellenden Mülltonnen und gestapelten Bierkästen. Er hob sie über eine niedrige Mauer, und sie hasteten weiter durch eine Toreinfahrt auf die Straße.

»Dort drüben steht der Wagen. Gleich haben wir's geschafft.«

»Sind Sie mir nachgefahren?« fragte Nadia, als sie im Wagen saßen.

»Ich war ganz zufällig hier«, log er und hielt das Taschentuch an die immer noch blutende Nase. »Ich wollte einen Kumpel treffen, der mir zehn Mark schuldet. Drei Häuser weiter habe ich früher gewohnt. Daher kenne ich diesen Bums.«

»Vielen Dank, daß Sie mich rausgepaukt haben«, sagte Nadia leise. »Sie wundern sich wahrscheinlich ...«

»Sie sind mir keine Erklärung schuldig«, sagte er rasch.

»Dann eben nicht«, sagte sie und gab ihm ihr Taschentuch, weil seines inzwischen nur noch ein blutiger Lappen war. »Rutschen Sie rüber und legen Sie den Kopf zurück. Ich werde fahren.«

*

Nadia hoffte insgeheim, daß Schwelm noch nicht zu Hause war.

Aber er war da, und er war nicht allein. Als sie Stimmen aus dem Wohnzimmer hörte, beschleunigte Nadia unwillkürlich ihren Schritt. Zu spät. Er rief ihren Namen. Sie wandte sich mit einem Seufzer um und lief ihm direkt in die Arme.

»Guten Abend!« Sie lächelte matt und sah die Veränderung in seinem Blick.

Er war richtig blaß geworden.

»Hattest du einen Unfall?« fragte er tief erschrokken. »Mein Gott, das ist doch Blut an deinem Ärmel!«

»Rege dich nicht auf. Nur ein bißchen Nasenbluten... Du hast Besuch?«

Er wirkte mit einmal verlegen wie ein Schuljunge, den der Lehrer beim Spicken erwischt hat.

»Hallo!« sagte eine blonde, träge Frauenstimme im Hintergrund.

Mit einer sonderbar hilflosen Schulterbewegung gab Schwelm die Tür frei. Auf dem weißen Ledersofa saß Maida Järnefelt. Sie lächelte strahlend, und ihr langes Haar leuchtete wie ein reifes Kornfeld.

Nadia konnte sich später nicht erinnern, was sie in jenem Augenblick gedacht hatte. In ihrem Kopf war eine einzige Leere. Eine kalte innere Panik schüttelte sie. Diesmal fiel es ihr ungeheuer schwer, Haltung zu bewahren.

»Verzeihen Sie, daß ich so formlos hereingeplatzt bin«, sagte Maida, und ihre Stimme war eine Mischung aus Honig und Eis. »Ich habe Hans in seinem Büro überfallen, und er hat mich einfach aufgeladen und mitgeschleppt.«

Sie nannte Schwelm tatsächlich beim Vornamen. Er errötete vor Ärger und rieb sich nervös die Hände

»Ich habe gedacht...«

»Das war eine glänzende Idee«, fiel Nadia ihm ins Wort. Ihre Hände waren feucht. Sie lächelte mit steifen Lippen. »Wir sehen uns nachher«, sagte sie und wunderte sich, daß sie so ruhig sprechen konnte. »Ich will mich nur umziehen. Also — bis gleich.«

Schwelm tauschte einen Blick mit Maida. Er ging Nadia nach und ergriff ihren Arm.

»Ich bin genauso überrascht wie du«, sagte er halblaut. »Natürlich hätte ich sie abwimmeln können. Aber ich wollte nicht unhöflich sein.«

Ihre Augen weiteten sich ein wenig.

»Habe ich dir einen Vorwurf gemacht?« fragte sie und atmete langsam aus. »Jeder von uns kann tun und lassen, was er für nötig hält. Du brauchst dich also nicht zu rechtfertigen. Oder hast du unsere Abmachung vergessen?«

Seine Stimme klang förmlich:

»Ich habe nichts vergessen. Ich hatte nur den Eindruck...«

»Jeder weitere Kommentar ist überflüssig.« Sie öffnete die Tür zu ihrem Zimmer.

Schwelm machte eine Bewegung, als wollte er ihr folgen. Aber er tat es dann doch nicht, sondern fragte nur beiläufig:

»Hast du eine Ahnung, wo Kristine ist?«

»Vielleicht bei ihrer Mutter.«

»Eben nicht. Margot hat auf sie gewartet. Aber sie ist nicht gekommen. Margot hat mich in der Bank angerufen. Sie war wieder einmal vollkommen hysterisch.«

»Was geht mich das an?«

»Entschuldige«, sagte er gekränkt. »Du hast natürlich recht. Ich muß allein mit Margot und Kristine klarkommen. Margot will, daß Kristine wieder zu ihr zieht. Aber Kristine sträubt sich mit Händen und Füßen. Ich werde mit Kristine ein ernstes Wort reden müssen. Vielleicht ist sie bei Hardy Pross.«

Nadias Augen verschleierten sich.

»Hat Pross dich denn nicht von der Bank abgeholt?« fragte sie scheinheilig.

»Ich hatte ihm freigegeben. Wenn Fräulein Järnefelt nicht aufgekreuzt wäre, hätte ich noch mindestens zwei, drei Stunden auf Band diktiert... Ich werde Hardy gleich anrufen.«

Das Appartement von Hardy Pross war durch eine direkte Telefonleitung mit dem Penthouse verbunden.

»Tu das«, sagte Nadia frostig. »Aber laß deine finnische Flamme nicht zu lange allein. Sie denkt sonst womöglich, ihr Erscheinen hätte einen Familienkrach ausgelöst.« Sie ließ ihn stehen und zog die Tür hinter sich ins Schloß.

Hoffentlich kommt er nicht auf den Gedanken, persönlich bei Hardy hineinzuschauen, dachte sie und knöpfte ihre Kostümjacke auf... Wenn er Hardys blutiges, zerrissenes Hemd sieht, wird er eins und eins zusammenzählen. Und damit wird meine Lügengeschichte vom Nasenbluten einigermaßen unglaubwürdig... Sie warf die Jacke über einen

Stuhl und ging ins Bad ... Ich sehe schlimm aus, dachte sie mit einem Blick in den Spiegel. Dann bückte sie sich, um heißes Wasser in die Wanne laufen zu lassen. Ein jäher Schwächeanfall ließ ihre Beine wegknicken. Sie setzte sich auf den gekachelten Wannenrand und würgte an einer Übelkeit. Kalter Schweiß kroch wie eine Spinne aus Eis an ihrer Wirbelsäule herunter. Sie atmete ein paarmal tief durch, zwang sich aufzustehen, musterte ihren nackten Körper im beschlagenen Spiegel. Ihre Hände glitten mechanisch über den flachen Bauch.

Früher oder später würde sie es ihm ja doch sagen müssen, daß sie ein Kind erwartete. Oder sollte sie warten, bis man ihr die Schwangerschaft ansah? Je länger sie die Aussprache aufschob, desto verdächtiger machte sie sich. Nein, es gab nur diese eine Möglichkeit: Sie mußte Farbe bekennen, mußte endlich das folgenschwere Cabral-Mißverständnis aufklären, den gordischen Knoten durchhauen. Und wenn er ihr nicht glaubte, was dann?

Sie stieg rasch in die Wanne und atmete fiebrig durch den offenen Mund. Ihr Gesicht war schweißüberströmt.

Wenn er mir nicht glaubt, werde ich das Kind abtreiben lassen ... Der Gedanke tat weh wie ein Messer ... Und was ist, wenn er wieder mit dieser finnischen Edelkuh schläft? dachte sie und zitterte.

Das Ganze war irgendwie schizophren. Sie hatte sich dieses Kind gewünscht. Hatte sie allen Ernstes angenommen, die Schwangerschaft würde ihre sämtlichen Probleme lösen? Zuerst hatte sie an eine vorübergehende körperliche Störung geglaubt, dann war sie nach Wiesbaden zu einer Frauenärztin gefahren, deren Adresse sie aus dem Telefonbuch herausgesucht hatte. Einen Frankfurter Arzt zu konsultieren, war ihr riskant erschienen. Der Name Schwelm war zu bekannt in der Stadt.

Als sie dann die absolute Gewißheit hatte, war sie vor Freude beinahe verrückt geworden. Die Ernüchterung ließ nicht lange auf sich warten. Sie war in die Jagdhütte geflüchtet, weil sie gehofft hatte, dort in der Einsamkeit mit sich ins reine zu kommen. Und als sie Schwelm dann schließlich angerufen hatte, war sie fest entschlossen gewesen, ihm die ganze Wahrheit zu sagen. Seine spontane Reaktion hatte alles wieder kaputtgemacht. Wie konnte er ihr unterstellen, sie hätte sich im Jagdhaus mit einem anderen Mann treffen wollen? Und jetzt war zu allem Überfluß auch noch Maida Järnefelt auf der Szene erschienen und die Verwirrung komplett.

Nadia zog den Stöpsel aus der Wanne und drehte die Brause auf. Der Strahl des eiskalten Wassers betäubte sie fast. Plötzlich fiel ihr die Sache mit Paul Rheda ein. Ihre Zähne schlugen hart aufeinander. Über ihren anderen Problemen hatte sie Pauls unverschämte Forderung vollständig vergessen.

Mit Paul werde ich schon fertig, dachte sie wütend und fing an, sich abzufrottieren ... Du wirst dich doch nicht unterkriegen lassen. Auch von Maida nicht. Von niemand auf der Welt. Und wenn er das Kind nicht als seines anerkennt, dann wirst du ihn eben verlassen. Du wirst dein Kind austragen, verdammt noch mal. Wozu brauchst du einen Mann? Du brauchst dein Kind und irgendeinen Job, um dich und dein Kind durchzubringen. Alles weitere wird sich finden ...

Sie war wunderbar ruhig, als sie eine halbe Stunde später auf den Dachgarten kam. Schwelm sprang auf, um einen Stuhl für sie zu holen.

»Trinkst du ein Glas Wein mit uns?«

»Lieber einen Campari-Soda ... Ist Kristine wieder aufgetaucht?«

»Sie war bei einer Freundin. Kristine ist schon zu Bett gegangen. Sie hat Kopfschmerzen.«

»Das ist das Wetter«, sagte Nadia leichthin. »Ich habe auch eine Tablette nehmen müssen.«

»Manche mögen's heiß«, sagte Maida doppeldeutig. »Ich zum Beispiel. Deshalb bin ich von zu Hause fort.« Sie räkelte sich in der Hollywoodschaukel, ein schönes, blondbraunes Tier. »Mein Traum ist Rom«, sagte sie und verschränkte die Hände hinter dem Kopf. Ihre Oberweite war bemerkenswert. Unter der fast durchsichtigen Bluse trug sie nur ihre nahtlos gebräunte Haut.

»Und der Traum von Rio ist ausgeträumt?« fragte Nadia ohne Spitze.

Maida lachte unbekümmert, zwinkerte Schwelm

zu, und er bekam ein zugeknöpftes Gesicht und trommelte mit den Fingern auf der Stuhllehne.

»Hören Sie auf mit Cabral«, sagte Maida fröhlich. »Diese aufgeplusterten Lateinamerikaner müssen immer angeben. Auch im Bett. Sie spucken auf die Gleichberechtigung der Frau. Sie degradieren jede Frau zur leibeigenen Sex-Maschine. Ohne mich. So bin ich nicht gebaut. Wir haben uns mit einem Pfundskrach getrennt. Und nun bin ich hier.«

Nadia musterte Schwelm mit einem undurchdringlichen Blick. Er kniff die Lippen zusammen und wich ihren Augen aus. Der Ärmste ist völlig mit den Nerven runter, dachte sie und ließ die Eiswürfel im Campariglas klingeln.

»Werden Sie länger in Frankfurt bleiben?«

»Das kommt darauf an«, sagte Maida. »Ich habe einen Job bei einer Frankfurter Werbeagentur angenommen. Bisher gefällt es mir ganz gut.«

»Haben Sie schon eine Wohnung? Wenn Kristine wieder zu ihrer Mutter zieht, könnten Sie ihr Zimmer haben.« Nadia sah Schwelm zusammenzucken und dachte: Jetzt bin ich zu weit gegangen!

»Es ist noch gar nicht sicher, ob Kristine auszieht!« sagte er hölzern.

»Vielen Dank für das liebenswürdige Angebot«, sagte Maida gedehnt. »Aber ich bin gut untergebracht. Eine Freundin hat mir ihr Appartement für zwei Jahre überlassen. Sie ist Sängerin und zur Zeit auf einer Amerika-Tournee.«

Am westlichen Horizont grollte ein fernes Gewitter. Ein jäher Windstoß entblätterte eine Rose. Die Kerzenflammen zuckten. Maida war aufgestanden.

»Bringst du mich heim?« fragte sie und legte Schwelm ihre braune Pranke mit den rosa gelackten Krallen auf die Schulter.

»Wollen Sie wirklich schon gehen?« Nadia hatte ein helles Funkeln in den Augen.

Maida nahm die Hand von Schwelms Schulter, und er kam ein wenig steifbeinig hoch.

»Um die Wahrheit zu sagen«, lächelte sie. »Ich habe eine kindische Angst vor Gewittern. Sie haben doch nichts dagegen, wenn Hans mich begleitet. Ich könnte natürlich auch ein Taxi...«

»Natürlich bringt Hans Sie nach Hause.« Aus Nadias Mund klang das irgendwie ungewohnt. Ihr wurde bewußt, daß sie noch nie »Hans« zu ihm gesagt hatte. Auch in Gedanken sagte sie immer »Schwelm« oder »er«.

Als die beiden gegangen waren, blieb sie noch etwa fünf Minuten auf dem Dachgarten sitzen. Das Gewitter stand reglos am Horizont. Ein tintenschwarzes Wolkenmassiv, eine geballte Ladung Unheil. Hin und wieder flackerten fahlweiße Blitze auf. Donner grollte. Die Sterne über dem Haus schwelten wie Pechfackeln. Nadia trank ihren Campari aus. Sie stellte die Gläser aufs Tablett, löschte die Windlichter und trug das Tablett in die Küche.

Nachdem sie die Gläser gespült hatte, kehrte sie noch einmal auf den Dachgarten zurück.

An der Brüstung lehnte eine dunkle Gestalt. Nadia blieb erschrocken stehen. Dann hörte sie die Gitarre und Hardys Stimme. Er sang mit halber Stimme einen Song, den sie noch nie gehört hatte: »I Want to Tell You...« Dunkle, warme Stimme: »Ich will dir sagen — mein Kopf ist voll von Worten. Wenn du hier bist, fliegen all die Worte weit davon...« Die Gitarre verstummte mit einem metallischen Mißton.

»Ach, Sie sind es! Wie sind Sie hereingekommen?«

»Mit Kristines Schlüssel«, sagte er, ohne sich vom Fleck zu rühren. »Habe ich Sie erschreckt? Das wollte ich nicht.« Er klaubte die losen Rosenblätter von der Brüstung und streute sie in die Nacht.

»War Kristine bei Ihnen?« Nadia setzte sich und schüttelte die letzte Zigarette aus der Packung. Sie ließ das Feuerzeug aufschnappen, aber der Wind löschte die Flamme sofort.

»Kristine hat sich bei mir ausgeheult.« Hardy kam näher und gab ihr Feuer von seiner Zigarette. Es war jetzt so dunkel, daß sie sein Gesicht kaum erkennen konnte. »Sie soll zu ihrer Mutter zurück«, sagte er und griff einen Akkord auf der Gitarre. »Aber sie sagt, sie bringt sich eher um, als daß sie wieder nach Kronberg zieht. Sie hat richtig verrückt gespielt. So kenne ich Kristine gar nicht.«

»Kristine ist ein typisches Vaterkind«, sagte Nadia. »Deshalb haßt sie mich so unversöhnlich. Ihr Vater ist für sie der liebe Gott, und ich bin die Schlange in ihrem Paradies. Sie glaubt, sie muß auf ihren Vater aufpassen. Auf ihn und auf mich. Damit ich ihn nicht zugrunde richte. Das ist der eine Grund.«

»Gibt es noch einen anderen?«

»Noch mindestens zwei. Ihr Verhältnis zur Mutter ist seit langem gestört. Margot Schwelm hat eine harte Hand. Sie war immer der Meinung, daß Schwelm seiner Tochter zuviel Freiheit läßt, daß er sie zu sehr verhätschelt. In Kronberg fühlt Kristine sich wie im Gefängnis.«

»Und der dritte Grund?«

»Den kennen Sie sehr genau. Kristine ist verliebt in Sie.«

»Ich weiß«, sagte er gleichmütig.

»Und Sie?«

»Ich habe Kristine sehr gern.«

»Mehr nicht?«

»Nein«, sagte er kurz und fuhr mit der Hand über die Saiten der Gitarre. »Ich habe Sie belogen«, sagte er unvermittelt und warf den Zigarettenstummel über die Brüstung. »Deshalb bin ich gekommen. Ich wußte, daß Sie allein sind. Zufällig habe ich gesehen, wie Herr Schwelm mit diesem strohmähnigen Bomber abrauschte... Eine Bekannte von Ihnen?«

»Eine Freundin meines Mannes. Er hat sie auf

der *Trinidad* kennengelernt. Maida Järnefelt... Wann und wo haben Sie mich belogen?«

»Vorhin in der *Flipper-Bar*.«

»Sie haben mir also doch nachspioniert.«

»Ich nicht. Kristine. Vielleicht ist es nicht fair gegen Kristine, daß ich Ihnen das sage. Aber es geht mir gegen den Strich, Sie anzulügen. In diesem Haus wird ohnehin viel zuviel gelogen.«

»Leider haben Sie recht. Aber wenn man erst damit angefangen hat, zappelt man wie ein Hering im eigenen Netz. Woher wußte Kristine...«

»Neulich auf der Party hat sie Ihr Gespräch mit Doktor Rheda mitgekriegt. Ich wollte Kristine nicht allein in diese Bar gehen lassen. Deshalb habe ich mitgespielt... So, jetzt ist mir wohler.«

Sie schwieg und rauchte. Das Gewitter kam näher. Die Rosen dufteten wie verrückt. Und die Sterne trieben wie Totenlichter für ertrunkene Seeleute im Sog der Nacht.

»Sind Sie mir jetzt böse?« fragte er. »Soll ich gehen?«

Sie schüttelte langsam den Kopf.

»Haben Sie Ihrem Mann gesagt, daß Sie ein Kind erwarten?«

»Nein«, sagte sie rasch und rauh. »Nein, ich hatte noch nicht den Mut. Es gibt da eine ganz dumme Geschichte...« Während sie ihm die Cabral-Story erzählte, fragte sich Nadia erneut, warum sie diesem fremden jungen Mann so unbedingt vertraute.

Sie war nicht verliebt in ihn wie Kristine. Sie brauchte keine Schulter zum Ausweinen. Sie brauchte keine Hilfe und keine guten Ratschläge. Das alles war es nicht. Was aber war es dann?

Er hörte ihr zu, ohne sie ein einziges Mal zu unterbrechen. Seine Gitarre zirpte wie schläfrige Zikaden in einer Tropennacht.

»Was für ein Irrsinn«, murmelte er, als sie fertig war. »Und das Verrückteste ist, daß ich Sie irgendwie verstehe... Trotzdem: Sie müssen über Ihren Schatten springen und ihm sagen, wie es wirklich war. Sie müssen mit ihm reden, bevor er aus Trotz und verbohrter männlicher Eitelkeit noch tiefer in die Sache mit Maida reinschlittert.«

»Noch tiefer? Er steckt schon bis über die Ohren drin... Tut mir leid, daß ich Sie mit meinen Problemen belästigt habe.«

»Es tut Ihnen leid? Soll das heißen, Sie bereuen Ihre Offenheit mir gegenüber?« Er legte die Gitarre weg und beugte sich so weit vor, daß sein Atem ihr Gesicht berührte.

»So war es bestimmt nicht gemeint«, sagte sie weich. »Es täte mir nur leid, wenn ich Ihnen mit meinen wirrköpfigen Geschichten lästig gefallen wäre. Ich bin nicht der Typ, der seine Sorgen auf den Rücken anderer packt.«

»Sie sind etwas viel Schlimmeres«, sagte er seufzend. »Sie sind der Typ, der alles in sich hineinwürgt. Aber irgendwann ist der Punkt erreicht...«

»Du meine Güte, ja! Wem sagen Sie das.«

Er nahm mit einer ungestümen Bewegung ihre Hand.

»Versprechen Sie mir in die Hand, daß Sie sich das Kind nicht wegmachen lassen.«

Sie atmete erschrocken ein. Die Berührung war ihr nicht unangenehm. Für die Dauer eines Händedrucks herrschte zwischen ihnen ein schrankenloses, vertrauensvolles Einverständnis wie zwischen Geschwistern. Etwas, das mit Sex nichts zu tun hatte.

»Das schwöre ich«, sagte sie ohne Pathos. »Möglich, daß ich meinen Mann verlasse. Aber das Kind lasse ich mir nicht nehmen.«

In diesem Augenblick brach das Wetter los. Ein Flammenkeil spaltete den Horizont. Fast gleichzeitig mit dem Donner kam der Regen. Innerhalb von Sekunden waren sie bis auf die Haut durchnäßt. Als sie mit vereinten Kräften die Glastüren schlossen, tauchte plötzlich Kristine im Hintergrund des Wohnzimmers auf. Ein schlaftrunkener Botticelli-Engel mit wirren Haaren, verheulten Augen und sanft geröteter Nase. Unter dem babyblauen Nachthemd schauten die bloßen Füße vor. Mit eisiger, leicht zitternder Kinderstimme fragte sie:

»Was habt ihr da draußen getrieben? Wo ist Papi?«

»Wir haben uns unterhalten«, sagte Nadia sanftmütig. »Entschuldige, daß ich dich nicht vorher um Erlaubnis gebeten habe... Dein Vater bringt Fräulein Järnefelt nach Hause. Genügt dir diese Auskunft?«

Kristine war rot geworden. Sie kaute auf ihrer Unterlippe herum.

»Geh ins Bett, Frosch«, forderte Hardy sie auf. »Sonst holst du dir einen Schnupfen.«

Kristine machte wütend kehrt und verschwand.

»Seien Sie nett zu Kristine«, sagte Nadia. »In dem Alter hat man eine Haut zu wenig.«

»Noch netter?« fragte er mit einer Grimasse.

»Wenn es sich machen läßt...« Sie küßte ihn im Vorübergehen auf die regennasse Wange. »Gute Nacht«, sagte sie. »Und danke fürs Zuhören.«

*

»Mache es dir bequem, Darling«, sagte Maida. »Was möchtest du trinken? Im Kühlschrank ist noch eine angebrochene Flasche Champagner.«

»Ich wollte eigentlich nicht bleiben«, murmelte Schwelm. Er fühlte sich nicht wohl in seiner Haut. Die aufdringlich feminine Atmosphäre des Raumes verstärkte sein Unbehagen: das französische Bett mit dem lachsfarbenen Damastüberwurf, der weiße, knöcheltiefe Fellteppich, die rosa samtenen Polstersessel mit den darüber verstreuten weiblichen Kleidungsstücken, die Flakons auf der Frisierkommode und der schwere Parfümgeruch... Er mußte unwillkürlich an die kühle, klarlinige Schönheit von Nadias Zimmer denken und fühlte einen unbestimmbaren Schmerz.

»Untersteh dich, mich während des Gewitters alleinzulassen. Ich könnte vor Angst einen Herzklaps kriegen...« Maida zog die rosa Samtportieren zu. Rosa war die vorherrschende Farbe. Auch der Lampenschirm war rosa. Ein pudriges, zu süßes und wollüstiges Rosa. »Meine Freundin steht auf Rosa«, sagte Maida entschuldigend. »Mein Geschmack ist es nicht. Ich bin mehr fürs Rustikale... Stört dich die Unordnung, Darling? Ich bin leider eine unverbesserliche Schlampe.« Sie raffte ein paar Strümpfe, einen geblümten Frisiermantel und eine Handvoll Spitzenunterwäsche zusammen und stopfte das ganze Zeug hinter ein Kissen. »Gott, ist das schwül!« Mit einem Ruck zog sie sich die Bluse über den Kopf. Ihre Brüste fielen wie goldbraune Birnen aus einem Korb.

Schwelm hatte plötzlich einen trockenen Hals. Er setzte sich auf die Kante des freigemachten Stuhles. Mit belegter Stimme fragte er:

»Stört es dich, wenn ich rauche?«

»Im Gegenteil. Deine Brasil wird einen Hauch von Männergeruch in diesen parfümierten Weiberpuff bringen.« Sie ging in die Küche und kam mit der Champagnerflasche und zwei Gläsern zurück.

»Willst du dir nicht etwas überziehen?« Er sah starr an ihrem nackten Oberkörper vorbei. Die Zigarre zog nicht richtig.

»Nein, mein prüder Liebling«, sagte sie lachend. »Ich hasse Kleider. Am liebsten laufe ich splitternackt durch die Wohnung. Nur aus Rücksicht auf dich behalte ich die Slacks an. Bis auf weiteres...«

Er hatte an diesem Abend schon zuviel getrunken. Aber der Champagner war wenigstens angenehm kalt und herb. Maida setzte sich mit angezogenen Beinen auf den Teppich und legte ihren schönen blonden Kopf an seine Knie.

»Auf uns!« sagte sie und trank ihr Glas mit einem Zug aus.

»Ich muß mit dir reden, Maida.«

»O je«, sagte sie. »Dieser verdammte Leichenbestatterton läßt mich Böses ahnen. Du willst also nicht mit mir schlafen? Bist du nicht in Stimmung oder geht es um ein Prinzip?«

Ihm war irgendwie übel. Er platzte fast vor nervöser Unruhe.

»Es geht um Nadia«, sagte er dürr.

»Ach du liebe Tante... Und ich dachte, ihr habt einen Vertrag, der beiden Partnern die absolute Freiheit in Sachen Sex einräumt?«

Er trank wie ein verdurstendes Pferd, aber davon wurde ihm auch nicht besser. Statt einer Antwort fragte er:

»Bist du sicher, daß Nadia mit Cabral...«

»Er hat es mir selbst gesagt«, fiel sie ihm eine Spur zu schrill ins Wort. Sie konnte lügen, ohne rot zu werden. »Typen wie mein verflossener Antonio

Goncalves müssen mit ihren erotischen Erfolgen protzen. Sie können gar nicht anders. Sonst würde es sie zerreißen.«

»Mag sein. Andererseits würde ein Typ wie Cabral lieber sterben, als eine sexuelle Schlappe einzugestehen. Ist es nicht so?«

»Genau. Leider kenne ich ihn zu gut. Mich kann er nicht beschwindeln. Ich hätte es ihm an der Nase angesehen... Das also wäre geklärt. Und wie geht es nun weiter?«

Ihm war todschlecht vor Enttäuschung. Seine Nerven flimmerten.

»Gib mir noch etwas zu trinken, ja?«

Sie kam rasch auf die Beine und goß den Rest aus der Flasche in sein Glas. Er stürzte das kalte, prikkelnde Zeug hinunter. Ein Donnerschlag ließ die Fenster erzittern. Der Regen prasselte wie Splitt an die Scheiben.

»Todesangst macht sinnlich«, sagte Maida. »Das ist wissenschaftlich erwiesen...« Sie packte seine Handgelenke und zog ihn hoch. Er taumelte ein bißchen, und sie fielen aufs Bett.

»Damit alles zwischen uns klar ist«, sagte Maida heiser. »Auf dich als Ehemann bin ich nicht scharf. Das kannst du deiner Nadia flüstern.«

»Laß Nadia aus dem Spiel«, sagte er, und es war wie ein letztes schwaches Aufbäumen vor dem Ertrinken.

*

Von da an verbrachte Hans Schwelm fast täglich mindestens eine Stunde in Maidas rosa Puppenstube. Hatte er Gewissensbisse? Dieses merkwürdige Organ, das man Gewissen nennt, war durch eine Art lokaler Betäubung vorübergehend stillgelegt. Er wußte nicht einmal mit Sicherheit, ob er in Maida Järnefelt verliebt war. Am Anfang ihrer Beziehung überfiel ihn die Sehnsucht nach Nadia manchmal ganz unvermittelt mit mörderischer Heftigkeit.

»Jetzt bist du in Gedanken bei Nadia«, sagte Maida, und es war keine Frage, sondern eine sachliche Feststellung ohne Vorwurf und ohne sentimentale Zwischentöne.

»Und wenn es so wäre. Stört es dich?«

»Ich bin nicht engherzig. Nadia ist schließlich deine Frau und ungewöhnlich attraktiv.« Maida beugte sich über ihn und zeichnete mit dem Zeigefinger die Linien seines Gesichtes nach. »Liebst du sie sehr?« Sie wartete auf eine Antwort, aber es kam keine. Seine geschlossenen Lider zuckten. Zwischen seinen Brauen war eine tiefe Kerbe. »Soll ich dir sagen, was du an dieser sonderbaren Eisheiligen liebst? Ihre scheinbare Rätselhaftigkeit. Aber ich habe deine Nadia durchschaut, und ich sage dir: Sie ist eine Sphinx ohne Geheimnis. Sie ist nur kalt und leer und lieblos. Ich könnte schwören, daß sie nicht mal sich selber liebt. Du jagst einem Phantom nach, Darling.«

Er setzte sich auf und suchte nach seinen Schuhen.

»Ich habe nicht vor, mit dir über Nadia zu diskutieren.«

»Du belügst dich selbst«, sagte Maida ärgerlich. »Warum hast du eine solche Scheißangst vor der Wahrheit? Wie oft hast du in den vergangenen drei Wochen mit deiner Frau geschlafen?«

Er bekam schmale Lippen.

»Bitte, hör auf, mich mit Fragen zu löchern.«

»Ich frage nicht, weil ich eifersüchtig bin. Ich frage aus wissenschaftlichem Interesse.«

»Hör bitte trotzdem auf.«

Tatsächlich hatte er seit jener Gewitternacht nicht mehr mit Nadia geschlafen. Ein Zeichen von ihr, und er hätte das Verhältnis mit Maida Järnefelt bedenkenlos gelöst. Aber das Zeichen blieb aus. Statt dessen hatte Schwelm das beklemmende Gefühl, daß Nadia ihm von Tag zu Tag weiter entglitt. Sie lebte ihr eigenes, abgekapseltes Leben, zu dem er keinen Zugang hatte. Manchmal fragte er sich, was sie eigentlich den ganzen Tag trieb. Gab es einen anderen Mann? Er wagte nicht, Nadia danach zu fragen. Und sie fragte ihn nicht nach Maida. Natürlich wußte oder ahnte sie, was mit ihm und Maida los war. Aber es schien sie nicht zu berühren.

Am Morgen nach seiner ersten Nacht mit Maida fand Schwelm eine Notiz in der Zeitung. Doktor Paul Rheda war bei einer Razzia in einem obskuren Lokal im Westend verhaftet worden. Man hatte Rauschgift bei ihm gefunden. Später hatte man seine Wohnung durchsucht und noch mehr von dem Zeug entdeckt.

»Das wird dich interessieren!« Er reichte Nadia das Blatt über den Frühstückstisch.

»Ah, gut«, sagte sie kühl, nachdem sie die Meldung überflogen hatte. »Das wird ihm hoffentlich das Genick brechen.«

»Hat er dich noch einmal belästigt?«

Sie schüttelte langsam den Kopf. Ihm fiel auf, daß sie elend aussah, und es gab ihm einen Stich.

»Fühlst du dich nicht wohl?«

»Die Hitze setzt mir zu.«

In Wirklichkeit war es die Schwangerschaft, die ihr zu schaffen machte. Und natürlich die Sache mit Maida. Sie hatte wachgelegen und gehört, daß er erst gegen drei Uhr morgens nach Hause gekommen war. Maida hatte es also geschafft. Sie fragte sich, ob er nun glücklich war und ob sie ihm dieses Glück gönnte. Jedenfalls fühlte sie sich vorerst außerstande, mit ihm über ihren Zustand zu sprechen.

*

In Kristines Sommerferien wollten sie nach Kampen fahren. Schwelm hatte von seinem Großonkel mütterlicherseits, der Kunstmaler und das schwarze Schaf der Familie gewesen war, ein altes Friesenhaus auf Sylt geerbt.

Nadia freute sich wie ein Kind auf die Zeit in

Kampen. Schwelm hatte nur beiläufig davon gesprochen. Ihre lebhafte Reaktion überraschte und rührte Schwelm irgendwie. Sie lag auf dem Liegestuhl unter dem Sonnenschirm. Die Hitzewelle dauerte an. Der Himmel war wie geschmolzenes Glas.

»Ist Margot denn damit einverstanden?«

»Wir hatten eine lange Unterredung«, sagte Schwelm. »Margot, Kristine und ich. Nach endlosem Hin und Her haben wir uns auf eine Art Waffenstillstand geeinigt. Nach den großen Ferien soll endgültig darüber entschieden werden, ob Kristine nach Kronberg zieht oder bei uns bleibt.« Er reichte Nadia den Drink, den er für sie gemixt hatte.

»Wie geht es Margot?« fragte sie und schälte den Trinkhalm aus der Papierhülle.

»Sie scheint sich mit der Situation abgefunden zu haben. Natürlich fühlt sie sich ein bißchen einsam. Sie hat drei Studenten als Untermieter aufgenommen. Margot braucht Menschen, die sie umsorgen kann... Freust du dich wirklich auf Kampen?«

Sie nickte heftig. In ihrem Gesicht war ein Ausdruck, den er noch nicht kannte. Wieder fiel ihm auf, daß sie krank aussah. Sie war graublaß unter der leichten Sonnenbräune. Unter ihren Augen lagen violette Schatten. Trotz der Hitze trug sie keinen Bikini, sondern ein schenkelkurzes Hemd aus indischer Baumwolle. Als hätte sie Hemmungen, ihren Körper seinen Blicken auszusetzen.

»Du hast doch nichts dagegen, wenn Hardy nach Kampen mitkommt? Es war Kristines Wunsch. Zwischen den beiden scheint sich nun doch etwas anzuspinnen.«

»Das ist gut«, sagte Nadia ernst. »Er ist der erste Mann in ihrem Leben, und sie kann sich nichts Besseres wünschen... Auch wenn diese Liebe nicht länger als einen Sommer dauern sollte. Es ist so wichtig, mit wem ein Mädchen die ersten Erfahrungen macht.« Sie schwieg erschrocken, als hätte sie schon zuviel gesagt. »Und Maida Järnefelt?« fragte sie mit unverhoffter Schärfe. »Hast du Maida auch in das Kampener Haus eingeladen?«

»Natürlich nicht!« sagte er schockiert und verschanzte sich hinter seiner Zeitung. Nadia brauchte nicht zu wissen, daß er deswegen eine Auseinandersetzung mit Maida gehabt hatte. Sie waren beide ziemlich laut geworden. Maida hatte eingelenkt: »Drei Wochen sind schließlich nicht die Ewigkeit... Wenn du wider Erwarten Sehnsucht nach mir bekommst: Telegramm genügt.«

Drei Wochen ohne Maida, dachte Nadia und atmete tief durch... Das ist deine Chance, und du wirst sie nützen. Vielleicht wird doch noch alles gut. Sie hörte ihn mit der Zeitung rascheln und spürte ihr Herz und das Kind und eine schmerzhafte Zärtlichkeit für den Mann hinter der Zeitung, der der Vater ihres Kindes war.

*

Am Anfang hatten sie Pech. Als sie in Kampen ankamen, regnete es in Strömen, und es wehte ein eiskalter Nordwest, der die Heckenrosen auf dem Wall zerzauste. Es war so kühl, daß sie den froschgrünen Kachelofen heizen mußten. Trotzdem fühlte Nadia sich wie neugeboren. Sie gewann das kleine rote Haus mit dem Reetdach auf den ersten Blick so lieb wie die Jagdhütte im Spessart. Sie liebte auch den Salzgeschmack des Windes und den Geruch brennenden Treibholzes und die Unendlichkeit des Himmels.

Am zweiten Tag nach ihrer Ankunft brachen Kristine und Hardy Pross zu einem mehrtägigen Ausflug nach Dänemark auf.

»Wirst du Hardy nicht vermissen?« fragte Schwelm.

»Was für eine blödsinnige Idee!« Nadia errötete vor Ärger. »Du glaubst doch nicht etwa...?« Gleich darauf verrauchte ihr Zorn, und sie mußte lachen. »Du wirst es nicht für möglich halten«, sagte sie und streckte ihm die Hand entgegen. »Aber ich freue mich unheimlich auf das Alleinsein mit dir.«

Er ergriff ihre Hand. Sie fühlte sich heiß und trocken an. »Hast du Fieber?« fragte er erschrocken. »Hoffentlich hast du dich nicht erkältet.«

»Ich bin nur glücklich«, sagte sie.

Minutenlang war es so still, daß sie das Holz im Kachelofen knacken und den Meerwind im Schornstein hörten.

»Geht es dir wirklich gut?« fragte er fast ohne Atem.

»Es geht mir wundervoll.« Sie fuhr plötzlich zusammen. »Jemand ist an der Tür«, sagte sie und fror mit einmal. »Hast du es nicht gehört?« Eine Vorahnung überflog ihr Herz wie mit Eis. Sie fror jetzt so schrecklich, daß ihre Zähne aufeinanderschlugen. »Vielleicht haben Kristine und Hardy das Schiff verpaßt.«

»Das will ich doch nicht hoffen.« Schwelm ging hinaus und öffnete die Tür. »Du?« fragte er wie aus allen Wolken gefallen. Draußen stand Maida. Eine windzerraufte, tropfnasse, unbekümmert strahlende Maida. »Ich ... ich hatte dich doch gebeten ...«

»Ich hab's einfach nicht ausgehalten!« sagte Maida und schüttelte den Regen aus dem hafergelben Haar.

Ohnmächtige Wut schnürte ihm den Hals zu. Er stand immer noch unschlüssig, als er vom Geräusch eines dumpfen Falles jäh aufgerüttelt wurde. Als er ins Zimmer zurückstürzte, sah er Nadia wie leblos auf dem Teppich liegen. Der weiße Teppich war rot von Blut.

*

Als sie im Krankenwagen zu sich kam, wußte Nadia mit instinktiver, unumstößlicher Sicherheit, daß sie das Kind verlieren würde. Sie hatte große Schmerzen, aber die Schmerzen waren nichts gegen die nackte Grausamkeit dieser blitzhaften Erkenntnis, und sie waren nicht stark genug, um ihr Bewußtsein erneut auszulöschen.

»Wie geht es dir jetzt?« fragte Schwelm, der neben ihr saß und ihre Hand hielt.

Sie hatte die Augen nur einen Spalt weit geöffnet und sofort wieder geschlossen. Ihre bläulichen Lippen bewegten sich.

»Wenn das Sprechen dich zu sehr anstrengt...«

Sie murmelte etwas, das er nicht verstand. Nein, sie konnte und wollte jetzt nichts sagen. Und sie konnte seinen Anblick nicht ertragen. Der Druck seiner Finger ließ nach. Ihre Hand entglitt ihm und blieb auf der Wolldecke liegen. Mochte er ruhig denken, daß sie wieder ohnmächtig geworden war.

Es war nicht seine Schuld, daß alles so gekommen war. Nadia war sicher, daß Maidas plötzliches Auftauchen auch für ihn eine unangenehme, nicht einkalkulierte Überraschung bedeutete. Das Ganze hatte eine teuflische innere Logik. Ausgerechnet in dem Moment, wo sie endlich allein mit ihm und die Gelegenheit zu einer Aussprache günstiger denn je war, mußte diese strahlende Bestie Maida wie auf ein magisches Stichwort aufkreuzen. Und ausgerechnet in dem Moment mußte ihr das zustoßen.

Wunder geschehen nicht, dachte sie, und jener andere unkörperliche Schmerz durchstrahlte ihr Inneres mit der Helligkeit einer gnadenlosen Höllensonne.

Die Privatklinik von Doktor Vollrath in Westerland war ein freundlicher, rosenumrankter Klinkerbau. Nachdem alles vorüber war, brachte man Nadia in ein Einzelzimmer im Entbindungstrakt.

»Ich möchte Sie etwas fragen, Herr Doktor...«

Der Arzt, ein bulliger Mittfünfziger setzte sich zu ihr aufs Bett. Sie sprach so leise, daß er sich über sie beugen mußte, um sie zu verstehen.

»Versuchen Sie zu schlafen. Ich schlage vor, daß wir unsere Unterhaltung auf morgen verschieben.«

Sie rollte den Kopf auf dem Kissen.

»Bitte«, sagte sie in flehendem Ton. »Ich kann nicht schlafen, bevor Sie mir nicht zwei Fragen beantwortet haben. Und seien Sie ganz offen zu mir. Ich kann's ertragen.«

»Also?«

Sie hob die Lider. Ihr Blick war erstaunlich klar.

»Als ich knapp siebzehn war, wurde eine Abtreibung an mir vorgenommen. Wie es dazu kam, geht nur mich etwas an.« Ihre Stimme wurde deutlicher. »Ich lebte damals in Hongkong«, fuhr sie fort. »In ziemlich schwierigen Verhältnissen. Eine alte Chinesin hat den Eingriff durchgeführt. Danach ging es mir eine Zeitlang miserabel. Könnte es sein, daß die Alte mich verpfuscht hat? Ich meine, halten Sie es für denkbar, daß ich deswegen mein Kind nicht behalten durfte?«

Doktor Vollrath nahm die Brille ab und putzte die Gläser mit dem Taschentuch.

»Etwas Ähnliches habe ich vermutet. Ein Zusammenhang ist zumindest wahrscheinlich... Kennt Ihr Gatte die Vorgeschichte?«

»Er hat nicht die leiseste Ahnung. Und ich bitte Sie inständig...«

»Geschenkt«, sagte Doktor Vollrath knurrig.

»Die zweite Frage kann ich mir selbst beantworten«, sagte Nadia rauh. »Ich werde wohl nie ein Kind haben können.«

Der Arzt setzte die Brille wieder auf und hustete trocken.

»In der Medizin soll man niemals nie sagen. Manchmal geschehen Wunder.«

»In meinem Leben nicht«, sagte Nadia leise.

»Aber, aber... Jedenfalls müssen Sie sich eine ganze Weile vorsehen und regelmäßig untersuchen lassen.«

»Schon gut... Ist mein Mann noch draußen? Haben Sie schon mit ihm gesprochen?« Ihre Stirn war plötzlich schweißbedeckt.

»Noch nicht. Er wartet seit Stunden.«

»Doktor, mein Mann hat bis heute nicht gewußt, daß ich schwanger bin.«

»Das ist doch wohl nicht möglich«, murmelte der Arzt verblüfft.

»Es ist aber so. Erwarten Sie von mir keine Erklärung.«

»Na schön. Das ist Ihre Sache. Wollen Sie ihn sehen? Oder ist es Ihnen lieber...«

»Heute nicht«, sagte sie hastig. »Sagen Sie ihm das Nötige, und schicken Sie ihn nach Hause. Er kann mich morgen besuchen.«

Als der Arzt gegangen war, lag Nadia ganz still und starrte an die Decke. Sie fühlte sich so leer und leicht und so ohne Leben wie eine abgestorbene Schmetterlingshülle. Nicht einmal weinen konnte sie.

Und wenn er sich nicht wegschicken läßt? Ich werde mich schlafend stellen. Ich... Ihre Gedanken verwirrten sich. Die Beruhigungsspritze begann zu wirken.

*

Mit einem Taxi fuhr Schwelm nach Kampen zurück. Er war einfach nicht imstande, klar und zusammenhängend zu denken. Sein Gehirn war wie ein formloser, von diffusen Schmerzen durchzuckter Blutklumpen unter der Schädeldecke.

Als er das Licht in den Fenstern sah, wäre er am liebsten umgekehrt, um den Rest der Nacht irgendwo allein in den Dünen zu verbringen. Es hatte aufgehört zu regnen, und der Himmel wurde schon grau. Der Gartenweg war mit Rosenblättern bedeckt.

»Endlich!« sagte Maida. »Du bist doch nicht böse, daß ich hier auf dich gewartet habe?« Sie war immerhin so taktvoll, ihn nicht zu umarmen.

Schwelm ging wortlos an ihr vorbei ins Haus und in den Wohnraum. Als er den dunkel verfärbten Blutfleck auf dem Teppich sah, wurde ihm übel. Er stürzte weiter ins Bad und erbrach sich unter Krämpfen, bis sein Magen nur noch eine gallige Flüssigkeit hergab. Nachdem er ein Glas Wasser getrunken und sein Gesicht gewaschen hatte, verließ er das Badezimmer.

Maida saß in der Küche. Auf dem Tisch stand eine angebrochene Flasche Korn. Maida hatte sich offenbar häuslich eingerichtet. Sie trug einen himmelblauen Bademantel, der vorne aufklaffte. Der Anblick ihrer halb entblößten Brüste verursachte ihm erneut Übelkeit. In diesem Augenblick haßte er sie beinahe. Er haßte den warmen Honig- und Heugeruch ihres gesunden Körpers. Und am meisten haßte er sich selbst.

»Du siehst aus, als ob du auch einen Schluck vertragen könntest.« Sie gab ihm ein volles Glas, und er machte eine abwehrende Geste, trank dann aber doch. Der scharfe Schnaps fuhr wie eine Stichflamme in seinen entleerten Magen.

»In welchem Monat war sie?« Die brutale Sachlichkeit dieser Frage riß Schwelm aus seiner Benommenheit.

»Im dritten. Müssen wir darüber reden?«

»Und ob wir das müssen. Ich verstehe, daß du geschockt bist. Hat sie dir die Schwangerschaft verschwiegen? Das hab ich mir doch gedacht... Eine

Fehlgeburt ist kein Weltuntergang. Nadia ist zäh. Sie wird's überleben.«

»Hör auf.«

»Du hast keinen Grund, die Nase hängen zu lassen«, fuhr sie ungerührt fort. »Denk doch mal nach: Wenn Nadia wirklich im dritten Monat ...«

Sein Gesicht wurde weiß wie der Rollkragen seines Pullovers. In seinen Augen brannte ein Feuer, das Maida Angst machte. »Worauf willst du hinaus?«

»Guter Gott«, sagte sie nicht mehr ganz so unverfroren. »Muß ich dir vorrechnen, was vor drei Monaten war?«

Seine Züge verfielen erschreckend. Das Haar fiel ihm in die schweißfeuchte Stirn. Er sah plötzlich zehn Jahre älter aus.

»Das Kind könnte also von Cabral sein.« Er tastete nach der Flasche. Der Flaschenhals klirrte gegen den Glasrand.

»In manchen Lebenslagen ist es gut, sich einen anzusaufen«, sagte Maida. »Hast du die Cabral-Affäre so erfolgreich verdrängt? Natürlich ist es genauso gut möglich, daß du Nadia schwanger gemacht hast. Ich weiß ja nicht, ob ihr ein Kind haben wolltet und wenn nicht, welche Vorkehrungen ihr getroffen habt. Ich weiß nur, daß mein Ex-Freund Cabral in dieser Hinsicht sträflich leichtsinnig ist. Wenn ich die Pille nicht genommen hätte, würde ich jetzt todsicher mit einem Balg von ihm im Bauch herumlaufen.«

»Es ist besser, wenn du gehst«, sagte er mit kraftloser Stimme.

»Jetzt sofort? Es ist vier Uhr morgens.«

»Du kannst heute nacht oben im Gästezimmer schlafen.«

»Zu gütig. Und was dann?«

»Morgen vormittag fährst du am besten nach Frankfurt zurück.«

»Du bist unfair«, sagte sie. »Ich bin leider in dich verliebt. Aber deshalb lasse ich mich noch lange nicht von dir herumkommandieren. Vielleicht fahre ich nach Frankfurt zurück. Vielleicht suche ich mir ein Hotelzimmer hier in der Umgebung und irgendeinen Kerl, der nicht jede Menge Probleme in mein Bett mitbringt. Ich will Spaß im Bett und keine Tragik.«

Als sie aufstand, glitt ihr Bademantel auseinander. Zum ersten Mal sah er ihren nackten Körper ohne einen Funken von Begehrlichkeit.

»Mach doch, was du willst«, sagte er zu Tode erschöpft.

*

Sie standen an der Reling und sahen den Möwen zu. Der Regen machte ihnen nichts aus. Sie hatten kanariengelbe Gummimäntel an und die Südwester unter dem Kinn festgebunden. Die See ging hoch, und der Wind riß ihnen die Worte vom Mund.

»Ich liebe dich«, sagte Kristine in den Wind. »Ich weiß, das hört sich unheimlich blöd an und lächerlich altmodisch. Gartenlaube. Neunzehntes Jahrhundert. Ich bin eine höhere Tochter und viel zu gut erzogen, und ich trage meine gute Erziehung wie einen verdammten Keuschheitsgürtel und wie einen Mühlstein um den Hals. Das ist alles wahr und unheimlich lästig. Trotzdem liebe ich dich, und kein Aas kann mich hindern, das auszusprechen.«

»Warum machst du soviel Worte um eine einfache Sache?«

Sie hob Hardy Pross ihr vom Seewind gerötetes, regennasses Gesicht entgegen. Ihre sonst so sanften Rehaugen blitzten aggressiv.

»Mit der Liebe ist es wie mit der Mathematik«, sagte sie. »Wenn man einen guten Lehrer hat, kommt einem alles ganz einfach vor. Ein mieser Lehrer kann dir den Spaß an der Sache bis an dein Lebensende vermiesen. Gib zu, daß ich recht habe.«

Das Schiff schlingerte stärker, und sie fielen gegeneinander. Hardy mußte plötzlich daran denken, was Nadia beim Abschied zu ihm gesagt hatte: »Seien Sie sanft mit Kristine. Es ist so wichtig für ein Mädchen, wie der erste Mann mit ihm umgeht...«

Er spürte Kristines Erwartung und küßte ihren Mund, der nach Meersalz schmeckte und trotzdem sehr süß. Ein weicher, ahnungsloser, lernbegieriger Mund.

»Wenn du mich schon nicht liebst«, sagte Kristine erstickt. »Versuche wenigstens, mich sympathisch zu finden.«

»Sei nicht albern. Natürlich finde ich dich sympathisch.«

»Und es ist dir nicht unangenehm, mich zu küssen?«

»Keine Spur«, sagte er lachend. »Wofür hältst du mich? Für die Heilsarmee?«

»Aber du liebst mich nicht. Jedenfalls nicht so, wie ich dich liebe.«

»In deinem Alter...«

»Komm mir jetzt nicht auf diese linke Tour. Mit achtzehn ist man kein Baby mehr.«

»So hab ich das nicht gemeint. Aber mit achtzehn spuckt man so große Töne wie ›Liebe‹ noch leichter aus. Liebe ist kein Apfel, der dir in den Schoß fällt.«

»Schon gut, Herr Lehrer. Du bist ja so alt und weise und grauenvoll erfahren. Schon gut. Dann eben andersrum. Reden wir nicht von Liebe, sondern von Sex.«

»Uff«, machte er und zog eine komische Grimasse.

»Nenn es, wie du willst«, sagte sie und streifte seine Wange mit den Lippen. »Aber beantworte mir eine einzige Frage, ohne zu lügen: Hast du Lust, mit mir zu schlafen?«

»Du gehst ziemlich forsch ran.«

»Ja oder nein?«

»Ja, verdammt noch mal.«

»Und wir werden drüben in Röm im Hotel keine Einzelzimmer, sondern ein Doppelzimmer nehmen?«

»Okay.«

»Und es stört dich nicht, daß ich noch ... unschuldig bin? Gott, wie ich dieses Wort hasse! Hast du schon mal mit einem Mädchen, das noch nie mit einem Mann und so weiter?«

»Nee«, sagte er aufrichtig. »Aber spielt das eine Rolle?«

»Woher soll ich das wissen? Bin ich der Mann oder du? Na also ... Und du wirst mir ehrlich sagen, wenn ich was falsch mache?«

»Bestimmt«, sagte er ernsthaft. »Und jetzt habe ich Lust auf einen Grog.«

*

Sie bekamen das Doppelzimmer ohne Schwierigkeiten. Niemand sah sie schief an. Niemand stellte irgendwelche dumme Fragen. Es war ein einfaches kleines Hotel, und das Zimmer hatte keinen besonderen Komfort.

»Aber das Bett ist okay«, sagte Kristine und mißbrauchte die Matratze als Trampolin. Sie bekam rote Ohren, und ihre Augen glänzten wie im Fieber. Sie zog ihr Kleid aus und hängte es auf einen Bügel. »Du brauchst dich nicht umzudrehen, während ich mich ausziehe!« Ihre Stimme war heller und lauter als normal. Sie erinnerte Hardy an ein Kind, das im dunklen Keller singt, um sich Mut zu machen. Der Ausdruck heiliger Entschlossenheit rührte ihn eigenartig. Eine kleine Märtyrerin auf dem Weg zum Schafott. Auch wenn Nadia ihn nicht darum gebeten hätte: Er konnte gar nicht anders, als sanft zu ihr zu sein.

»Huh, ist das kalt!«

Die Kälte war für sie nur ein Vorwand, um blitzschnell unter das schützende Deckbett zu schlüpfen.

»Ich will mich nur noch rasch rasieren«, sagte Hardy. »Sonst siehst du morgen aus, als hättest du die Masern.«

Im Spiegel sah er, daß sie die Augen geschlossen hatte. Unter dem bauschigen Deckbett konnte er die Umrisse ihres Körpers nur erraten. Wie ein goldbraunscheckiges Vlies lag ihr Haar auf dem lilaweiß gemusterten Kissen. Nichts konnte kindlicher und buchstäblich unschuldiger sein als diese runde Stirn, diese kurze sonnenverbrannte Nase mit den drei Sommersprossen, dieser Wimpernschatten auf flaumigen Wangen, dieser halboffene erwartungsvolle Mund.

»Trödel nicht so«, sagte sie mit einem ungeduldigen Seufzer.

»Wir haben doch massenhaft Zeit, oder?«

»Ich nicht!« Das kam so drollig heraus, daß er

lachen mußte. »Ich komme dir wohl irre komisch vor«, sagte sie verschnupft.

»Nun spiel nicht die beleidigte Leberwurst. Wir müssen doch nicht tierisch ernst an die Sache rangehen.«

»Ich ...« Sie sprach den Gedanken nicht aus. Ihre Unterlippe zitterte kaum merklich. »Würdest du wohl das Licht ausmachen«, sagte sie mit belegter Stimme. »Es ist nicht, weil ich prüde bin. Aber das Licht tut meinen Augen weh.«

»Wie du willst.«

Als er das Deckbett zurückschlug, nahm Kristine unwillkürlich eine embryonale Haltung an. Eine Weile lagen sie still, ohne sich zu berühren, und hörten dem sanften Rauschen des Landregens zu. Dann rollte sie sich wie ein Kätzchen zu ihm hinüber. Ihr Haar kitzelte sein Gesicht. Sie küßte ihn zuerst, und dieser Kuß war wie ein erster tastender Schritt auf einem fremden Strand.

»Du kannst mir ruhig wehtun«, sagte sie mit Herzklopfen in der Stimme. »Ich hab mir sagen lassen, daß es beim ersten Mal immer ein bißchen wehtut.«

»Es tut nur weh, wenn du dich vor Angst verkrampfst.«

»Ich habe keine Angst«, murmelte sie. Eine unerträgliche Spannung preßte ihr den Hals zu, bog ihren Kopf zurück, krümmte ihre Zehen.

Er ging behutsam mit ihr um, und sie stieß kindliche Wimmerlaute aus und preßte die Fäuste an den Mund.

»Komm endlich!« schrie sie beinahe wütend und krallte alle zehn Fingernägel in seine Schultern.

Als es vorüber war, bekam sie einen kurzen nervösen Weinkrampf.

»Ich bin nicht hysterisch«, schnüffelte sie, die feuchte Nase an seiner Wange. »Ich heule nur, weil ich unheimlich glücklich bin... Sag mir bitte ehrlich, wie ich war...«

»Für eine Anfängerin ganz ordentlich«, sagte er mit zärtlicher Ironie und streichelte ihr Haar.

»Ganz ordentlich! Das klingt ja widerlich nüchtern.«

»Du hast diese Antwort provoziert. Bin ich ein Turnlehrer, der Zensuren vergibt? Sei nicht so ehrgeizig und hab ein bißchen mehr Vertrauen. Schließlich ist Liebe kein Leistungssport...«

»Aber ich vertraue dir mehr als jedem anderen Menschen. Meinen Vater ausgenommen.«

»Du sollst auch dir selber vertrauen«, sagte er und unterdrückte ein Gähnen. »Du bist nämlich ein Naturtalent. Wenn du willst, kannst du es schriftlich von mir haben.«

Sie kicherte getröstet und kuschelte sich an ihn wie eine junge satte Katze. Gleich darauf war sie fest eingeschlafen.

*

Schwelm verbrachte in seinem Haus auf Sylt eine nahezu schlaflose Nacht. In seinen Wachträumen kam ihm nichts schlimmer vor als der Gedanke, Nadia könnte durch diesen Sexualprotz Cabral schwanger geworden sein. Mußte er unter diesen Umständen nicht direkt froh sein, daß sie das Kind verloren hatte?

Maida hatte nicht ganz unrecht. Er hatte die Cabral-Affäre tatsächlich aus seinem Bewußtsein verdrängt. Aus einer Art von Selbsterhaltungstrieb hatte er den Kopf in den Sand gesteckt und sich gezwungen, nicht darüber nachzudenken. Er hatte weder den Willen noch die Kraft, sich Details auszumalen. Die gleiche Selbstdisziplin — oder Vogel-Strauß-Politik — übte er auch in bezug auf Nadias Vergangenheit. Er liebte sie trotz allem, und er liebte sie mit einer dumpfen, die Tatsachen verleugnenden Verzweiflung. Maida Järnefelt hatte mit der ihr eigenen brutalen Direktheit den heilsamen Schleier der Selbsttäuschung zerrissen. Haßte er sie deswegen?

Als er aufstand, schlief Maida noch. Er wollte sie jetzt nicht sehen. Ohne Frühstück verließ er das Haus und fuhr zwei Stunden lang ziellos in seinem offenen MG kreuz und quer über die Insel. Das Wetter war in der Nacht umgeschlagen und der Himmel wolkenlos blau. Gegen neun parkte er den Wagen vor der Klinik und ließ sich bei Doktor Vollrath melden.

»Wie geht es meiner Frau?«
»Sie macht mir Sorgen«, sagte Doktor Vollrath. »Körperlich hat sie die Sache ganz gut überstanden. Aber ich habe den Eindruck, daß sie den Verlust des Kindes seelisch nicht verkraften kann. Vielleicht hätte ich ihr nicht sagen dürfen, daß sie kein zweites Kind haben wird. Andererseits...«
»Was?«
»Andererseits scheint sie der Typ Frau zu sein, der mit der Wahrheit leichter zurechtkommt als mit der Qual der Ungewißheit. Wie auch immer: Ihre Frau braucht jetzt Ihre Hilfe mehr denn je. Sie braucht sehr viel Zärtlichkeit und Verständnis.«
Schwelm nickte. Ein Gefühl hoffnungsloser Schwäche durchrieselte ihn, als er mit einem Ruck aufstand.
»Darf ich jetzt zu ihr?«
Er hatte Blumen gekauft. Siebzehn hellrote, noch knospige Rosen. Die Schwester nahm ihm den Strauß ab und verschwand auf lautlosen Sohlen. Das Fenster stand offen. Ein sanfter Wind bauschte den weißen Vorhang.
»Guten Morgen, Liebes.«
Trotz aller Mühe brachte sie kein Lächeln zustande. Der Anblick ihres ungeschminkten und erschöpften Gesichtes drehte ihm das Herz um. Ihr blauschwarzes Haar war zu einem braven Schulmädchenzopf zusammengeflochten. Trotz der tiefen Schatten unter ihren Augen, trotz der feinen Linien

um Nase und Mund wirkte ihr Gesicht rührend jung und verletzlich.

»Bist du sehr enttäuscht?«

Diese fast naive Frage brachte ihn für einen Atemzug aus der Fassung. Er liebte sie in diesem Augenblick verzweifelter denn je. Aber er wußte einfach nicht, was er sagen sollte.

»Denke nicht mehr daran«, sagte er unbeholfen. »Du mußt jetzt ganz rasch gesund werden. Alles andere ist unwichtig.«

Ein Ausdruck von Argwohn verdunkelte ihre Augen.

»Du bist sehr taktvoll«, sagte sie bitter. »Aber ich brauche keine Schonung. Und ich begreife sehr schnell.«

»Warum quälst du dich so?«

»Und du? Warum sprichst du nicht aus, was dich in Wirklichkeit bewegt? Das Dumme ist, daß du dich nicht verstellen kannst. Soll ich dir sagen, was du denkst? Du denkst: Vielleicht ist es besser so! Weil du im Grunde deines Herzens zweifelst, ob es auch wirklich dein Kind...«

»Nicht...« sagte er atemlos und preßte ihre kühlen, schlaffen Finger.

»Mein Gott«, sagte sie mühsam. »Nimmt denn das nie ein Ende? Werden wir es nie fertigbringen, ganz offen und ehrlich zueinander zu sein?«

»Du darfst dich nicht aufregen. Doktor Vollrath hat gesagt...«

»Ich pfeife darauf. Wenn wir es jetzt nicht schaffen, dieses gottverdammte Lügengespinst zu zerstören...«

»Ich werfe dir nur eine einzige Sache vor«, sagte er müde. »Deinen Mangel an Vertrauen. Ich liebe dich, hörst du!«

»Vertrauen gegen Vertrauen«, sagte sie mit steifen Lippen. »Wenn ich dir mein Ehrenwort gebe, daß zwischen diesem Cabral und mir nichts gewesen ist...«

»Du brauchst nicht zu schwören, Liebes. Was auch immer geschehen ist und weiter geschieht: Ich liebe dich und werde nie aufhören dich zu lieben. Gibt es einen stärkeren Vertrauensbeweis?«

»Sicher nicht«, sagte sie mit schneidender Kälte und entzog ihm ihre Hand. »Du liebst mich ›trotzdem‹. Du hast es oft genug gesagt. Vielleicht ein bißchen zu oft. Aber lassen wir das. Wer hat schon dieses sagenhafte Glück, trotzdem geliebt zu werden? Aber übernimm dich nicht. Du bist nicht Gottvater. Eine Überdosis Gnade kann tödlich wirken. Darüber solltest du einmal in Ruhe nachdenken.«

»Das ist doch alles Unsinn. Du bist überreizt. Du willst mich einfach nicht verstehen.«

Sie hatte jetzt wieder ihr Maskengesicht. Poliertes, undurchdringliches, unrührbares Elfenbein.

»Ich bin müde«, sagte sie und drehte den Kopf zur Seite.

Er hörte die Schwester hereinkommen und erhob

sich mit den Bewegungen eines alten Mannes. Die Schwester stellte die Rosen auf den Nachttisch.

»Sehen Sie nur, was für herrliche Rosen!« flötete sie mit ihrer professionellen Kindertantenstimme. Eine Mischung aus Kamillentee, Honig und Narkose-Äther. Sie verharrte mit vor der Brust gefalteten Händen. Aber von Nadia kam keine Reaktion.

Schwelm ging rasch hinaus. Er hatte das deprimierende Gefühl, in einem entscheidenden Moment versagt zu haben. Und er fragte sich zutiefst verwirrt, welchen Fehler er gemacht hatte. Als er wieder im Wagen saß, glaubte er die Lösung gefunden zu haben. Er hätte sich ohrfeigen können.

Bei Gott, das habe ich nicht gewollt... Ihm war zum Heulen zumute... Nichts liegt mir ferner, als Nadia demütigen zu wollen. Aber sie muß es so aufgefaßt haben. Liebe als Almosen. Wie abscheulich. Großmut wird zum Laster, wenn sie sich selbst beweihräuchert...

Am liebsten wäre er jetzt sofort zu Nadia zurückgegangen, um diesen Fehler wiedergutzumachen. Doch dazu fehlte ihm der Mut.

*

Als Kristine und Hardy drei Tage später von ihrem Dänemark-Trip zurückkamen, fanden sie Haus und Hausherrn in einem jammervollen Zustand.

»Um Himmels willen, Papi, was ist passiert? Etwas mit Nadia?«

»Ich hab euch erst heute abend zurückerwartet«, sagte er und zog den Gürtel seines Bademantels fester. »Sonst hätte ich ein bißchen aufgeräumt...« Obwohl es Nachmittag war, hatte er sich noch nicht rasiert. In der Küche türmte sich das ungewaschene Geschirr. Überall standen übervolle Aschenbecher herum. Der kalte Zigarrenmief war unerträglich. Kristine riß sämtliche Fenster auf. Mit dem Wind kam der salzige Tanggeruch des Meeres ins Haus und die herbe Süße des Inselsommers mit dem Duft von Gräsern und Rosen.

»Hast du schon Kaffee getrunken? Natürlich nicht. Man kann dich nicht allein lassen, alter Herr. Wir trinken den Kaffee im Garten. Wo hast du das Gebäck, Hardy? Nun schieß endlich los, Papi. Was ist hier kaputt? Sie ist dir doch nicht wieder mal durchgebrannt?«

»Nadia ist in der Klinik.« Die Lichtfülle, die durch die offenen Fenster hereinbrach, tat seinen Augen weh. Mit fahrigen Bewegungen tastete er seine Taschen nach der Sonnenbrille ab, fand sie endlich und setzte sie auf.

»In der Klinik? Was fehlt ihr denn?«

»Nicht jetzt«, murmelte er. »Wenn ich mich angezogen und rasiert habe...« Er berührte seine stopplige Wange.

»Ich will es aber gleich wissen«, sagte Kristine.

Hardy Pross wollte sich aus der Tür drücken, aber sie hielt ihn am Hemdärmel zurück.

»Bleib da«, sagte sie. »Du gehörst jetzt zur Familie.«

»Nicht doch«, sagte Hardy ärgerlich. »Du siehst doch, daß dein Vater...«

»Bleiben Sie ruhig«, sagte Schwelm mit einem unfrohen Lachen. »Da Kristine soeben feierlich Ihre Aufnahme in die Familie verkündet hat... Na ja, ich kann mir denken, was das zu bedeuten hat. Sie brauchen deswegen keinen roten Kopf zu kriegen. Kristine ist kein Kind mehr. Also, ich mische mich da nicht ein...«

Hardy stand wie auf Kohlen. Es war ihm gar nicht recht, daß Kristine die Sache an die große Familienglocke hängte. Außerdem hatte er jetzt andere Sorgen. Er glaubte zu wissen, was mit Nadia passiert war.

»Du bist vom Thema abgekommen, alter Herr«, sagte Kristine mit zärtlicher Strenge.

»Nadia hatte eine Fehlgeburt.« Es fiel ihm unglaublich schwer, darüber zu sprechen.

Kristine fiel aus allen Wolken.

»Warum hast du keinen Ton gesagt, daß sie schwanger ist? Oder hast du es selbst nicht gewußt? Das wäre allerdings...«

»Selbstverständlich habe ich es gewußt.«

»Armer alter Herr!« Sie fiel ihm um den Hals und küßte seine unrasierten Wangen.

»Du denkst immer nur an mich«, sagte er abwehrend. »Für Nadia ist es viel schwerer. Es geht ihr nicht gut. Der Arzt hat Besuche verboten.« Das war gelogen. Die Wahrheit war, daß Nadia ihn nicht sehen wollte.

»Sie tut mir leid«, sagte Kristine spröde. »Aber du stehst mir nun mal näher. Außerdem ...«

Bitte, sprich es nicht aus, dachte Hardy, der ans Fenster getreten war.

»Außerdem kann ich mir Nadia als Mutter schlecht vorstellen«, sagte Kristine. »Bist du denn sicher, daß sie sich das Baby gewünscht hat?«

»Wir beide haben uns ein Kind gewünscht.« Er spürte mit einmal eine gallige Übelkeit.

Hardy konnte es nicht mehr aushalten.

»Ich gehe in die Küche und setze das Kaffeewasser auf.«

»Und ich decke den Tisch im Garten ... Halte die Ohren steif, alter Herr. Vielleicht beglücke ich dich demnächst mit Enkelkindern.«

Den letzten Satz bekam Hardy nicht mehr mit, und das war auch besser so.

»Soll das heißen, daß ihr heiraten wollt?« fragte Schwelm in der Tür zum Badezimmer.

»Von Heiraten war noch nicht die Rede«, sagte Kristine lachend. »Aber was nicht ist, kann noch werden. Kannst du dir einen netteren Schwiegersohn denken? Jedenfalls bin ich irre glücklich.«

»Das ist die Hauptsache«, murmelte Schwelm mit einem dünnen Lächeln.

Ich sehe wirklich schlimm aus, dachte er vor dem

Badezimmerspiegel. Wie konnte ich mich bloß so gehen lassen... Er schüttelte zwei Kopfschmerztabletten aus einem Röhrchen und spülte sie mit Wasser herunter. Hätte ich erwähnen sollen, daß Maida hier war? Wenn sie plötzlich wieder aufkreuzt und irgendeine leichtsinnige Bemerkung macht... Kalter Schweiß trat aus seinen Poren. Er hatte so sehr gehofft, daß Maida nach Frankfurt zurückgefahren war. Bis er sie gestern nachmittag auf der Straße zwischen Westerland und Kampen wiedersah. Auf dem Soziussitz einer schweren Honda, die von einem langhaarigen Jet-Setter gefahren wurde. Sie winkte und lachte mit strahlenden Raubtierzähnen, als der verdammte Feuerstuhl seinen MG überholte. Ihr Haar flog im Wind wie ein goldenes Siegesbanner. Sie hatte ihre Drohung also wahrgemacht und sich dem erstbesten Playboy an die behaarte Brust geworfen... Das Schlimme war, daß er eine stechende Eifersucht empfunden hatte. Und er hatte geglaubt, sie zu hassen...

*

Unter einem Vorwand verdrückte sich Hardy gleich nach dem Kaffee und fuhr heimlich nach Westerland. Er erstand einen flammendbunten Sommerstrauß und kritzelte einen Gruß auf eine Karte. Für den Fall, daß er nicht vorgelassen werden sollte.
　Zu seiner Überraschung bekam er sofort eine Be-

suchserlaubnis. Und jetzt saß er schon über eine halbe Stunde auf dem Stuhl neben Nadias Bett und hörte ihr zu. Fünfunddreißig Minuten. Jedenfalls lange genug, um ein sehr reizendes Wesen namens Kristine so vollständig zu vergessen, als hätte es nie existiert.

»Er glaubt immer noch, daß das Kind von Cabral sein könnte... Was kann ich denn noch tun? Großer Gott, ich kann doch nicht mehr als die Wahrheit sagen. Wie kann ein Mensch nur so verbohrt sein. Sobald ich davon anfange, erstickt er jedes weitere Wort mit seiner verfluchten Großmut. Du weißt, daß ich dich trotzdem liebe. Ich kann's nicht mehr hören.«

Es tat gut, sich das alles von der Seele reden zu können. Was hatte dieser Hardy Pross nur an sich, daß sie ihm so blind vertraute? Mit Hardy konnte sie sprechen wie mit sich selbst.

»Ich fange an, ihn zu hassen«, sagte Hardy Pross heiser. Sein warmes Lächeln war fort. Sein Gesicht wirkte plötzlich älter, härter.

»Das dürfen Sie nicht.«

Er war selbst erschrocken, als er es ausgesprochen hatte. Aber jetzt wußte er, daß es beinahe die Wahrheit war. Beinahe. Viel fehlte nicht mehr. In der Zeit, als Nadia das Kind erwartete, hatte sein Gefühl für sie eine ganz natürliche Wandlung durchgemacht. Er war glücklich, daß sie Vertrauen zu ihm hatte. In dieser Zeit empfand er für sie nur

Bewunderung und Mitleid und eine sehr scheue, unsinnliche Zuneigung. Seit einer Minute aber wußte er mit schmerzhafter Eindringlichkeit, daß er sich selbst belogen hatte.

»Alles in Ordnung mit Kristine?«

Er erschrak wie ein Schläfer, dem man einen Eimer kaltes Wasser ins Bett gekippt hatte. Mußte sie ihn ausgerechnet jetzt an Kristine erinnern?

»Ja und nein. Ich fürchte, ich habe eine Riesendummheit gemacht. Sie ist sehr nett, und ich habe sie wirklich gern. Aber jetzt habe ich das mulmige Gefühl, daß sie mehr erwartet als eine kurze Sommerliebe.«

»Und Sie?«

»Ich liebe Kristine nicht. Ich war ganz offen zu ihr, und sie schien es auch geschluckt zu haben. Jetzt glaube ich, daß das nur Weiber-Taktik ist. Sie will mich mit Haut und Haaren und Ehering und dem ganzen Drumherum. Aber da spiele ich nicht mit.«

»Tun Sie ihr nicht weh.«

»Leicht gesagt. Aber reden wir nicht von Kristine... Maida Järnefelt ist also in Kampen. Komisch, Ihr Mann hat den blonden Bomber mit keiner Silbe erwähnt..«

»Wundert Sie das? Ihr Auftritt war ihm mehr als peinlich.«

»Ob sie inzwischen wieder abgeschwirrt ist?«

»Die nicht. Die wartet doch nur auf eine günstige Gelegenheit...«

»Haben Sie schon einmal darüber nachgedacht, **ob Maida vielleicht dahintersteckt?**«

Nadia biß sich auf die Lippe. Ihre Augen verengten sich. »Wohinter?«

»Sie konnte Ihrem Mann ganz bewußt eingeredet haben, daß zwischen Ihnen und Cabral tatsächlich etwas vorgefallen ist. Sie könnte sich dabei auf eine angebliche Äußerung ihres Ex-Freiers Cabral berufen haben. Bestimmt. So ist es gewesen. Und Ihr Mann ist prompt darauf reingefallen.«

»So mies kann kein Mensch sein«, sagte Nadia kaum hörbar.

»Haben Sie eine Ahnung, wozu so'n Raubtierweibchen imstande ist!« Er stand auf. Sein Gesicht war blaß und gespannt. »Ich werde diese Maida finden«, sagte er wie zu sich selbst. »Und sie wird mir die Wahrheit sagen. Und wenn ich sie aus ihr herausprügeln sollte.«

»Halten Sie sich da heraus«, sagte Nadia heftig. »Jetzt tut es mir beinahe leid, daß ich ...«

Er bückte sich und küßte sie ganz leicht auf den Mund.

»Ruhig«, sagte er sanft. »Nicht aufregen und nichts bereuen. Bitte. Ich werde dem finnischen Brummer nicht das Genick brechen. Obwohl ich große Lust dazu hätte. Darf ich wiederkommen?«

Sie nickte stumm. Eine angstvolle, fremde Zärtlichkeit nahm ihr den Atem.

Mit dem MG, den Schwelm ihm geliehen hatte, klapperte Hardy noch am gleichen Abend ein Hotel nach dem anderen ab. In einer erst kürzlich eröffneten Fremdenpension in Wenningstedt hatte er endlich Erfolg. Ein phantasieloser Neubau. In der Empfangshalle roch es noch nach frischer Farbe, nach Bohnerwachs und Möbelpolitur.

»Fräulein Järnefelt wohnt seit drei Tagen bei uns.« Das ältliche Wesen hinter dem Tresen beäugte ihn abschätzend über den Brillenrand hinweg. »Werden Sie erwartet?«

»Sehnsüchtig!« sagte Hardy, jede Silbe einzeln betonend. »Welche Zimmernummer?«

Die Eulenäugige spitzte den Mund.

»Die Zimmertelefone sind noch nicht angeschlossen. Sonst würde ich... Andererseits kann ich hier nicht weg.«

»Die Nummer, Fürstin!«

»Zimmer neun. Im ersten Stock rechts. Aber ich möchte keine Scherereien...«

Er warf dem Eulenauge eine Kußhand zu und rannte die Treppe hinauf. Nichts rührte sich, als er an der weißen Schleiflacktür von Zimmer 9 klopfte. Er drückte die Klinke herunter. Die Tür war nicht abgeschlossen.

»Wie finde ich denn das?« sagte Maida Järnefelt mit einem trägen, lasziven Raubtierlächeln. Sie stand vor dem Waschbecken und hatte außer ein bißchen Seifenschaum nichts an.

Ihre Nacktheit ließ ihn kalt. Hardy Pross war weder prüde noch besonders ausgekocht. Sex als Selbstzweck war in seinen Augen blanker Stumpfsinn. Außerdem war diese strohhaarige Biene mit dem Donnerbusen nicht sein Fall.

»Ich habe mit Ihnen zu reden«, sagte er gleichmütig und zog die Tür hinter sich ins Schloß. »Ihre Nahkampfwaffen können Sie getrost bedecken.«

Das Funkeln in ihren Augen wurde stärker.

»Bist du schwul, Bruder, oder vom Christlichen Verein junger Männer?«

Er grinste schwach.

»Weder noch, Schwester. Ich bin, wenn du so willst, ein Opfer der Sexwelle. Seit der Busen zum Massenartikel avanciert ist, den dir jedes Idiotenweib unaufgefordert um die Ohren haut, kann ich nur noch kotzen. Genügt dir die Auskunft?«

Das Funkeln in ihren Augen erlosch wie ausgepustet. Sie riß ein Badetuch von der Stange und drapierte es um sich wie eine Toga.

»Was fällt Ihnen ein ...«

»Okay, kehren wir zum Sie zurück. Ist mir auch lieber.«

Sie maß ihn mit einem langen Blick, den sie für vernichtend hielt. Ein Kontakt schaltete plötzlich in ihrem Kopf.

»Sind Sie nicht der Chauffeur von Schwelm?«

»Erraten.«

»Wenn Schwelm Sie schickt ...«

»Er hat keine Ahnung, daß ich hier bin.«

Maida raffte die Frottee-Toga und ließ sich dekorativ in einen Rohrstuhl fallen. Mit Gesten, die ihre innere Nervosität verrieten, zündete sie sich eine Zigarette an. Sie rauchte durch die Lunge, stieß den Rauch durch die geblähten Nüstern.

»Und was wünschen Sie? Aber fassen Sie sich gefälligst kurz. In zehn Minuten habe ich ein Date.«

Hardy Pross überlegte, wie er sie am besten kriegen konnte. Diese Maida war ein mit allen Finessen gesalzenes Luder. Er mußte sie irgendwie überrumpeln. Auf keinen Fall durfte er ihr Zeit lassen, sich die passenden Antworten zurechtzulegen.

»Schwelm hat also die Nase voll von Ihnen. Das kann ich ihm nachfühlen. Haben Sie im Ernst geglaubt, Sie könnten es auf längere Sicht mit einer Frau wie Nadia Schwelm aufnehmen?«

»Raus!« explodierte sie.

»Nun mal halblang, Schwester«, sagte er ungerührt. »Ich bin noch lange nicht fertig. Bleiben Sie also hübsch brav auf Ihrem Prachthintern sitzen und hören Sie mir zu.«

»Ich lasse Sie rauswerfen.«

»Versuchen Sie's doch. Aber beklagen Sie sich hinterher nicht. Es ist besser für Sie, wenn wir uns friedlich einigen.«

Sie kam einfach nicht dahinter, was er vorhatte.

»Glauben Sie ja nicht, daß ich mich von Ihnen einschüchtern lasse.«

»Abwarten. Ich habe mich ein bißchen über Sie erkundigt...« Jetzt bluffte er. Aber er sah ihr an der Nase an, daß er einen wunden Punkt berührt hatte. »Wenn Sie vernünftig sind, werde ich von meinen Informationen keinen Gebrauch machen«, sagte er sanftmütig.

»Haben Sie im Auftrag von Nadia geschnüffelt?«

»Falsch geraten. Wissen Sie, ich bin ein komischer Vogel. So 'ne Art Weltverbesserer. Und ich handle grundsätzlich nur im eigenen Auftrag. Sie werden es zum Totlachen finden, aber ich glaube nun mal fest daran, daß jeder Mensch die Fähigkeit mitbekommen hat, korrigierend in den sogenannten Lauf der Dinge einzugreifen.«

»Sie predigen von der falschen Kanzel, Herr Pastor«, sagte sie verächtlich. »Ich bin ein verstocktes Heidenkind. Wollen Sie mein Glaubensbekenntnis hören? Alles ist Zufall und der Mensch ein Waldaffe, der vor lauter Kulturheuchelei das Gesetz des Dschungels vergessen hat.«

»Ich weiß, ich weiß«, sagte er gelangweilt. »Und das Gesetz des Dschungels lautet: Nimm, was du kriegen kannst, ehe ein anderer es dir vor der Nase wegschnappt. Und Sie als perfekte Waldäffin leben nach diesem Gesetz. Das wollten Sie doch sagen.«

»Genau.«

»Bis Sie auf einer Bananenschale ausrutschen, die ein anderer Waldaffe weggeworfen hat. Und sich den Hals brechen. Was eines nicht zu fernen Tages passieren wird. Weil Sie nämlich sogar für einen Waldaffen zu wenig Grips besitzen. Also lassen Sie mich ausreden. Es ist in Ihrem eigenen Interesse.«

»All right, predigen Sie weiter. Ich werde mich inzwischen anziehen.« Sie ließ das Badetuch fallen und angelte nach ihrer Wäsche.

»Es gibt unausweichliche, und es gibt unnötige Tragödien«, sagte er. »Ich hab was gegen unnötige Tragödien. Das unterscheidet uns. Sie haben durch einen dreckigen Waldaffentrick eine unnötige Tragödie angezettelt. Um Schwelm ins Bett zu kriegen, war Ihnen im Sinn des Dschungelgesetzes jedes noch so fiese Mittel recht.«

Maida zog den Reißverschluß ihrer roten, hautengen Jeans mit einem wütenden Ruck zu.

»Das hatte ich gar nicht nötig«, fauchte sie. »Er hat bei mir das bekommen, was ihm die frigide Halbchinesin Nadia nicht geben kann.«

Am liebsten hätte er ihr den Hals umgedreht. Aber er zwang sich zur Ruhe und sprach mit ausdrucksloser Stimme weiter:

»Wenn Sie Schwelm nicht diese infame Lüge erzählt hätten, wäre er nie auf Sie reingefallen. Sie werden jetzt mit mir zu Schwelm fahren und die Sache richtigstellen. Sie werden ihm sagen, daß zwischen Ihrem Ex-Freund Cabral und Nadia nicht das geringste vorgefallen ist. Daß Sie das alles nur erfunden haben, weil Sie ihn, Schwelm, so über alle Maßen und bis zum Wahnsinn geliebt haben. So wie er gebaut ist, wird er Ihnen glauben und Ihnen sogar verzeihen.«

Sie zog den Pullover glatt und fing an, ihr Haar zu striegeln.

»Und wenn ich nicht will?«

»Dann werden Sie die größten Schwierigkeiten bekommen. Ich bin zäh, und ich kann ziemlich bösartig sein. Ich werde Ihnen auf den Fersen bleiben und Ihnen das Waldaffenleben zur Hölle machen.«

»Na schön«, sagte sie und warf die Haarbürste aufs Bett. »Was soll's? Da ich an Ihrem Brötchengeber nicht mehr interessiert bin ...«

Es klopfte. Sie rief »Herein« und machte einen Schritt zur Tür. Der Besucher war etwa so alt wie Hardy, aber einen halben Kopf größer und doppelt so breit. Das Musterexemplar eines Waldaffen. Allerdings in Luxusausführung und ganz in Weiß. Sein bis zum Nabel aufgeknöpftes Hemd gab die wollige Athletenbrust frei.

»He!« röhrte er und nahm die Haltung eines Kampfgockels an. »Hast du dir einen neuen Freier angelacht, Süße?«

»Quatsch nicht so dämlich. Das ist der Chauffeur meines Verflossenen.«

»Hat er dich belästigt?«

»Na ja. Wie man's nimmt.«

Der Luxusaffe runzelte die niedrige Stirn. Er war nicht mehr ganz nüchtern und auf Krawall aus. Den ersten Schwinger konnte Hardy unterlaufen. Aber dann stolperte er dummerweise über den Bettvorleger und rutschte aus. Der Knabe in Weiß verpaßte ihm noch einen saftigen Fußtritt. Wahrscheinlich hätte er so weitergemacht, wenn Maida sich nicht dazwischengeworfen hätte.

»Laß das, Charly. Komm, wir hauen ab.«

Hardy rappelte sich fluchend hoch. Seine Rippen taten weh, als hätte ein Ackergaul ihn getreten. Als er die Treppe hinunterstolperte, hörte er das Geräusch eines startenden Motorrads.

Später fragte er sich, warum zum Teufel er die Jagd aufgenommen hatte. Maidas Beschützer fuhr eine schwere Honda, die wie eine Rakete abzischte, und er fuhr sie voll aus. Ein stinkbesoffener Irrer, der seiner Puppe imponieren wollte. Als das Unglück passierte, lag Hardy mit seinem MG etwa hundert Meter hinter der Honda. Er sah wie der Feuerstuhl aus der Kurve getragen wurde und über die Böschung sprang. Sekunden später kam die Detonationen.

Hardy lenkte den Wagen an den Straßenrand. Sein Hemd war durchgeschwitzt. Ihm war kotzübel. Er beobachtete, daß mehrere Autos hintereinander an der Unfallstelle stoppten. Im Nu bildete sich ein Menschenauflauf. Hardy ließ den Motor wieder an und fuhr langsam weiter. Er hörte noch jemand sagen:

»Da ist nix mehr zu wollen. Die beiden sind mausetot. So'n Irrsinn.«

Hardy brachte es nicht über sich, einen Blick auf die Unglücksstelle zu werfen. Er biß die Zähne zusammen und gab Gas. Es waren genug Zeugen vorhanden. Er wurde hier nicht gebraucht, und er hatte verdammt wenig Lust, sich von der Polizei ausquetschen zu lassen. Als er weiterfuhr, hörte er das Jaulen der Sirenen.

*

Sie saßen am Frühstückstisch, als die Nachricht durchs Radio kam. Kristine erzählte gerade eine lustige Geschichte, die sie in Dänemark erlebt hatten, und Schwelm lachte. Er horchte erst auf, als der Nachrichtensprecher fortfuhr:

»... bei den Verunglückten handelt es sich um den bekannten Düsseldorfer Barbesitzer Charly Angermund und die aus Finnland stammende Fotografin Maida Järnefelt. Beide waren auf der Stelle tot.«

Hardy schaltete das Transistorgerät aus. Schwelm war graublaß geworden. Er starrte ins Leere, als könnte er das Gehörte noch nicht begreifen.

»Maida Järnefelt?« fragte Kristine. »Ist das nicht... Ich meine, die kennen wir doch?«

»Flüchtig«, sagte Schwelm, nun wieder ganz beherrscht.

Hardy sah von ihm zu Kristine. Das Mädchen hatte offenbar wirklich keinen Schimmer, was sich zwischen ihrem Vater und dieser Finnin abgespielt hatte.

»Hast du gewußt, daß sie hier ist?«

Schwelm träufelte Honig auf eine Scheibe Toast. Seine Hand zitterte nicht.

»Wir haben sie zufällig im Gogärtchen getroffen. Schrecklich, daß sie auf diese sinnlose Weise ums Leben kommen mußte...«

Schrecklich — was für ein hohles Allerweltswort! Eine jener unverbindlichen Banalitäten, die Erschütterung vortäuschen... Schwelm versuchte, sich darüber klarzuwerden, was er in Wahrheit empfand. Eine vage, ungläubige Trauer, in die sich Erleichterung mischte. Er konnte sich dieses von Gesundheit strotzende, lebenshungrige Geschöpf tot einfach nicht vorstellen. Er hatte sie eine kleine Weile geliebt und zuletzt gehaßt. Eine Episode, die mit einer grausamen Groteske geendet hatte. War er gefühlsroh, weil er Maida nicht aufrichtig betrauern konnte? Weil ihr Tod ihn unleugbar aus einer Gemütsverwirrung befreit hatte?

Er fragte sich, wie Nadia die Nachricht aufnehmen würde. Und plötzlich erfüllte ihn eine tiefe Dankbarkeit, daß Nadia lebte, und ein neues Gefühl der Hoffnung.

*

Nadia las die Unglücksmeldung in der Zeitung. Es war an dem Tag, an dem sie aus der Klinik entlassen wurde. Schwelm holte sie ab. Er hatte sie zehn Tage nicht gesehen und war erschrocken über ihre durchscheinende Blässe. Sie war so schwach auf den Beinen, daß er sie stützen mußte. Als er sie küssen wollte, drehte sie den Kopf, und sein Mund streifte nur ihre Wange.

»Was hältst du davon, wenn wir die Kinder wegschicken, damit wir die letzte Woche für uns allein haben?«

»Nichts«, sagte sie schroff. »Es würde nichts ändern.«

Er schluckte die bittere Pille, ohne eine Miene zu verziehen.

»Und wie soll es weitergehen mit uns?« fragte er und half ihr in den Wagen. »Ich liebe dich mehr als irgendeinen anderen Menschen, und ich bin auch nicht ungeduldig. Das weißt du.«

»Ich weiß auch, daß du zu gut für mich bist.«

»Wie kannst du etwas so Dummes sagen.«

»Fahr endlich los«, sagte sie und zog den Mantel fester um sich. »Ich hab jetzt nicht die Nerven, mit dir zu diskutieren. Vielleicht kommen wir wieder zueinander. Vielleicht nicht. Du bist doch so geduldig. Laß mir also ein bißchen Zeit, mit mir ins reine zu kommen.«

Auf der Fahrt nach Kampen sprachen sie kaum ein Wort.

»Das mit Maida tut mir leid«, sagte Nadia unvermittelt. »Ist dir ihr Tod sehr nahegegangen?«

»Ja und nein. Ich weiß nicht, wie ich es ausdrücken soll...«

»Wir müssen nicht darüber sprechen. Hast du sie danach noch einmal gesehen?«

»Ich habe mit ihr Schluß gemacht. Die Sache mit Maida wäre nie passiert, wenn du nicht...«

»Ich verstehe schon. Ich bin schuld an allem.«

»Gewissermaßen — ja. Das heißt... Mein Gott, mach es mir doch nicht so schwer. Können wir nicht einen Strich machen und ganz von vorn anfangen?«

»Wenn das so einfach wäre«, murmelte Nadia.

*

Das Haus war festlich geschmückt. In allen Vasen standen Rosen.

»Herzlich willkommen«, sagte Kristine, und es klang beinahe aufrichtig. Sie umarmte Nadia und küßte sie auf beide Wangen. »Ich war manchmal abscheulich zu dir«, sagte sie. »Aber du hast es mir auch nicht gerade leichtgemacht, dich zu mögen. Schwamm drüber. Wenn du es noch mal mit mir versuchen willst...«

»Mir kommen gleich die Tränen«, sagte Nadia ironisch. »Wahrscheinlich glaubst du selbst, was du sagst. Aber ich kann mir nicht helfen: Dieses ganze großherzige Getue fällt mir verflucht auf den Wekker. Entschuldigt, ich bin müde. Ich gehe auf mein Zimmer.«

»Warum ist sie bloß so eklig?« fragte Kristine unter Tränen.

»Das mußt du verstehen, Kleines«, sagte Schwelm deprimiert. »Sie meint es nicht so. Sie ist völlig fertig...«

»Wenn es um Nadia geht, entschuldigst du alles. Natürlich hat sie es so gemeint. Sie haßt mich, und ich hasse sie. Daran wird sich nie etwas ändern. Nie.«

Hardy Pross war nicht zum Empfang erschienen. Nadia hörte das Geräusch des Rasenmähers und sah aus dem Fenster. Als hätte er ihren Blick gespürt, hielt Hardy in seiner Tätigkeit inne und wandte den Kopf. Nadia ließ den Vorhang fallen und trat einen Schritt zurück. Obwohl ihre Beine vor Schwäche zitterten, fing sie an, ihren Koffer auszupacken. Es tat ihr jetzt leid, daß sie Kristine angefahren hatte.

Was ich auch anfange, dachte sie niedergeschlagen... Alles geht daneben... Sie hörte Schritte auf der Treppe, und ihr Herz wurde leicht wie ein Löwenzahnsamen... Wenn du dich in den Jungen verknallst, dachte sie, gehörst du erschlagen...

»Werfen Sie mich raus, wenn ich Sie störe!« Er sah erhitzt aus. Ein Geruch von frischgemähtem Gras kam mit ihm herein, ein Hauch von Sommer, von Rotklee und salzigen Winden und Sonne auf junger Haut.

»Sie stören mich nicht.« Um ein Haar hätte sie

»nie« gesagt. Bisher hatte sie sich alle Mühe gegeben, in seiner Gegenwart nicht an körperliche Liebe zu denken, einen kühlen Kopf zu behalten. Aber noch nie hatte sie die körperliche Anziehung stärker empfunden als in diesem Moment.

»Kristine heult. Hat es eine Szene gegeben?«

»Es war einzig und allein meine Schuld. Ich weiß nicht, was mit mir los ist. Manchmal komme ich mir vor wie ein verdammter Amokläufer, der alles kaputtschlägt, was ihm in den Weg kommt. Sagen Sie jetzt nicht: Das sind die Nerven. Es ist etwas weit Schlimmeres. Ein panischer Zerstörungstrieb, etwas wie seelische Tollwut... Geben Sie mir einen Rat, Hardy. Was soll ich bloß tun? Meinen Mann um die Scheidung bitten?«

»Lieben Sie ihn denn nicht mehr?«

»Habe ich ihn je geliebt? Wenn ich das wüßte. Vielleicht liebe ich ihn. Ich kenne mich nicht mehr aus. Jedenfalls passen wir nicht zueinander. Oder unsere Liebe ist nicht stark genug, um die Gegensätze unserer Charaktere zu überbrücken. Das Schlimmste ist, daß wir nicht miteinander sprechen können. Da ist eine Wand, an der wir uns die Köpfe blutig stoßen. Ich kann's nicht erklären. Wir benehmen uns wie zwei Schauspieler, die ihren auswendig gelernten Rollentext herbeten und nicht merken, daß sie zwei verschiedene Stücke einstudiert haben.«

»Wie wäre es, wenn Sie Ihre Rolle vergessen und

endlich reden würden, wie Ihnen der Schnabel gewachsen ist? Einer muß mal damit anfangen.«
»Ich schaffe es nicht. Mein Mann hat sich ein Bild von mir gemacht und dieses künstliche Gebilde wie eine Käseglocke über mich gestülpt. Ich zweifle nicht an der Aufrichtigkeit seiner Liebe. Aber er liebt eine andere Kunstfigur, ein Produkt seiner Phantasie, ein Phantom, das mir nur äußerlich ähnlich sieht. Ich habe Angst, Hardy. Ich bin bösartig wie ein Tier in der Schlinge. Irgend etwas Schreckliches wird passieren, und ich werde schuld daran sein.«
Er berührte ihre Schulter, und sie zuckte zusammen, als hätte sie sich verbrannt.
»Ziehen Sie den Kopf aus der Schlinge, bevor es zu spät ist. Einen anderen Rat kann ich Ihnen nicht geben. Wenn Sie es aus eigener Kraft nicht schaffen — ich helfe Ihnen dabei.«
Sie sah ihn lange und aufmerksam an.
»Wie stellen Sie sich das vor?«
»Wenn ich Ihnen jetzt eine Liebeserklärung mache...«
»Tun Sie es nicht!« sagte sie hart. »Das wäre kein Ausweg, sondern eine Sackgasse. Nehmen Sie zur Kenntnis, daß ich für die Liebe zwischen Mann und Frau nicht geschaffen bin.«
»Was für ein hirnrissiger Blödsinn. Das glauben Sie ja selbst nicht.«
»O doch. Das glaube ich nicht nur. Das weiß ich.

Ich bin für die Liebe verpfuscht. Natürlich könnten wir miteinander schlafen. Aber das wäre das Dümmste, was wir tun können.«

»Wenn Sie es so sehen«, murmelte er ein wenig unbestimmt.

»Gott sei Dank bin ich kaltblütig genug, um es so zu sehen. Wir würden damit etwas sehr Schönes, Seltenes und Kostbares kaputtmachen. Unsere Freundschaft. Ich brauche Ihre Freundschaft. Jetzt mehr denn je.«

»Das muß ich erst mal verdauen.« Er grinste schief und krauste die Stirn. »Sie haben von Maida gehört?«

Sie nickte. Ihr Gesicht verschloß sich.

»Haben Sie vorher mit ihr gesprochen?«

»Unmittelbar vorher. Das ist es ja. Und jetzt mache ich mir Vorwürfe...« Hardy zögerte einen Seufzer lang und erzählte ihr dann die ganze Geschichte. »Wenn dieser Kerl nicht dazwischengeplatzt wäre...«

»Vergessen Sie es«, sagte Nadia. »Vergessen Sie das alles. Sie trifft keine Schuld... Und jetzt gehen Sie, bitte. Bevor Kristine auf die Idee kommt, Sie hier zu suchen. Sonst gibt es noch mehr Komplikationen.«

»Vielleicht sollten Sie diesen Cabral ausfindig machen und ihn veranlassen, die Sache von sich aus klarzustellen.«

»Ich mag nicht mehr«, sagte sie. »Ich hab genug.«

»Was mich verrückt macht...«

Ein Geräusch hinter der Tür ließ ihn verstummen. Nadia ging an ihm vorbei zur Tür und öffnete sie.

»Wolltest du zu mir?«

»Ich suche Hardy.« Kristine stand wie angefroren. Ihre Wangen brannten. Ein feindseliger Ausdruck war in ihren Augen.

»Du kannst ihn gleich mitnehmen«, sagte Nadia gelassen. »Ich hatte ihn gebeten, meine Schranktür zu reparieren... Übrigens, Kristine: Ich muß dich um Entschuldigung bitten wegen vorhin.«

»Brich dir bloß keine Verzierung ab«, sagte Kristine wütend. Sie machte auf dem Absatz kehrt und polterte die Treppe hinunter.

*

Eine Woche blieben sie noch in Kampen. Das Wetter war wechselhaft. Die kühlen Tage überwogen. Nadia verbrachte die meiste Zeit auf ihrem Zimmer. Daran änderte sich auch nichts, als sie nach Frankfurt zurückgekehrt waren. Sie vergrub sich zwischen ihren vier Wänden, erschien nicht einmal zu den gemeinsamen Mahlzeiten und wich jedem Gespräch aus. Sie litt unter Kopfschmerzen und Schlaflosigkeit, schluckte massenhaft Tabletten, wodurch alles nur noch schlimmer wurde. Sie lebte in einem eigenartigen Dämmerzustand wie hinter einer undurchdringlichen Nebelwand. Oft schlief sie bis mittags. Sie aß kaum etwas, rauchte bis zu vierzig Zigaretten am Tag und vernachlässigte ihr Äußeres. Ihre gleichgültige Unentschlossenheit nahm krankhafte Züge an. So verging der September.

Anfang Oktober tauchte Paul Rheda aus der Versenkung auf. An einem düster verregneten Nachmittag stand er plötzlich in ihrem Zimmer. Ihr fiel auf, daß er abgenommen hatte. Er sah elend, alt und irgendwie schäbig aus. Der Bart, den er sich neuerdings zugelegt hatte, war ungepflegt und von einem schmuddligen Grau.

»Wer hat dich hereingelassen?«

»Das Dienstmädchen. Bist du krank, Nadinka? Du siehst schlimm aus.«

»Wirklich? Du hast auch schon besser ausgesehen. Was willst du?«

»Ich brauche dringend Geld.«

»Na klar. Daß ich nicht selbst draufgekommen bin. Wieviel?«

»Was du entbehren kannst. Ich bin fertig, Nadinka. Die Untersuchungshaft hat mich geschafft. Dabei hab ich unschuldig gesessen. Ich hab nur Pech gehabt. Ehrlich. Ich hab einen Penner bei mir aufgenommen, und dieser Saukerl hat mich reingelegt. Ich konnte ja nicht riechen, daß dieser Typ mit Hasch und ähnlichem Dreckszeug handelt.«

»Du langweilst mich«, sagte sie. »Du lügst, wenn

du das Maul aufmachst... Genügen tausend Mark?«

»Mein Engel«, sagte er und griff nach ihrer Hand. »Wenn ich dich nicht hätte.«

»Komischerweise tust du mir leid«, sagte Nadia, während sie den Scheck ausschrieb. »Wenn ich mir vorstelle, daß ich einmal Angst vor dir hatte... Jetzt tust du mir nur noch leid.« Sie warf ihm den Scheck hin. »Und jetzt verschwinde«, sagte sie. »Ich will nicht, daß Schwelm dich hier sieht.«

Er küßte sie überschwenglich auf beide Wangen, und sie empfand nichts dabei. Weder Haß noch Ekel. Das arme Schwein hatte tatsächlich Tränen in den Augen. Was für ein Niedergang! Und sie konnte nicht einmal triumphieren.

*

Am 14. Oktober war Nadias Geburtstag. Etwa eine Woche vorher brachte Schwelm das Gespräch darauf.

»Ich möchte ein paar Leute einladen...«

»Zu meinem Geburtstag? Das kann nicht dein Ernst sein. Ich bin weiß Gott nicht in Stimmung.«

»Darum geht es nicht«, sagte er und nahm sie bei den Schultern. »Bitte, Nadia... jetzt hör mir mal zu... Noch bist du meine Frau, und ich kann es einfach nicht mitansehen...«

»Du verschwendest deine Zeit.«

»Laß mich um Himmels willen ausreden. Ich kann nicht mitansehen, wie du dich kaputtmachst. Einen der Gründe für das Mißlingen unserer Ehe glaube ich zu kennen.«

»Da bin ich aber gespannt.«

»Ich will das ganz Persönliche jetzt bewußt ausklammern. Darüber werden wir uns hoffentlich eines Tages aussprechen können... Ich meine etwas anderes. Ich meine deine wahnhafte Idee, meine Freunde und Bekannten würden dich ablehnen, weil...«

»Weil ich aus der Gosse komme. Sag's doch.«

»Das hast du gesagt. Immer wieder fängst du davon an. Du quälst dich, und du quälst mich damit. Wir leben nicht mehr im Zeitalter der Gartenlaube.«

»Wo es eine Todsünde war, unter seinem Stand zu heiraten. Mein Lieber, die feine Gesellschaft ist so borniert und dünkelhaft wie eh und je. Man gibt sich tolerant, aber wenn's drauf ankommt... Ach, laß mir doch meine Ruhe. Außerdem hasse ich Parties.«

»In meiner Position hat man nun mal gesellschaftliche Verpflichtungen.«

»Schön und gut. Nimm sie wahr, aber laß mich aus dem Spiel.«

»Wenn ich dich wie eine Aussätzige verstecke, werden die Leute erst recht reden. Also gut, meinetwegen keine Party. Ich werde nur ein paar gute alte

Bekannte zum Abendessen einladen. Einverstanden?«

»Einverstanden«, sagte sie gleichgültig.

»Danke, Liebes«, sagte er und küßte sie auf die Schläfe.

Sie sah ihm an, daß er noch etwas auf dem Herzen hatte. Aber sie ermutigte ihn nicht, es auszusprechen. Seit der Fehlgeburt mied sie jeden körperlichen Kontakt mit ihm. Der bloße Gedanke an Zärtlichkeiten war ihr zuwider. Sie hatte schon mehr als einmal daran gedacht, einen Psychotherapeuten aufzusuchen. Eine merkwürdige Scheu hielt sie davor zurück. Wovor hatte sie Angst? Vor der Konfrontation mit der ungeschminkten Wahrheit über ihren Zustand?

Ihr Geburtstag fiel auf einen Sonntag. Obwohl sie mit bohrenden Kopfschmerzen und einem Gefühl unsäglicher Depression aufwachte, nahm sie sich eisern zusammen. Sie stand früher als sonst auf, nahm ein starkes Mittel und machte sich sorgfältig zurecht.

Ein steingrauer, kaltwindiger Oktobertag. Frühstück zu zweit. Blumen. Ein liebevoller Ehemann, der sie mit kostbaren Geschenken überhäufte. Ein Saphirkollier mit dazu passenden Ohrringen. Ein Breitschwanzmantel mit Rotfuchsbesatz. Ein Kosmetikkoffer aus Schlangenleder... Warum ließ das alles sie so kalt? Warum zum Teufel konnte sie sich nicht freuen wie jede halbwegs normale Frau? Sie heuchelte Entzücken, ließ sich verwöhnen und war die ganze Zeit nahe daran, wie eine hysterische dumme Kuh in Tränen auszubrechen.

Nadia hatte sich fest vorgenommen, diesen Tag mit Haltung durchzustehen. Vielleicht hätte sie es geschafft, wenn diese grauenhaften Kopfschmerzen nicht gewesen wären. Sie nahm heimlich noch zwei Tabletten. Und nach dem Champagnerfrühstück weitere zwei. Dabei hatte sie fast nichts im Magen. Nach dem Mittagessen mußte sie sich übergeben. Danach wurden die Schmerzen im Nacken und Hinterkopf unerträglich. Auch der Mokka nützte nichts. Im Gegenteil. Und der Cognac zum Kaffee gab ihr den Rest. Irgendwann war es dann soweit. Sie hatte sich für eine Stunde zurückgezogen. Schlafen konnte sie nicht. Das Bohren und Stechen in ihrem Schädel machte sie fast verrückt. Und dann erschien auch noch Hardy in ihrem Zimmer. Hatte sie das Klopfen überhört? Plötzlich stand er vor ihrem Bett. Mit einer einzelnen roten Rose und einer kleinen Schachtel, die er ungeschickt verpackt hatte.

»Sie sollen mir nichts schenken.«

»Bitte, nicht böse sein. Wollen Sie es nicht auspacken?«

Als sie die Schleife mit klammen Fingern löste und das Schächtelchen öffnete, zitterte Nadia so heftig, daß sie das Ding fallenließ. Er bückte sich rasch und gab es ihr. Ein wunderschönes altes Medaillon an einem Goldkettchen.

»Ich hab's von meiner Großmutter. Es soll Ihnen Glück bringen.«

Das war einfach zuviel. Sie bekam einen nervösen Weinkrampf.

»Gehen Sie, bitte... Mein Gott, warum lassen Sie mich nicht zufrieden!«

Er ging rasch und verstört hinaus. Sie weinte volle fünf Minuten wie ein Baby. Danach kam eine unnatürliche Ruhe über sie. Unbegreiflicherweise konnte Nadia sich hinterher nicht genau erinnern, was sie in der Zeit bis zum Eintreffen der ersten Gäste getan hatte. Es war, als handelte eine andere Person für sie. Hatte sie noch mehr Tabletten genommen? Hatte sie tatsächlich Paul Rheda angerufen und ihn zu ihrer Geburtstagsfeier eingeladen?

»Hast du noch deinen feinen Smoking? Dann zieh ihn an und komm her. Natürlich ist mein Mann einverstanden. Er ist ein gnädiger Gott, und er verzeiht mir alles. Auch meine schmutzige Vergangenheit. Bist du nicht meine personifizierte Vergangenheit? Na also. Dann mach dich auf die Socken und komm in unser schickes Mausoleum. Das wird ein lustiger Totentanz.«

Hatte sie diesen grausigen Unsinn wirklich verzapft?

»Du bist doch nicht betrunken, Nadinka?«

»Ich war noch nie so nüchtern.«

Die ersten Gäste waren schon da, als Nadia ins Wohnzimmer kam. Ein schmucküberladenes, starrgesichtiges Götzenbild ganz in Schwarz und maskenhaft geschminkt.

»Nadia, das ist mein väterlicher Freund Professor Telkamp. Du hast sicher schon von ihm gehört. Er ist eine Kapazität auf dem Gebiet der Psychiatrie.«

»Hast du ihn deshalb eingeladen?« Ihr Lachen klirrte wie zerbrechendes Glas.

»Meine liebe gnädige Frau«, sagte der weißhaarige Professor mit erzwungener Heiterkeit. »Sie sehen wahrhaftig nicht aus, als hätten Sie einen Seelendoktor nötig.«

»Fragen Sie meinen Mann, Professor. Ich wette, er ist anderer Auffassung. Ich weiß allerdings nicht, ob er mutig genug ist, sich öffentlich zu dieser Meinung zu bekennen.«

Es war plötzlich Eis in der Luft.

Sie ist betrunken oder wahnsinnig, dachte Kristine empört. Am liebsten wäre sie auf und davongelaufen. Aber sie konnte ihren Vater in dieser entsetzlichen Situation nicht im Stich lassen. Dabei befand sie sich selbst in einem jammervollen Zustand. Sie hatte sich zum ersten Mal ernsthaft mit Hardy zerstritten. Aus irgendeinem lächerlichen Anlaß. Das war vor etwa zwei Stunden gewesen. Seither war er verschwunden...

»Ich möchte dich jetzt mit unseren anderen Gästen bekanntmachen«, sagte Schwelm mit mühsam beherrschter Stimme. Die Nervenanspannung ließ sein Gesicht älter und härter erscheinen. Er legte die

Hand auf ihren Arm, aber sie schüttelte ihn ab wie ein lästiges Insekt.

»Das hat Zeit. Du siehst doch, daß ich mich mit dem Professor unterhalte.« Ihre Augen waren leer. Löcher in einer Maske.

Der Professor räusperte sich trocken.

»Ich schlage vor, wir setzen unser interessantes Gespräch zu einem geeigneteren Zeitpunkt unter vier Augen fort.«

»Vorschlag abgelehnt«, sagte Nadia schneidend. Sie bewegte sich wie eine aufgezogene Puppe durchs Zimmer, goß sich ein Glas Cognac ein und kippte es hinunter. »Was halten Sie von Gruppentherapie, Professor?« Mit der linken Hand umklammerte sie den Hals der Flasche. Die rechte Hand mit dem leeren Glas beschrieb einen vagen Bogen. »Nehmen Sie zum Beispiel meinen Mann. Auf den ersten Blick wirkt er stinknormal. Und was ist er in Wirklichkeit? Ein armer Irrer, der sich einbildet, eine Ex-Prostituierte geheiratet zu haben. Aber das ist noch nicht alles. Ihn plagt zudem auch noch die Zwangsvorstellung, er müsse diesem minderwertigen Geschöpf der Gosse alle Sünden vergeben. Ein närrischer Heiliger mit einem Messias-Komplex...«

»Ich bringe dich auf dein Zimmer«, sagte Schwelm mit fast unkenntlicher Stimme. »Du bist krank. Du weißt ja nicht, was du redest.«

Sie knallte die Cognacflasche so hart auf den Tisch, daß ein Teil des Inhalts herausspritzte. In diesem Moment erschien Paul Rheda in der Tür. Nadia breitete die Arme aus und ging schwankend auf ihn zu.

»Bravo!« sagte sie und fiel so schwer gegen ihn, daß er um ein Haar das Gleichgewicht verloren hätte. »Was für eine geniale Regie... Du hast in diesem Kitschfilm gerade noch gefehlt. Hier schließt sich der Kreis. Die Vergangenheit hat den Flüchtling aus der Gosse eingeholt. Das Unhappy-End ist nicht mehr aufzuhalten...«

»Haben sie dich gekränkt, mein Täubchen?« Rheda tätschelte ihre zuckenden Schultern. »Nadinka, Liebes, hast du endlich begriffen, wohin du gehörst?«

»Du gemeines Miststück!« schrie Kristine außer sich. Sie stürzte auf Nadia zu und schlug sie mit der flachen Hand ins Gesicht.

Sekundenlang herrschte tödliche Stille. Nadia hielt sich unnatürlich aufrecht. Ihr Mund öffnete sich, als wollte sie schreien. Dann verfiel ihr Gesicht, und ihre Schultern sanken herab.

»Komm«, sagte sie und tastete nach Rhedas Arm. »Wir haben hier nichts mehr verloren.«

Schwelm machte eine ruckhafte Bewegung, als wollte er den beiden folgen. Aber Kristine hängte sich mit ihrem ganzen Gewicht an ihn.

»Tut mir leid, Papi«, sagte sie durch die Zähne. »Aber dieses Biest hat es nicht anders verdient.«

Mit steinernem Ausdruck sah er an ihr vorbei.

»Das hättest du nicht tun dürfen«, sagte er fast stimmlos.

*

Sie gingen ein Stück zu Fuß. Rheda sprach ununterbrochen auf Nadia ein, aber sie hörte ihm überhaupt nicht zu. Sie fror in ihrem dünnen Seidenkleid. Rheda zog seine Smokingjacke aus und hängte sie über Nadias Schultern. Sie ließ alles mit sich geschehen, fühllos, sprachlos. In ihrem Kopf war eine wüste Leere. Ihre Zähne schlugen gegeneinander.

»Mein armes Täubchen. Du wirst dir den Tod holen.«

Ein Taxi kam ihnen entgegen. Rheda winkte, und das Taxi hielt an. Der Fahrer musterte das sonderbare Paar mit einem abschätzenden Blick.

»Steig ein, Nadinka ... Was hast du denn plötzlich?«

Sie bewegte den Kopf, als wollte sie diese taube Benommenheit wie Wasser aus dem Ohr schütteln. Die Smokingjacke rutschte von ihren Schultern. Rheda bückte sich ärgerlich und hob sie auf.

»He, Sie!« rief der Taxifahrer. »Wie lange soll ich noch warten?«

»Hau ab, Paul Rheda«, sagte Nadia mit tiefer, stockheiserer Stimme. »Glotz nicht so dämlich. Du hast doch nicht im Ernst angenommen, ich komme zu dir zurück?«

Es verschlug ihm buchstäblich die Sprache. Nadia lächelte mit fest geschlossenen, weißen Lippen und todernsten Augen. Dann drehte sie sich unvermittelt um und rannte blindlings über die Straße. Fast wäre sie in einen feuerwehrroten Citroën gelaufen. Er bremste hart, und sie taumelte gegen den Kühler. Mit eigenartiger Verzögerung knickten ihr die Beine weg.

Hardy Pross sprang aus dem Wagen und konnte sie gerade noch auffangen. Einen Augenblick hielt er sie ganz fest. Ihr Kopf pendelte hin und her. Sie lächelte mit halbgeschlossenen Augen.

»Wo kommen Sie denn her?« fragte sie fast flüsternd.

»Ich bin die ganze Zeit hinter Ihnen hergefahren«, sagte er. »Ich habe Sie und diesen Rheda von meinem Balkon aus gesehen und gedacht... Ist ja egal, was ich gedacht habe.«

Rheda stritt immer noch mit dem Taxifahrer herum. Jetzt fuchtelte er mit den Armen und kam auf sie zu.

»Bringen Sie mich von hier weg«, sagte Nadia.

Rheda machte einen Sprung wie ein Hase, als der Citroën unmittelbar vor seiner Nase wendete.

»Soll ich Sie nach Hause bringen?« fragte Hardy.

Nadia schüttelte langsam den Kopf.

»Fahren Sie mich zum Jagdhaus«, sagte sie kaum hörbar. »Den Weg kennen Sie ja.«

*

Wie lange hatte sie geschlafen? Der Schlaf hatte alle Kraft aus ihr herausgesogen. Der Schlaf war ein sumpfdunkles, zehrendes Gewässer, eine blutschwarze pulsierende Masse mit Fangarmen wie ein Riesenkrake.

Du mußt stilliegen, dachte Nadia. Stilliegen und dich nicht bewegen — wie eine Tote. Wenn du dich bewegst, wenn du dich wehrst, wird es dich noch tiefer ziehen...

Es dauerte eine kleine Ewigkeit, bis sie aus der gestaltlosen Dunkelheit hinüberglitt in die blaßfarbige Schattenwelt des Halbtraumes und schließlich in ein sehr fremdes, unwirkliches Wachsein. Von irgendwoher kam Musik. Töne wie tief fliegende Vögel, Schwalben, die wie metallblaue Blitze aus großer Höhe hinunterstürzten, sich im Sturzflug fingen und wieder davonschossen... Am liebsten wäre Nadia eine weitere Ewigkeit so liegengeblieben. Sie hatte Angst, die Musik würde aufhören, sobald sie die Augen aufmachte.

»Haben Sie gut geschlafen?«

Mit einem Seufzer entschloß sie sich, in die Realität zurückzukehren. Im Grunde hatte sie gar keine Lust dazu. Es war so angenehm, sich diesem Zustand absoluter Schwerelosigkeit zu überlassen. An der Oberfläche warteten ihre ungelösten Probleme, um sich gleich wieder gefräßig auf sie zu stürzen.

»Wo bin ich eigentlich?«

»Wie Schneewittchen!« sagte Hardy Pross lachend. »Sie haben lange, lange wie tot in Ihrem Glassarg gelegen und ausgesehen, als wenn Sie schliefen: so weiß wie Schnee, so rot wie Blut und so schwarz wie Ebenholz... Leider bin ich kein Prinz, sondern bestenfalls der kleinste und dümmste der sieben Zwerge.«

»Machen Sie keine Witze. Ich habe wirklich keinen Schimmer, wie ich hierhergekommen bin.«

»Sie sind zu mir auf mein blechernes Roß gestiegen und haben gesagt: Zum Jagdhaus! Den Weg kennen Sie ja...«

»Du lieber Himmel«, murmelte Nadia. »Reden Sie nicht weiter. Sonst fange ich an, mich zu erinnern, und das möchte ich eigentlich nicht. Ich habe nämlich das dumpfe Gefühl...«

»Nicht doch«, sagte er rasch und sanft. »Die Erinnerung kommt von ganz allein zurück. Versuchen Sie sich zu entspannen und an nichts zu denken. Möchten Sie etwas trinken? Ich habe Tee gekocht.«

Nadia nickte. Ihr wurde bewußt, daß sie starken Durst hatte. Ihr Mund war innen wie rissiges Leder. Die ganze Angelegenheit war schrecklich verwirrend. Sie lag in ihrem Cocktailkleid aus schwarzem Chiffon auf der Couch im Kaminzimmer der Jagdhütte. Auf dem Teppich standen ihre Schuhe. Ihr Schmuck war ordentlich wie in der Auslage eines Juweliers auf dem Tisch ausgebreitet. Das eisblaue Feuer der Saphire im Widerschein der Kaminflammen: Das war wie ein Elektroschock im Unterbewußtsein, eine Detonation, die Bildfetzen und Bruchstücke von Erinnerungen hinaufschleuderte.

»Tun Sie das bitte weg!«

»Was?«

»Den verdammten Glitzerkram.«

Hardy breitete sein Taschentuch aus und legte ein Stück nach dem andern hinein: das Kollier, die Ohrringe und Armbänder. Dann verknotete er das Ganze und stopfte es unter ein Sitzkissen.

»Zufrieden?«

Sie nickte stumm, schlug die Wolldecke zurück, stellte die Füße vorsichtig auf den Teppich.

»Warum bleiben Sie nicht liegen?«

»Ich will endlich diesen schwarzen Fetzen ausziehen und meinen Kopf unter kaltes Wasser halten.«

»Soll ich Ihnen helfen?«

»Ich schaffe es schon allein.«

Der Gang zum Badezimmer kam ihr endlos vor. Aber sie schaffte es mit zusammengebissenen Zähnen. Als sie ihr Gesicht im Spiegel sah, wurde ihr beinahe schlecht. Verschmiertes Make-up, geschwollene Lider, das Weiß der Augäpfel rötlich verfärbt, das Haar strähnig und ohne Glanz. Schneewittchen aus der Mülltonne...

Nadia schrubbte ihre Haut, bis sie wie Feuer brannte. Durch das Rauschen des Wassers hörte sie wieder diese Musik. Sie drehte die Dusche ab und lauschte. Hardy spielte Gitarre. Eine eigenartige Melodie, spröde und zärtlich, voll nachdenklicher

Melancholie und verhaltener, selbstvergessener Heiterkeit.

Als sie zehn Minuten später ins Kaminzimmer zurückkam, legte er die Gitarre beiseite.

»Spielen Sie weiter. Bitte.«

Seine Hand lag auf den Saiten, als wäre sie dort eingeschlafen. Er saß mit dem Rücken zum Kamin, und sein Gesicht war im Schatten.

»Warum schauen Sie mich so an? Ich weiß, ich sehe schlimm aus.« Nadia setzte sich und griff nach der Teekanne. Sie trug jetzt lange Hosen und einen weißen Skipullover. Ihr feuchtes Haar hatte sie im Nacken zusammengebunden. Ihr Gesicht war bis auf einen Hauch von Puder ungeschminkt.

»Sie waren noch nie so herzzerreißend schön wie in diesem Augenblick«, sagte er ernst. »Ist der Tee noch heiß? Und stark genug?«

»Ich habe noch nie einen so guten Tee getrunken. Wollen Sie nicht weiterspielen?«

Was für eine irre Situation, dachte Nadia und hörte der Gitarre mit halbgeschlossenen Augen zu. Muß er nicht denken, ich hätte ihn absichtlich hierher gelockt? Ausgerechnet in dieses Haus, das vollgestopft ist mit Erinnerungen an eine andere, zu früh gestorbene Liebe. Wo mich jeder Gegenstand mit den gräßlich toten Augen dieser anderen Liebe anglotzt...

»Woran denken Sie, Schneewittchen? Sie sehen schon wieder kreuzunglücklich aus.«

»Tatsächlich?« Ein komisches Zittern lief durch ihren Körper. Sie stellte die Teetasse mit dem japanischen Schwertlilienmuster auf die Unterschale zurück. »Wie spät ist es eigentlich?«

»Drei Uhr nachts. Müde?«

»Überhaupt nicht... Was ist das für ein Stück, das Sie spielen?«

»Concierto de Aranjuez... Ein Spanier hat es geschrieben. Joaquin Rodrigo. Er ist blind. Gefällt es Ihnen?«

»Es ist zum Heulen schön. Ich könnte bis morgen früh hier sitzen und zuhören... Keine Angst: Ich werde nicht heulen.«

»Warum eigentlich nicht? Sie sollten endlich aufhören, mit fest zusammengebissenen Zähnen und ungeweinten Tränen im Hals herumzurennen.«

»Und wenn ich mich ausgeheult habe, an Ihrer Schulter oder an irgendeiner anderen passenden Klagemauer — was dann? Man löst Probleme nicht mit Tränen.«

»Das hab ich auch nie behauptet. Wenn Sie sich einmal richtig ausgeheult haben, werden Sie Ihre sogenannten Probleme vielleicht klarer sehen. Mit etwas mehr Abstand. Und Sie werden möglicherweise feststellen...«

»Daß es nur eingebildete Probleme sind.«

»Genau. Aus einer Sackgasse kommt man nicht mit dem Kopf durch die Wand. Die Wand ist in der Regel härter als der Kopf.«

»Sehr weise«, sagte sie spöttisch. »Reden Sie ruhig weiter. Was schlagen Sie also vor?«

»Die simpelste Lösung ist manchmal die brauchbarste. Aus einer Sackgasse kommt man heraus, indem man den Rückwärtsgang einlegt.«

»Na fabelhaft. Daß ich darauf nicht gekommen bin.«

Er beendete das Spiel mit einer klirrenden Dissonanz.

»Sie machen sich über mich lustig.«

»Sind Sie beleidigt, weil ich mit Ihrer handgewebten Heinzelmännchen-Philosophie nichts anfangen kann?«

»Herrgott, ich will Ihnen doch nur helfen. Ist es denn so schwer, einen Fehler einzusehen?«

Sie runzelte die Stirn. Mit tiefer, unwilliger Stimme sagte sie:

»Ich weiß, worauf Sie hinauswollen. Sie meinen, ich habe den falschen Mann geheiratet. Ich brauche mich nur von ihm zu trennen, und alles ist wieder in Butter.«

»So ungefähr.«

Ihre Augen waren wieder klar, aber ohne Ausdruck und Wärme.

»Verblüffend einfach.«

»Sie meinen — zu einfach?«

»Im Gegensatz zu Ihnen mißtraue ich den einfachen Lösungen. Ein Mensch ist kein Auto. Indem man einfach den Rückwärtsgang einlegt, kann man

Geschehenes nicht ungeschehen machen. Aber lassen wir das. Spielen Sie lieber noch etwas. Falls Sie nicht zu müde sind.«

Er griff einen zornigen Akkord, improvisierte über ein Thema, das ihr bekannt vorkam. Mit halber Stimme sang sie mit: »Nobody knows you when you're down and out ...«

»Sie haben eine faszinierende Stimme«, sagte Hardy. »Warum bilden Sie sie nicht aus?«

»Warum, warum ...«

Eine Weile schwiegen sie. Das Feuer im Kamin brannte herunter. Es wurde kühl im Raum und so still, daß man den Oktoberwind und das Ächzen der Bäume hörte. Ein Ast schlug gegen einen Fensterladen.

Nadia sah, daß Hardy in seinem Stuhl eingeschlafen war. Mit der Gitarre im Schoß. Sie stand leise auf und legte die Wolldecke über ihn. Er bewegte sich im Schlaf. Sein Gesicht hatte einen bekümmerten Ausdruck. Ein schrecklich junges, wehrloses Gesicht mit versiegelten Lippen und zart umschatteten Augen, zeitlos schön, alterslos wie die Abbildung auf einer antiken Goldmünze. Sie empfand Schmerz und Trauer und eine Zärtlichkeit, die von einem unbestimmten, stechenden Gefühl der Reue begleitet war. Laß die Finger von dem Jungen. Oder willst du ihn auch unglücklich machen?

Sie ging auf Strümpfen aus dem Zimmer. Im Bad öffnete sie die Hausapotheke. Ohne Hast durchsuchte sie die Fächer, bis sie das Röhrchen mit den Schlaftabletten gefunden hatte. Sie schüttelte den Inhalt in die Hand und zählte. Neunzehn Stück. Die Dosis müßte eigentlich genügen. Nadia löste die Tabletten in etwas lauwarmem Wasser auf. Sie setzte sich auf den Rand der Badewanne und betrachtete das milchig-wolkige Zeug im Glas.

Hast du nicht vor einer knappen Stunde gesagt, daß du den einfachen Lösungen mißtraust? Ist Selbstmord nicht der primitivste aller Auswege? Was du vorhast, ist geschmacklos und rücksichtslos. In welche fürchterliche Lage bringst du den Jungen? Er wacht ahnungslos auf und findet deine Leiche. Und es wird sicher keine schöne Leiche sein. Davon mal abgesehen: Stelle dir bloß vor, was für Scherereien er kriegen wird... Du könntest natürlich in den Wald gehen und dich wie ein verendendes Tier irgendwo im dichten Unterholz verstecken...

Das Sonderbare war, daß sie der Gedanke ans Sterben weit weniger beunruhigte als die Vorstellung, was hinterher geschehen würde...

»Nadia, mein Gott... geben Sie das sofort her!«

Hardy tauchte wie ein Geist hinter ihr im Spiegel auf. Sie ließ sich das Glas widerstandslos aus der Hand nehmen und sah zu, wie er die trübe Flüssigkeit ins Waschbecken kippte und mit Wasser nachspülte. Ihr Gesicht war entspannt und fast heiter.

Er stellte das Glas in den Halter und sagte mit ausgedörrter Stimme:

»Versprechen Sie mir, daß Sie so was nie wieder...«

Sie ließ ihn nicht ausreden.

»Ob Sie's glauben oder nicht«, sagte sie mit einem etwas angestrengten Lächeln, »als Sie hereinplatzten, hatte ich gerade den Entschluß gefaßt, es nicht zu tun.«

Das war nicht einmal gelogen. Sie konnte nicht erklären, was in ihr vorgegangen war: ein innerer Sprung, ein Bewußtseinswechsel. Plötzlich sah sie sich selbst wie durch das verkehrte Ende eines Opernglases, unendlich verkleinert und ferngerückt. Ihr Verhalten kam ihr mit einmal infantil und verlogen vor. Sie schämte sich.

»Daß Sie auch nur einen Moment mit diesem wahnwitzigen Gedanken spielen konnten.«

»Ach Gott«, sagte sie. »Menschliche Verzweiflung führt selten zu logisch vertretbaren Handlungen. Tut mir leid, daß ich Sie erschreckt habe. Ich neige sonst nicht zu melodramatischen Auftritten. Vergessen Sie's, Hardy. Bitte.«

Er war noch nicht überzeugt, geschweige denn beruhigt. Zu ihrer Bestürzung stellte Nadia fest, daß er am ganzen Körper zitterte.

»Wir sind beide übermüdet«, sagte sie sanft. »Wir sollten wenigstens ein paar Stunden schlafen.«

Sie ging voraus, und er folgte ihr wie ein Schlafwandler.

»Ich werde kein Auge zutun«, sagte er düster.

»Ich werde Sie keine Sekunde aus den Augen lassen.«

»Reden Sie keinen Stuß. Ich gebe Ihnen mein Wort...« Sie stockte unvermittelt und fuhr sich mit der Hand an den Hals. »Da ist jemand an der Tür«, flüsterte sie zu Tode erschrocken. »Haben Sie es nicht gehört?«

Da war es wieder: dieses eigenartige Poltern. Als versuchte jemand, sich mit Gewalt Einlaß zu verschaffen.

»Ihr Mann?«

»Das glaube ich nicht. Warum sollte er mich hier suchen? Er denkt doch, daß ich bei Rheda bin.«

»Und wenn er Sie dort gesucht und nicht gefunden hat?«

Nadia riß sich zusammen. »Ich werde nachsehen«, sagte sie scheinbar kühl und gefaßt.

»Kommt nicht in Frage!«

Sie waren fast gleichzeitig an der Tür. Hardy schubste Nadia beiseite und entriegelte die Tür. Der Wind wirbelte Herbstlaub in die Diele. Hardy stieß einen komisch glucksenden Laut aus.

»Was ist?«

Er lehnte sich an den Türstock. Seine Schultern zuckten.

»Ein Hirsch...« keuchte er und hatte einen unbändigen Lachreiz in der Kehle. »Ich weiß nicht, wer blöder aus der Wäsche geschaut hat: der Hirsch oder ich.«

Es krachte im Unterholz, und der Spuk war verschwunden. Hardy schloß die Tür wieder. Sie fielen sich in die Arme und lachten, bis die Tränen kamen.

»Wir sind ganz schön hysterisch«, sagte Nadia mit einem schluchzenden Seufzer. Sie wollte sich von ihm lösen, aber er hielt sie so fest, als wollte er sie bis ans Ende der Welt nicht mehr loslassen.

Gott steh uns bei, dachte sie verwirrt... Wenn wir so weitermachen, weiß ich nicht, wie das enden soll... Sie lehnte sich an ihn und war mit einem Mal vollkommen ruhig und auf eine ganz neue Weise glücklich. Sie traute diesem Glück nicht. Aber es war ein unwirklich schönes Gefühl, einfach so dazustehen und sich festhalten zu lassen von jemand, der gut und stark und zuverlässig war, der ihre Sprache verstand, der auch das Unausgesprochene verstand und ihr vertraute. Und das war das eigentlich Neue an diesem Gefühl: Vertrauen als Wurzel der Zärtlichkeit...

»Wo bist du mit deinen Gedanken?« Er küßte die Falte zwischen ihren Augenbrauen, und ihr Herz bewegte sich und wurde dann ganz ruhig und friedlich. Sie seufzte wie ein Kind im Schlaf.

»Ich fühle mich sehr winzig«, sagte sie und bewegte sich nicht in seinen Armen. »Winzig-klein und schrumplig und unbeschrieben. Wie ein neugeborener Säugling. So ohne Vergangenheit und mit dem Feengeschenk einer noch ungeprägten, goldblanken Zukunft in der geschlossenen Hand.«

»Es könnte so sein«, sagte er und streichelte ihr Haar. »Du mußt nur daran glauben.«

»Glaubst du denn daran.«

»Felsenfest.«

»Dann will ich es auch versuchen.«

Er küßte sie auf den Mund, und die Hütte war ein Boot mit einem Purpursegel. Sie hörte das Brausen der Brandung und den Wind im Segel und spürte den sanften Ruck, mit dem das Boot ablegte...

»Wieviel Zeit haben wir?« fragte sie und fröstelte plötzlich.

»Jetzt oder überhaupt?«

»Jetzt und hier.«

»Um acht muß ich in Frankfurt sein.«

»Dann haben wir knappe drei Stunden Zeit.«

»Wir haben ein ganzes Leben lang Zeit. Wenn du willst.«

»Macht es dir etwas aus, wenn wir oben im Fremdenzimmer schlafen?« fragte sie. »Das Fremdenzimmer ist neutral. Hier unten sind die Wände vollgesogen mit Erinnerungen.«

»Du mußt es nicht näher erklären«, sagte er. »Ich begreife es auch so.«

Es war Nadias erstes körperliches Zusammensein mit einem Mann seit der Sache mit dem Kind, das sie nicht hatte behalten dürfen. Sie hatte Angst vor Schmerzen und eine noch viel größere Angst, ihr Körper könnte fühllos bleiben wie ein Stück dürres Holz. Es war wundervoll zu erfahren, daß sie sich grundlos geängstigt hatte. Alles war wundervoll. Diese Liebe war eine gute, einfache Sache wie Essen und Trinken, wenn man lange Zeit hungrig und durstig war. Diese Liebe war wie frisches, ofenwarmes, gut gewürztes Brot und roter Landwein. Nadia fragte sich, ob dies nicht die beste Sorte Liebe war, die man sich wünschen konnte.

Sie hatten das Fenster geöffnet. Der Wind ließ gegen Morgen nach. Die Luft war schneidend kalt und klar wie ein Forellenbach in den Bergen, und der abnehmende Mond stand an einem fast wolkenlosen Himmel.

»Ich habe dich von der ersten Sekunde an geliebt«, sagte Hardy. »Deine Kinderstirn mit dem Rabenflügel deines Haares. Deine wunderschönen hohen Backenknochen. Deine verrückt blauen Schlitzaugen, die manchmal undurchdringlich wie die Edelsteinaugen alter Statuen sind und dann wieder so tief und klar, daß man dir bis auf den Grund deiner Seele schauen kann. Die vollkommene Linie deines langen Halses und deine Gambenstimme und und und...«

»Halb sieben vorbei«, sagte sie und berührte sein inneres Handgelenk mit den Lippen. »Du mußt dich fertigmachen.«

»Wirst du dich scheiden lassen?« fragte er und verschränkte seine Finger mit ihren.

»Ich werde Schwelm die Scheidung vorschlagen.«

Ihr Gesicht war sehr ernst. Mondlicht lag auf ihrer Stirn.

»Und wenn er nein sagt?«

»Er ist nicht der Typ Mann, der eine Frau gegen ihren Willen hält.«

»Wirst du mich heiraten?«

»Wenn du so großen Wert auf Brief und Amtssiegel legst... Hast du bedacht, daß ich älter bin als du?«

»Sei nicht albern. Die lumpigen paar Jahre.«

»Du machst eine schlechte Partie«, sagte sie und glitt aus dem Bett. »Es ist dir doch klar, daß ich von Schwelm keinen Pfennig annehmen werde? Und du gehörst auch nicht gerade zur besitzenden Klasse.«

»Eines Tages werde ich mit meiner Gitarre einen Haufen Geld verdienen.«

Sie setzte sich vor den Spiegel und fing an, ihr Haar zu bürsten.

»Ich kann arbeiten«, sagte sie. »Und ich arbeite gern. Wenn wir von Frankfurt wegziehen, bekomme ich sicher irgendeinen Job... Jetzt mußt du aber wirklich aufstehen.«

Er rappelte sich unlustig hoch und griff nach seinen Kleidern. »Ich werde meinen Job bei Schwelm natürlich kündigen.«

»Aber doch nicht heute«, sagte sie erschrocken und legte die Haarbürste aus der Hand. »Er würde Verdacht schöpfen. Ein paar Tage mußt du es noch aushalten. Er soll denken, daß ich bei Rheda bin.«

»Warum, verdammt noch mal? Wozu diese Geheimniskrämerei? Warum können wir nicht offen und ehrlich...«

»Die Sache ist zu kompliziert, als daß ich sie dir mit drei Sätzen zwischen Tür und Angel erklären könnte... Schau nicht so verbiestert. Ich denke, du hast Vertrauen... Kommst du heute abend wieder hierher?«

»Du willst also in der Hütte bleiben? Ist das nicht zu gefährlich?«

»Ich glaube nicht. Ich werde ihn anrufen und so tun, als telefonierte ich von Rhedas Wohnung.«

»Das gefällt mir nicht.«

»Glaubst du mir? Aber es muß sein.«

Mußte es wirklich sein? Darüber dachte sie nach, während Hardy im Bad war. Mit einmal kamen ihr Zweifel, ob ihr Plan funktionieren würde.

Als Nadia allein war, stellte sie zunächst die Hütte auf den Kopf. Die Hausarbeit lenkte sie ab. Sie war müde und war es doch wieder nicht. Jedenfalls nicht so müde, daß sie hätte schlafen können. Sie fühlte sich eigenartig hohl und zerbrechlich. Solange Hardy in ihrer Nähe war, hatte sie dieses Gefühl nicht gehabt.

Im Kühlschrank und Keller waren genügend Vorräte. Aber sie hatte keine Lust, sich etwas zu kochen. Der Gedanke an eine warme Mahlzeit verursachte ihr Übelkeit. Nach einem langen Waldspaziergang fühlte sie sich besser. Es war ein unglaublich schöner Oktobertag. Ein windstiller, tiefblauer, lichtdurchflossener Vormittag. Der Mischwald flammte in allen Farben des Herbstes.

Gegen zehn Uhr rief sie Schwelm in seinem Büro an.

»Bist du allein? Kannst du sprechen?«

»Ja«, sagte er gepreßt. »Ja, natürlich... Von wo rufst du an? Warum hast du das getan, Nadia? Ich habe heute nacht fast den Verstand verloren. Was habe ich falsch gemacht? Wenn ich das wüßte, wäre ich einen Schritt weiter. Sag mir, was ich falsch gemacht habe.« Seine Stimme klang erbarmungswürdig.

Ihre Ruhe war beim Teufel. Etwas in ihr tat weh wie eine entzündete Stelle, wenn die Betäubung nachläßt.

»Du hast die falsche Frau geheiratet«, sagte sie mit gespielter Gelassenheit. »Das ist dein einziger Fehler. Ich hätte es nicht zulassen dürfen. Wir zwei ergeben zusammen eine unbekömmliche Mischung. Eine hochexplosive Mischung.«

»Das ist doch nur so eine fixe Idee von dir«, sagte er verzweifelt. »Du glaubst doch nicht im Ernst, daß du besser zu Paul Rheda paßt. Ich habe immer gedacht, du haßt ihn. Aber nach dem, was vorgefallen ist, muß ich annehmen...«

»— daß hier ein Fall von Haßliebe vorliegt, wie? Vielleicht sogar eine Art sexueller Hörigkeit...«

»Dieser Gedanke ist mir tatsächlich gekommen.

Ist er denn so abwegig?« Er atmete wie ein Schwerkranker.

»Hast du mit deinem Freund Telkamp darüber gesprochen?«

Als Schwelm mit der Antwort zögerte, wurde Nadia klar, daß sie richtig getippt hatte. Eine unangenehme Vorstellung: bei lebendigem Leib seziert zu werden. Ihr war richtig schlecht.

»Ich wünschte, du würdest dich für einige Zeit in Telkamps Obhut begeben«, sagte er ausweichend. »Er leitet ein Privatsanatorium in Bad Homburg, und er ist ein erstklassiger Psychotherapeut.«

»Ich denke nicht daran«, sagte sie aufbrausend. »Ich bin nicht krank. Vielleicht bin ich durch und durch schlecht. Aber nicht krank. Ich bin völlig klar im Kopf. Und mein Verstand sagt mir, daß ich krank werden könnte, wenn ich bei dir bleibe. Laß mich ausreden, bitte. Du bist zu gut und zu fein für mich, und ich bin in meiner ganzen Verdorbenheit doch nicht stark genug, um dein Bessersein und deine halbgöttliche Güte auf die Dauer zu ertragen.«

»Jeder deiner Sätze beweist mir, daß du noch kränker...«

»Fang nicht wieder davon an. Es ist sinnlos. Ich bitte dich, in die Scheidung einzuwilligen. Das ist mein letztes Wort.«

»Ich liebe dich. Und ich denke nicht daran, mich scheiden zu lassen.«

»Großer Gott, willst du denn warten, bis ich dich in jeder Hinsicht ruiniert habe: seelisch, körperlich, gesellschaftlich?«

»Das hat mich Kristine auch gefragt«, sagte er heiser. »Wir hatten eine schlimme Auseinandersetzung. Sie ist mitten in der Nacht zu ihrer Mutter nach Kronberg gefahren.«

»Das tut mir leid für dich. Sie wird zurückkommen, sobald sie erfährt, daß ich dich für immer verlassen habe.«

»Wir müssen uns aussprechen«, sagte er zerquält. »Am Telefon geht das nicht. Ich bitte dich von ganzem Herzen: Gib uns noch eine Chance.«

Nadia antwortete nicht gleich. Sie schwitzte vor Schwäche am ganzen Körper.

»Also gut«, sagte sie schließlich und umklammerte den Hörer mit beiden Händen. »Ich werde kommen. Nicht heute. Laß mir ein paar Tage Zeit. Und versprich mir, daß du keine Suchaktion nach mir starten wirst.«

»Wie du willst, Liebes.« Seine Stimme klang erleichtert. »Aber komme bitte noch diese Woche. Am Freitag muß ich zu diesem langweiligen Kongreß nach Brüssel fliegen. Wie wäre es, wenn du mitkommen würdest?«

»Das wäre wohl nicht das Richtige«, sagte sie mit betonter Kühle. »Ich rufe dich an, bevor ich komme. Aber erhoffe dir nicht zuviel von dieser Aussprache.« Sie legte rasch auf. Ein paar Minuten blieb sie neben dem Telefon sitzen und starrte ins Leere. Und du hast allen Ernstes geglaubt, du bist fertig mit ihm. Unwiderruflich fertig. Bist du es denn nicht? Warum zum Teufel hat dich das Telefongespräch mit ihm so höllisch mitgenommen?

*

Hardy Pross mußte das Letzte aus seinem Blechfrosch herausholen, um pünktlich in Frankfurt zu sein. Obwohl er eine schlaflose Nacht hinter sich hatte, fühlte er sich blendend. Noch nie im Leben war er so glücklich gewesen. Der Berg ungelöster Probleme erschien ihm in diesem rosig umnebelten Zustand der Euphorie nicht größer als ein Maulwurfshügel. Warum sollte er sich jetzt den Kopf darüber zerbrechen? Später hatte er Zeit genug zum Nachdenken. Jetzt wollte er einfach dasein, existieren, atmen und sich keine Sorgen machen, wie es weitergehen sollte.

Er bekam seinen ersten Dämpfer, als er punkt acht mit Hans Schwelm in der Garage zusammentraf. Schwelm wirkte vollkommen fertig. Seine Haut war grau unter der Sonnenbräune und wie Papier über die Knochen seines Gesichts gespannt, der Mund schmallippig und die Nase verkniffen. Eine dunkle Brille verbarg seine Augen. Trotz der Herbstkühle schwitzte er an den Schläfen.

»Morgen, Hardy.«

»Morgen, Herr Schwelm.«

»Vorhin hab ich bei Ihnen geläutet...«

»Ich bin sehr früh raus. Mein Auto war in der Werkstatt.« Hardy log ohne Skrupel. Er dachte, daß dieser Mann von nun an sein Feind war. Dennoch empfand er ein vages Mitleid.

Schwelm war kein Morgenmuffel. Normalerweise war er auf der allmorgendlichen Fahrt ins Büro sogar relativ gesprächig. Er unterhielt sich gern mit Hardy. Heute redete er während der ganzen Fahrt kein Wort. Hin und wieder nahm er das Taschentuch heraus, um sich den Schweiß abzuwischen. Am liebsten hätte Hardy von sich aus das quälende Schweigen gebrochen. Am liebsten hätte er ohne Umschweife gesagt: Ich liebe Nadia, und sie liebt mich auch... Sehen Sie endlich ein, daß Ihre Ehe ein Fehlschlag ist. Und geben Sie Nadia frei... Aber er hatte Nadia versprochen, den Mund zu halten. Er verstand ihr Motiv nicht. Wie auch immer: Ein Versprechen war ein Versprechen.

»Wann brauchen Sie mich wieder?«

Schwelm schrak aus seinen Grübeleien. Er taumelte ein wenig, als er aus dem Wagen stieg.

»Sind Sie krank?«

»Ich hatte eine schlechte Nacht... Was wollte ich sagen? Ach so... Holen Sie mich bitte um halb eins ab. Ich esse mit Geschäftsfreunden im Gut *Neuhof*.«

»Okay«, sagte Hardy. Dieses verdammte Mitleid

war wie ein Strick um seinen Hals. »Bis halb eins also.« Er wartete, bis Schwelm mit eigenartig steifen Schritten die Stufen hinaufging, und fuhr dann weiter.

Du kannst es dir nicht leisten, diesem komischen Mitleid nachzugeben, dachte er... Man kann nicht einem Mann seine Frau wegnehmen und dabei vor sentimentalem Mitgefühl zerfließen. Das wäre inkonsequent und unsauber. Außerdem brauchst du deine ganze Kraft für Nadia...

Zu Hause angekommen, wählte er die Nummer des Jagdhauses. Aber Nadia meldete sich nicht. Vielleicht war sie spazierengegangen. Oder sie schlief. Plötzlich wurde ihm bewußt, daß er selbst zum Umfallen müde war. Er stellte den Wecker auf zwölf, legte sich angezogen auf sein Bett und war gleich eingeschlafen.

Hardy erreichte Nadia erst mittags. Er hatte Schwelm und die anderen Herren zum *Neuhof* hinausgefahren, und es kam ihm vor, als hätte Schwelm sich wieder gefangen.

Nadia und er hatten ein Zeichen verabredet: ein paarmal durchläuten lassen, auflegen und nochmals wählen. Diesmal klappte es sofort. Hardy wurde ganz schwach vor Glück, als er ihre tiefe, ein wenig heisere Stimme hörte.

»Liebst du mich noch?«

»Ich kann dich nicht ausstehen. Wann kommst du?«

»So gegen acht. Hast du etwas gegessen? Du mußt essen, damit du bei Kräften bleibst. Habe ich dir schon gesagt, daß du zu dünn bist? Ich liebe dich wie du bist. Aber es könnte nichts schaden, wenn du ein bißchen zunehmen würdest.«
»Deine Sorgen möchte ich haben.«
»Und was sind deine Sorgen?«
»Müssen wir darüber sprechen? Komm bald. Wenn du da bist, mache ich mir weniger Sorgen.«
Sie hatte ihm nichts von ihrem Telefongespräch mit Schwelm erzählt. Warum sollte sie ihn beunruhigen? Sie erzählte ihm erst in der Nacht davon, als sie zufrieden und entspannt im zu schmalen Bett des Fremdenzimmers nebeneinander lagen.
»Schwöre, daß du dich nicht rumkriegen läßt!«
Sie hörte die herzklopfende Angst in seiner Stimme und küßte ihn sanft zwischen die Augen.
»Ich schwöre nie.«
»Und ich kann's nicht vertragen, wenn du mich auf diese verlogen mütterliche Art küßt.«
»Ist es so besser?« Sie küßte ihn auf den Mund. Aber sie war nicht ganz bei der Sache. Er sagte es ihr, und sie rückte ein wenig von ihm ab und murmelte: »Es ist nicht gut, wenn man gewisse Dinge zerredet. Versuche nie, mich zu irgend etwas zu zwingen. Ich bin allergisch gegen jede Sorte Zwang. Ich muß selbst herausfinden...«
»Was?«
»Wo es langgeht. Wenn du ungeduldig bist, wirst

du alles kaputtmachen.« Sie hörte an seinem Atem, daß er unglücklich war, und sie haßte sich, weil sie ihn unglücklich gemacht hatte. »Verzeih«, sagte sie mit veränderter Stimme und berührte seine Wange mit den Fingerspitzen. »Ich rede dummes Zeug. Mein Gott, ich wünschte, ich hätte alles schon hinter mir.«

»Es liegt einzig und allein an dir«, sagte er.

Ihr Herz zog sich mit einmal schmerzhaft zusammen. Sie küßten sich sehr lange, und als sie wieder ruhiger atmen konnte, sagte Nadia unvermittelt in die Dunkelheit:

»Du hast recht. Ich muß es hinter mich bringen. Ich werde morgen früh mit dir in die Stadt fahren.«

*

Am nächsten Morgen brachen sie zeitig auf. Das Wetter war umgeschlagen. Es regnete und schneite durcheinander, und mit einem Mal war die ganze gottverdammte Traurigkeit des Spätherbstes da.

»Setz mich irgendwo ab«, sagte Nadia. »Man darf uns nicht zusammen sehen. Kannst du mir zwanzig Mark leihen. Ich bin ohne einen Pfennig von zu Hause weg.«

Er gab ihr das Geld, und sie sah ihm an, daß er sehr unruhig war und hundert Fragen auf der Zunge hatte. Als sein kleiner roter Wagen im Schneeregen verschwand, überkam Nadia eine tiefe

Mutlosigkeit. Sie schüttelte diese merkwürdige Lähmung ab, und dann faßte sie einen Entschluß.

Als Nadia zwanzig Minuten später an der Tür von Paul Rhedas Wohnung läutete, war sie eiskalt und glasklar.

Rheda hatte noch geschlafen. Bei seinem ungewaschenen Anblick wurde ihr beinahe schlecht. Der Mief in seinem Zimmer war ebenso unbeschreiblich wie die Unordnung.

»Ich wußte, daß du kommen würdest!« Er blinzelte mit entzündeten Augen und zog den Bademantel vor der grauzottigen Brust zusammen.

»Ich muß mit dir reden.« Sie stieß das Fenster auf, um frische Luft hereinzulassen. »Hoffentlich bist du trotz deines Suffkopfes in der Lage, mir zu folgen.«

»Willst du dich nicht setzen, Nadinka?« Er zog die Decke über das zerwühlte Bett. »Leider kann ich dir nichts anbieten. Nicht einmal eine Tasse Kaffee. Es geht mir lausig, weißt du...«

»Ja, ja. Du steckst mal wieder bis zu den Ohren im Dreck. Vielleicht kann ich dir helfen. Vorausgesetzt...« Mit knappen Worten erläuterte sie ihren Plan.

Rheda schüttelte den Kopf, als hätte er eine Fliege im Ohr.

»Dein Mann soll also denken, daß du und ich... Also, das ist zwar sehr schmeichelhaft für mich, aber ich kapiere trotzdem nicht...«

»Ich will die Scheidung. Und ich brauche dich als Scheidungsgrund. Ist das so schwer zu verstehen? Natürlich bezahle ich dich dafür. Kein schlechtes Geschäft für dich.«

»Ich würde es liebend gern umsonst machen«, sagte er. »Aber ich habe seit einem Monat die Miete nicht bezahlt. Seit Tagen habe ich keine warme Mahlzeit mehr gehabt... Sag mal, Goldkind: Warum willst du dich scheiden lassen? Ohne Grund gibt man ein so gut gepolstertes Nest nicht auf. Ist ein anderer Mann im Spiel?«

»Kein anderer Mann«, sagte Nadia eisig. »Ich passe nicht zu Schwelm. Das ist die ganze Wahrheit. Ich passe nicht in seine Welt.«

»Ich habe deine Konsequenz schon immer bewundert, Nadinka.« Er kam auf sie zu und blies ihr seinen sauren Bieratem ins Gesicht. »In diesen Tagen ist mir klargeworden, wie sehr ich dich liebe. Wir gehören zusammen, Nadinka. Dir zuliebe könnte ich ein ganz neues Leben anfangen.«

Warum widersprach sie ihm an dieser Stelle nicht? Rheda war für sie nur Mittel zum Zweck, und sie mußte ihn bei der Stange halten. Sie mußte Schwelm dazu bringen, daß er sie verachtete. Anders würde er nie in die Scheidung einwilligen. Von dieser Idee war Nadia besessen. Wenn sie geahnt hätte, welch verhängnisvolle Folgen ihr Schritt haben sollte, wäre sie umgekehrt, solange eine Umkehr noch möglich war. Als ihr endlich die Augen aufgingen, war es zu spät und das Unglück nicht mehr aufzuhalten ...

*

Am Nachmittag des gleichen Tages passierte etwas, das Nadias fabelhaften Plan fast über den Haufen geworfen hätte. Von diesem Moment an überstürzten sich die Ereignisse.

Hardy hatte den ganzen Vormittag ein mulmiges Gefühl, als stünde ihm etwas Unangenehmes bevor. Vielleicht lag es am Wetter, an dieser düsteren, nebelkalten Spätherbststimmung. Allerseelenwetter. Modergeruch der Vergänglichkeit. Außerdem fand er die ganze Situation irgendwie deprimierend und auch ein bißchen würdelos. Er haßte unklare Verhältnisse.

Schwelm hatte ihn gebeten, eine defekte Lichtleitung in seinem Arbeitszimmer zu reparieren. Während der Arbeit mußte Hardy ununterbrochen an Nadia denken. Sie hatte ihm nicht gesagt, was sie vorhatte, und die Ungewißheit machte ihn derart kribblig, daß er Mühe hatte, sich auf die Schreibtischlampe mit dem Wackelkontakt zu konzentrieren. Er war mit seinen Gedanken so weit weg, daß er das Geräusch an der Tür und die Schritte auf dem Teppich gar nicht wahrnahm. Als sich plötzlich zwei Hände von rückwärts über seine Augen legten, fuhr er wie elektrisiert zusammen.

»Seit wann bist du so schreckhaft?«

Hardy atmete hörbar auf. Für den Bruchteil einer Sekunde hatte er angenommen, es wäre Nadia. Aber es war Kristine. Auf diesen Überfall war er nicht vorbereitet. Ausgerechnet Kristine. Die hatte ihm gerade noch gefehlt. Er hatte ihr gegenüber ein schlechtes Gewissen, und das machte ihn ungeduldig und gereizt.

»Ist das vielleicht eine Art? Sich hinterrücks anschleichen und handgreiflich werden...«

»Deine strahlende Laune wirkt direkt ansteckend. Du freust dich wohl kein bißchen, mich wiederzusehen.«

Er setzte sich auf die Schreibtischecke und zündete sich eine Zigarette an.

»Ich freue mich wie'n Schneekönig«, sagte er grimmig. »Wo hast du eigentlich gesteckt?«

Sie zog ihren Mantel aus und warf ihn über einen Stuhl. Mit einer fohlenhaften Bewegung schleuderte sie das braunblonde Haar aus der Stirn.

»Ich war bei meiner Mutter«, sagte sie in bockigem Ton. »Hat Papi dir nicht erzählt, warum ich abgehauen bin?«

»Warum hätte er das tun sollen? Dein Vater ist nicht der Typ, der seinen Chauffeur mit Familienkram belästigt.«

»Hast du vergessen, daß du zur Familie gehörst?«

Er hob die Schultern und ließ sie wieder fallen.

»Schieß endlich los«, sagte er müde. »Warum bist

du abgehauen? Und warum bist du wiedergekommen?«

Kristine errötete vor Ärger. Sie zog die Unterlippe durch die Zähne und gab einen verschnupften Ton von sich.

»Du hast also keinen Schimmer, was Nadia sich an ihrem Geburtstag geleistet hat?«

»Ich habe nicht die leiseste Ahnung.« Er log, ohne eine Miene zu verziehen. Fast hätte er hinzugefügt: Und es interessiert mich auch nicht...

Kristine holte tief Luft, und dann erzählte sie, was Hardy ohnehin schon wußte. Sie drückte sich ziemlich drastisch aus und unterstrich ihre Worte mit heftigen Gesten. Hardy hörte ihr mit zugeknöpftem Gesicht zu. Er kochte innerlich, und es fiel ihm unmenschlich schwer, sich zu beherrschen.

Als sie endlich fertig war, sagte er betont kühl: »Ich möchte wissen, was mich das angeht.«

Sie hob den Kopf. Ihre Augen wurden starr und gläsern.

»Du stellst ulkige Fragen. Ich... ich denke, wir sind befreundet.«

Sie tat ihm leid. Aber sie ging ihm auch auf die Nerven. Er kam sich schäbig vor. Die ganze Situation war schäbig und zum Davonlaufen.

»Klar sind wir befreundet«, murmelte er schuldbewußt. »Ich wollte dich bestimmt nicht kränken. Warum bist du eigentlich nicht bei deiner Mutter geblieben?«

»Ich kann ihre ewige Schimpferei nicht vertragen«, sagte Kristine mit einem aufschluchzenden Seufzer. »Bei jeder Gelegenheit zieht sie über Papi her. Ich verstehe ja, daß sie verbittert ist. Sie kann's nicht vertragen, daß ich zu Papi halte. Meine Güte: Papi steht mir nun mal näher. Außerdem braucht er mich jetzt mehr denn je.« Sie fummelte ihr Taschentuch heraus und schneuzte sich dröhnend.

»Und wenn Nadia zurückkommt?« fragte Hardy. »Was dann?«

Ihre Augen weiteten sich.

»Das wird sie nicht wagen«, sagte Kristine durch die Nase. »Und wenn... dann wird Papi sie hoffentlich hochkant rausfeuern. Sie ist eine miese, dreckige Hure, und ich werde nicht zulassen, daß sie Papis Leben kaputtmacht.«

»Ich finde, du solltest dich da nicht einmischen«, sagte Hardy mit kratziger Stimme. Es machte ihn wahnsinnig, das alles mitanhören zu müssen und in sich hineinzuwürgen, was ihm auf der Zunge lag.

»Was ist eigentlich los mit dir?« fragte Kristine nach einer kleinen, unheilschwangeren Pause. Sie zupfte mit nervösen Fingern an ihrem Taschentuch. »Magst du mich nicht mehr? Wenn du noch einen Funken Zuneigung für mich empfinden würdest...«

»Natürlich mag ich dich«, murmelte er mißmutig.

»Wie du das sagst: so kalt und knochentrocken... Ich weiß nicht, was dich so verändert hat. Du willst mit mir Schluß machen? Ist es das?«

Das ungute Gefühl in seiner Magengrube verstärkte sich. Später versuchte Hardy sich zu besinnen, welches Wort von ihm, oder von Kristine, den Funken gezündet hatte, der das Pulverfaß in die Luft jagte.

»Du tötest mir den Nerv, Küken«, sagte er. »Wenn ich etwas auf der Welt hasse, dann sind es hysterische Auftritte. Wir sind nicht verheiratet. Habe ich dir nicht von Anfang an gesagt, daß Liebe bei mir nicht drin ist?«

»Aber du hast mit mir geschlafen!« Ihre Stimme wurde atemlos.

»Na und?«

Er wußte, daß dieses »Na und« eine Gemeinheit war. Er wünschte, er hätte es ihr behutsamer beibringen können. Irgendwie tat sie ihm entsetzlich leid. Aber er mußte die Sache zu Ende bringen, und er dachte, daß ein Ende mit Schrecken besser war, als eine Fortsetzung dieses verlogenen Versteckspiels. Als Kristine auf die Terrasse hinausrannte, bekam er es mit der Angst zu tun. Sie war total durchgedreht und durchaus imstande, irgendeine Verrücktheit anzustellen.

Er holte sie kurz vor der Brüstung ein, packte sie bei den Schultern und beutelte sie wie einen jungen Hund. Wut und Angst schnürten ihm die Kehle zu.

»Ich kann ohne dich nicht leben. Du... du kannst mich nicht einfach wegschmeißen wie 'ne Zigarettenkippe!«

»Nicht auf die Tour, Kris... Wie kann ein aufgeklärtes, intelligentes Mädchen bloß so'nen Käse verzapfen.«

Sie heulte und zitterte in seinen Armen. Es regnete nicht mehr, aber der Wind war mörderisch. Er riß ihnen fast die Haare vom Kopf. Kristine wurde mit einmal ganz steif. Sie warf ihm einen sonderbaren Blick zu und sagte mit einem fast irren Lächeln:

»Ich bekomme ein Kind von dir.«

Ihm war zumute, als müßte sein Gehirn explodieren. Sekunden später hatte er sich wieder gefangen.

»Du lügst, Mädchen«, rief er. »Und du bist eine miserable Lügnerin.«

Ihr Gesicht fiel auseinander. Sie schlug ihm mit aller Kraft ins Gesicht und begann haltlos zu weinen. Er brachte sie ins Zimmer zurück, und sie wehrte sich nur schwach. Ihre Zähne schlugen aufeinander.

»Na schön«, stieß sie hervor. »Dann habe ich eben gelogen. Aber es hätte doch sein können, oder?«

Er schloß die Balkontür und zog die Gardine vor. Ihm war hundeelend.

»Es ist wohl besser, wenn ich aus deinem Leben verschwinde«, sagte er und sah mit ausdruckslosen Augen auf sie herunter.

Ihr Blick wurde hart und unnatürlich starr. Hörte

sie überhaupt zu? Irgendwo klappte eine Tür. Schritte näherten sich. Hardy erkannte Nadias Stimme. Unwillkürlich hielt er die Luft an.

»Mein Gott«, sagte Kristine laut und schrill. »Dieses Miststück ist tatsächlich zurückgekommen.«

»Halt den Mund«, sagte er außer sich vor Wut. »Du hast kein Recht...«

»Jetzt geht mir ein Licht auf«, flüsterte Kristine. »Du und Nadia... Das ist es... Ich hatte doch von Anfang an so ein Gefühl...« Ihr Kopf fiel auf die Schreibtischplatte.

»Was ist denn hier los?« fragte Schwelm von der Tür her. Er gab Nadia ein Zeichen, und sie nickte schweigend und ging rasch den Flur hinunter.

»Sie werden sich nach einem anderen Fahrer umsehen müssen«, sagte Hardy hölzern. Er konnte Schwelm nicht in die Augen sehen.

»Hat Ihre plötzliche Kündigung etwas mit meiner Tochter zu tun?« Schwelm beugte sich über Kristine, aber sie entzog sich ihm mit einer brüsken Bewegung und wich bis zur Bücherwand zurück.

»Nicht unbedingt«, sagte Hardy schroff. »Ich soll in vierzehn Tagen ein Konzert geben. Das ist 'ne einmalige Chance für mich. Wenn ich nicht durchrasseln will, muß ich von nun an wie ein Irrer üben.« Das war nicht einmal gelogen. Er hatte das Angebot schon vor einem Vierteljahr bekommen, und heute früh hatte der Brief mit dem Vertrag in seinem Postkasten gelegen.

»Glaub ihm nicht«, sagte Kristine mit weißen Lippen. »Das ist bestenfalls die halbe Wahrheit. Er hat ein Verhältnis mit Nadia.«

Schwelm versteinerte förmlich. Etwas in seinem Magen drehte sich um.

War dies der Augenblick der Wahrheit? Hardy dachte an das Versprechen, das er Nadia gegeben hatte. Er sagte leise und bestimmt:

»Kristine ist etwas durcheinander. Ich habe Ihnen den wirklichen Kündigungsgrund genannt, und ich habe nichts hinzuzufügen.«

»Es tut mir leid, daß Sie uns verlassen«, sagte Schwelm mit bewunderungswürdiger Haltung. »Wenn Sie das Appartement vorläufig behalten wollen...« Er zwang sich zu einem Lächeln.

»Sie sind sehr liebenswürdig«, sagte Hardy. »Aber es ist besser, wenn ich noch heute ausziehe.«

*

Nach ihrem Besuch bei Paul Rheda lief Nadia eine Weile ziellos durch die Straßen. Sie setzte sich schließlich in eine scheußlich triste Kneipe und trank einen Kaffee, um sich aufzuwärmen. Von dort rief sie Schwelm im Büro an.

»Wo bist du, Liebes?«

»Irgendwo im Westend.«

»Wir treffen uns in unserer Wohnung, ja? Ich kann in zwanzig Minuten dort sein.«

Die Freude in seiner Stimme machte sie ganz

krank. Zum Teufel mit der Sentimentalität! Sie würde starke Nerven brauchen, um die Sache durchzustehen.

Vor der Haustür trafen sie zusammen. Er umarmte sie auf offener Straße und drückte ihren Kopf an seine Schulter.

»Ich bin sehr glücklich.«

»Du siehst krank aus«, murmelte Nadia.

»Wundert dich das? Keine Sorge. Ich werde dir nicht mit Vorwürfen auf die Nerven fallen.«

Ich habe mehr Angst vor seiner Großmut als vor seinen Vorwürfen, dachte sie beklommen. Hat er das noch immer nicht begriffen?

Als sie wenig später die aufgelöste Kristine und einen zu Stein erstarrten Hardy vorfanden, fuhr Nadia ein eisiger Schreck in die Glieder. Hatte Hardy die Nerven verloren und war mit der Wahrheit herausgeplatzt?

In der vertrauten Atmosphäre ihres Zimmers beruhigte sie sich etwas. Sie war noch nicht fertig mit Umziehen, als Schwelm hereinkam.

»Verzeih. Ich hätte anklopfen sollen.«

Seine Verlegenheit rührte Nadia. Es war tatsächlich eine Ewigkeit her, daß er sie nackt gesehen hatte. Sie schlüpfte in ihren alten Seidenkimono aus Hongkong und verknotete den Gürtel. Plötzlich war eine eigenartige Spannung im Raum.

»Ist etwas mit Kristine?« Ihre Stimme war wie gegen den Strich gebürsteter Samt.

Er nickte bekümmert, und dann erzählte er Wort für Wort, was sich vorhin im Arbeitszimmer abgespielt hatte. Nadia legte sich hin und verschränkte die Hände im Nacken. Sie fragte, den Blick an die Decke gerichtet:

»Du glaubst also auch, daß ich mit dem Jungen ins Bett gegangen bin?«

»Warum eigentlich nicht«, sagte er mit gekünstelter Leichtigkeit. »Er ist ein reizender Bursche... jung, vital, charmant... und sicher in dich verliebt. Und du hast das gewisse Etwas, das Männer um den Verstand bringt.«

»Was du nicht sagst. Eins hast du vergessen: Ich bin ein Flittchen mit einem krankhaft gesteigerten Geschlechtstrieb.«

Er setzte sich zu ihr. Aber er rührte sie nicht an.

»Bitte, sag nicht so abscheuliche Dinge.«

»Ich spreche nur aus, was du denkst. Oder was dein supergescheiter Freund Telkamp dir eingeredet hat. In einem Punkt kann ich dich allerdings beruhigen: Ich habe nicht mit Hardy Pross geschlafen. Dieser kläräugige kleine Romantiker läßt mich kalt. Das kannst du deiner Tochter ausrichten.«

»Sprechen wir also von Rheda. Was zieht dich zu ihm?«

Ihr Lachen war hart und böse. Sie setzte sich auf und schlang die Arme um die Knie.

»Wir sind beide Außenseiter der Gesellschaft. Verwandte Seelen, die Dreck zusammenkittet. Genügt dir das? Oder willst du Einzelheiten hören? Zum Beispiel, ob es mir Spaß macht, mit ihm im Bett zu liegen, und wie ich mich hinterher fühle?«

Er schwieg. Sein Gesicht war aschgrau mit weißlichen Flecken um Mund und Nase. Sie sah, was sie angerichtet hatte, und mit einem Mal fiel die Wut von ihr ab.

»Warum läßt du dir alles von mir gefallen?« fragte sie müde. »Warum zum Teufel wirfst du mich nicht auf die Straße? Können wir diese Quälerei nicht beenden?«

»Vielleicht könnte ich ohne dich leben«, sagte er tonlos. »Aber ich will es nicht. Gib uns noch eine Chance. Wir beide haben Fehler gemacht. Was dir fehlt, ist eine wirkliche Aufgabe.«

»Du glaubst, daß ich aus Langeweile mit Rheda...«

»Lassen wir Rheda beiseite. Wenn du das Kind behalten hättest...«

»Du vergißt, daß es nicht dein Kind war.«

Nicht weichwerden, dachte sie. Wenn du ihm jetzt beichtest, daß es doch sein Kind war, fängt alles wieder von vorn an.

»Ich habe es nicht vergessen«, sagte er leise. »Trotzdem wünschte ich, du hättest dieses Kind bekommen. Es wäre ja in erster Linie dein Kind gewesen. Und mit der Zeit hätte ich mich wahrscheinlich damit abgefunden, daß es nicht auch mein Kind ist.«

»Ich will nichts mehr davon hören.« Sie sprang auf und ging rasch ans Fenster.

»Du könntest ein Kind adoptieren«, sagte er hinter ihr.

Nadia fuhr herum und starrte ihn wie geblendet an.

»Ist das dein Ernst?« Sie mußte sich ans Fenster lehnen, weil ihre Knie plötzlich zitterten.

»Natürlich ist das mein Ernst. Du brauchst mir jetzt nicht zu antworten. Denke in Ruhe darüber nach.«

Als er gegangen war, wurde ihr bewußt, daß eine vollkommen neue Situation entstanden war, mit der sie sich nun auseinandersetzen mußte.

Ich habe ihm Unrecht getan, dachte sie betroffen. Er liebt mich wirklich... Aber zugleich war etwas in ihr, das sich wütend wehrte... Ein Kind adoptieren: Was würde das schon ändern? Trotzdem — der Gedanke ließ sie nicht mehr los.

Später fiel ihr ein, daß Hardy seit Stunden auf eine Nachricht von ihr wartete. Sie kam sich wie eine Verräterin vor. Wie konnte sie ihn erreichen? Und wenn sie ihn erreichte: Was sollte sie ihm sagen?

Morgen, dachte Nadia... Morgen ist auch ein Tag. Ich bin jetzt nicht in der Verfassung, mit ihm zu sprechen.

Beim Frühstück erfuhr sie, daß Hardy bereits ausgezogen war.

»Ich weiß nicht, was ich mit Kristine anfangen soll«, sagte Schwelm bedrückt. »Sie heult sich die Augen aus und ist überhaupt nicht ansprechbar. Jedenfalls weigert sie sich, aufzustehen und zur Schule zu gehen. Seit gestern mittag hat sie praktisch nichts gegessen.«

»Ich wünschte, ich könnte ihr helfen oder ihr irgendeinen Rat geben. Hast du ihr klarmachen können, daß Hardy nicht meinetwegen mit ihr Schluß gemacht hat?«

»Versucht habe ich es. Aber sie hört gar nicht zu, wenn man mit ihr redet. Könntest du nicht mit Hardy Pross sprechen?«

Nadia ließ vor Schreck fast die Kaffeetasse fallen.

»Du meinst, ich soll zwischen Hardy und Kristine vermitteln?« Sie sah ihn an, und er wich ihrem Blick nicht aus. Sein Gesichtsausdruck war offen und ohne Arg. Spielte er Komödie? Wollte er ihr eine Falle stellen?

»Ich weiß nicht, ob es da noch etwas zu vermitteln gibt«, sagte er. »Aber ich wüßte gern, was in Wirklichkeit vorgefallen ist. Dir wird er es sagen.«

»Vielleicht. Und wo finde ich ihn?«

»Er ist zu einem Freund gezogen. Die Telefonnummer habe ich dir aufgeschrieben.« Er schob ihr den Zettel hin, und sie steckte ihn in die Tasche ihres Morgenmantels. »Ich muß gehen«, sagte er. »Hast du über meinen gestrigen Vorschlag nachgedacht?« Als er keine Antwort bekam, beugte er sich über sie und küßte sie leicht auf die Schläfe. »Laß dir nur Zeit«, sagte er. »Ich werde dich nicht drängen. Ich habe eine Menge Geduld. Also, bis heute abend.«

»Bis heute abend.« Sie schloß eine Sekunde lang die Augen und wünschte verzweifelt, jemand würde ihr die Entscheidung abnehmen. Beim Gedanken an Hardy wurde ihr das Herz schwer... Ich weiß nicht mehr, was ich will, dachte sie... Ich war doch glücklich mit Hardy. Das kann doch nicht von einem Tag auf den anderen vorbei sein wie ein drittklassiger Rausch...

Die Decke fiel ihr auf den Kopf. Sie räumte den Frühstückstisch ab und kleidete sich hastig an. Nadia hielt den Telefonhörer schon in der Hand, als ihr Bedenken kamen. Sie konnte Hardy unmöglich von der Wohnung aus anrufen. Wenn Kristine zufällig dazukam, würde es wieder ein Drama geben. In Schwelms Arbeitszimmer rumorte das Dienstmädchen mit dem Staubsauger. Jovanka. Eine junge, breithüftige Kroatin mit Wangen wie gemalte Kugelrosen. Sie hatte ihren Dienst erst vor wenigen Tagen angetreten.

»Ich werde in der Stadt zu Mittag essen«, sagte Nadia zwischen Tür und Angel.

»Und Fräulein Kristine? Sie hat ihr Frühstück nicht angerührt.«

»Sie fühlt sich nicht wohl. Am besten, Sie lassen sie in Ruhe.«

Das Mädchen Jovanka stand unschlüssig. »Soll ich ihr Hühnerbrühe machen? Hühnerbrühe ist gut für Kranke.«

»Sie können es ja versuchen.«

Nadia fuhr mit dem Fiat in die Stadt. Es dauerte ewig, bis sie eine Parkmöglichkeit gefunden hatte. Und dann mußte sie auch noch geschlagene sieben Minuten warten, bis die Telefonzelle frei war. Hardy meldete sich selbst.

»Den ganzen Vormittag habe ich auf deinen Anruf gewartet!« Seine Stimme klang vorwurfsvoll. »Kommst du vorbei? Ich halte es nicht länger aus ohne dich.«

Etwas in seinem Ton machte sie ungeduldig.

»Bist du denn allein?«

»Mein Kumpel ist heute früh nach Israel geflogen. Ich hab die Bude ganz für mich. Komm her, bevor ich den Verstand verliere.« Er gab ihr die Adresse, und sie stellte mit Unbehagen fest, daß er in der gleichen Straße wie Paul Rheda wohnte.

Es war ein altes Haus mit grindig zerbröckelnder Fassade. Nadia mußte einen Hinterhof mit brechend vollen Mülltonnen überqueren. Sie fragte sich unwillkürlich, ob sie Hardy genug liebte, um mit ihm ein Leben in ärmlichen Verhältnissen fristen zu können.

Ich werde arbeiten, und wir werden uns eine ordentliche Wohnung suchen. Irgendwo. Nur nicht in Frankfurt. Möglichst weit weg...

Die Wohnung befand sich über einer Garage für Lastwagen. Eine rostige Eisentreppe führte hinauf. Es roch nach Müll und Dieselöl und Katzen. Auf der schmalen Galerie stapelten sich Bierkisten.

»Endlich!« Er zog sie an der Hand ins Zimmer und nahm sie in die Arme. »Ungewißheit ist die Hölle auf Erden. Gott, bin ich froh, daß du gekommen bist!«

Sie küßten sich, und für eine halbe Minute oder länger war die Welt wieder in Ordnung. Aber dann fing ihr Kopf wieder an zu arbeiten.

»Du hättest nicht kündigen dürfen.«

»Ich mußte da raus. Es war der erste Schritt, um klare Verhältnisse zu schaffen.«

Er hatte sie losgelassen. Sie sah die unausgesprochene Frage in seinen Augen und wußte plötzlich, daß sie zu feige war, um jetzt auf der Stelle diese Frage zu beantworten. Spürte er, was in ihr vorging? Ihre Unrast, ihre Zweifel, ihre verzweifelte Angst, ihm und sich selbst wehzutun?

»Ich liebe dich«, sagte er und legte die Hände auf ihre Schultern. »Ich liebe dich mehr als meinen rechten Arm, mehr als meine Gitarre, und das will schon was heißen. Ich liebe dich sogar mehr als meine Freiheit. Für dich könnte ich stehlen und morden und Bomben legen...«

Sie wandte ihm ein verstörtes Gesicht zu. Ihr Körper schmerzte vor Zärtlichkeit. Als er ihr den Mantel auszog und den Reißverschluß ihres Kleides öffnete, wehrte sie sich nicht. Und dabei wußte sie die ganze Zeit mit schmerzender Eindringlichkeit, daß sie wieder einmal auf der Flucht vor ihren unlösbaren Problemen war. Genauso gut hätte sie sich betrinken oder Zuflucht zu Drogen nehmen können. Ein Instinkt befahl ihr, dieser lächerlichen Schwäche zu widerstehen. Und eine andere Stimme in ihr sagte: Wenn du diesen Jungen wirklich liebst, dann wäre es albern und grausam, jetzt plötzlich die Enthaltsame zu spielen...

Sie liebten sich mit einer leidenschaftlichen Besessenheit, als wäre es das letzte Mal, bevor die Welt unterging. Danach war alles nur noch schlimmer. Oder empfand Nadia es nur so? Sie fühlte sich seelisch verkatert, und ihr Körper war wie ein bloßgelegter Nerv.

»Ich muß dir etwas sagen.«

»Etwas Unangenehmes?«

Sie antwortete nicht gleich. Als sie die Augen öffnete, zerbrach der Zauber, und die Trostlosigkeit war wieder da. Dieser große, triste Raum mit seiner fremden Unordnung. Das steinerne Licht im Fenster...

»Mir gefällt es hier auch nicht«, sagte Hardy, als könnte er ihre Gedanken lesen. »Aber es ist ja nur eine Übergangslösung. Wenn mein Konzert ein Erfolg wird, werde ich bald in Geld schwimmen. Habe ich dir schon erzählt, daß Big Ben sich für mich interessiert?«

»Wer bitte?«

»Big Ben Snyder. Einer der großen Elefanten im Showgeschäft. Ein Kotzbrocken, aber irre clever und einflußreich. Er will mich groß rausbringen. Mich und die *Wild Cats*. Das ist die Band, mit der ich auftrete. Die Jungs sind Klasse. Du kommst doch ins Konzert?«

»Natürlich werde ich kommen.« Nadia richtete sich auf und zog ihre Strümpfe an. »Schwelm läßt sich nicht scheiden«, sagte sie ohne Übergang.

»Und damit findest du dich ab?« fragte Hardy zornig. »Er kann dich doch nicht mit Gewalt halten. Wenn er Zicken macht, wird er mich kennenlernen. Ich werde um dich kämpfen. Mit allen Mitteln.«

»Bisher weiß er noch gar nicht, welche Rolle du in der Sache spielst.«

»Wenn du es ihm nicht sagst...«

Sie legte ihm die Hand auf den Mund.

»Das würde ihn auch nicht umstimmen«, sagte sie. »Im Gegenteil. Ich muß ihn in dem Glauben lassen, daß Rheda mein Liebhaber ist. Ich muß es soweit treiben, daß er mich nur noch zum Kotzen findet.«

»Du hast dich da in etwas verrannt: Da komme ich einfach nicht mehr mit. Wenn ich durchdrehe und irgendeinen Irrsinn anstelle, wird es deine Schuld sein. Ich halte diesen jämmerlichen Zustand nicht mehr aus.«

»Du wirst nicht durchdrehen, hörst du!« Sie zog

ihr Kleid an, und er half ihr mit dem Reißverschluß.

»Du mutest mir ziemlich viel zu«, sagte er störrisch. »Und noch etwas: Ich will nicht, daß du dich weiter mit diesem Rheda triffst. Rheda ist ein Schwein. Vielleicht ist er ein armes Schwein. Aber arme Schweine können gefährlich werden. Ich habe mich hier in der Gegend umgehört. Man ist hier einigermaßen tolerant. Hier leben keine Spießer. Aber mit deinem Freund Rheda will keiner was zu tun haben. Mit ihm verkehren nur die allerletzten Typen. Außerdem ist er süchtig.«

»Er ist Alkoholiker. Na und?«

»Nicht nur. Man sagt, daß er auch spritzt.«

»Um so besser. Ein Verhältnis mit dir würde Schwelm mir verzeihen. Aber eine Affäre mit einer kriminellen Type wie Rheda — das geht zu weit. Den Skandal kann er sich in seiner Position nicht leisten.«

»Mir geht das gegen den Strich«, murmelte er.

Sie küßten sich zum Abschied, aber da war etwas Fremdes zwischen ihnen. Als Nadia die Tür öffnete, fiel ihr Blick auf Kristine. Es war ein scheußlicher Moment. Für Nadia, für Hardy und natürlich für Kristine.

»Du hast also wieder geschnüffelt«, sagte Hardy atemlos vor Wut. Sein Gesicht war weiß und starr. »Wie lange stehst du hier schon herum?«

»Lange genug«, sagte Kristine mit verzerrten Lippen. Sie zitterte wie eine nasse Katze. »Ich hatte also doch recht. Aber Papi ist ja nicht mehr zu retten. Und du auch nicht. Weißt du, daß sie auch mit Rheda schläft?«

»Hau ab«, sagte er. »Ich kann dich nicht mehr sehen.«

Tränen schossen in ihre Augen. Sie würgte hart, zögerte noch eine Sekunde und rannte dann die Eisentreppe hinunter. Auf der Straße holte Nadia sie ein und packte sie am Handgelenk.

»Faß mich nicht an, du Miststück!«
»Wirst du es deinem Vater sagen?«
»Selbstverständlich.« Kristine warf den Kopf zurück. Ihr Gesicht war verzerrt.

»Tu's nicht«, sagte Nadia sanft. »Hab noch etwas Geduld, ja. Es wird nicht mehr lange dauern, dann haben wir alle es überstanden.«

»Ich glaube dir kein Wort. Du willst mich bloß hinhalten.«

»Wir werden uns scheiden lassen. Ich werde ihn schon überzeugen, daß das die einzige Lösung ist. Also bitte, kompliziere die Dinge nicht unnötig. Wirst du den Mund halten?«

»Und was ist mit Hardy? Zuerst hast du Papis Leben ruiniert, und jetzt ist Hardy dran. Und ich soll zuschauen und den Mund halten.«

»Glaubst du denn, daß Hardy zu dir zurückkommt, wenn du deinem Vater alles hinterträgst? So dumm bist du doch nicht.«

Kristine öffnete den Mund und schloß ihn wieder, ohne etwas zu sagen. Sie riß sich los und lief wie gehetzt davon.

Nadia hatte ursprünglich vorgehabt, bei Paul Rheda vorbeizugehen. Statt dessen rief sie ihn an und sagte ihm, sie würde ihm noch heute einen Scheck über fünfhundert Mark schicken. Er redete wirres Zeug. Entweder war er stockbesoffen oder high oder beides. Im Hintergrund waren andere Stimmen und laute Musik zu hören. Es war sinnlos, das Gespräch fortzusetzen. Nadia hängte ein. Sie schrieb den Scheck auf dem Postamt aus und steckte ihn in ein Kuvert. Dann fuhr sie nach Hause.

Kristine hatte sich in ihrem Zimmer eingeschlossen. Sie erschien auch nicht zum Abendessen.

»Hast du mit Hardy Pross über Kristine gesprochen?« fragte Schwelm.

Nadia nickte stumm. Sie wartete, bis das Mädchen abgeräumt hatte.

»Es ist die alte Geschichte«, sagte sie, als Jovanka in der Küche verschwunden war. »Hardy meint, daß sie beide zu jung sind, um sich fest zu binden. Er hat jetzt nur noch seine Karriere als Musiker im Kopf. Er sagt, er mußte sich von Kristine trennen, bevor es zu spät ist. Für ihn war es nur ein Flirt. Er hat ihr in der Hinsicht nie etwas vorgemacht.«

»Sie wird drüber wegkommen«, sagte Schwelm. »Ich nehme sie mit nach Brüssel. Das wird sie auf andere Gedanken bringen.«

Während des ganzen Abends wartete Nadia insgeheim darauf, daß er das bewußte Thema wieder anschneiden würde. Aber er tat es nicht. Hatte er sich eine neue Taktik zurechtgelegt? Wenn er nervös war, dann zeigte er es jedenfalls nicht. Sein Verhalten war eigentlich ganz unverkrampft. Wenn er Nadia mit falscher Onkel-Doktor-Behutsamkeit behandelt hätte, wäre sie wahrscheinlich in die Luft gegangen. Seine Diskretion, seine gelassene Zurückhaltung nötigten ihr wider Willen Bewunderung ab. Die innere Ruhe, die von ihm ausging, hatte etwas Ansteckendes. Nadia erinnerte sich unwillkürlich an die glücklichen Tage gleich nach ihrer Hochzeit, die sie im Jagdhaus verlebt hatten. Sie begann sich zu fragen, ob nicht in Wirklichkeit die Hauptschuld bei ihr lag. Hatte sie sich jemals ernsthaft bemüht, diesen Mann richtig kennenzulernen? Der Gedanke machte sie betroffen.

Ein merkwürdiger Abend. Die dunklen Fensterscheiben von Regen überflossen. Der Widerschein des Kaminfeuers im roten Wein.

»Erinnerst du dich?« fragte Schwelm, als er die Flasche entkorkte. »Chateau Mouton-Rothschild.«

»Unser erster Abend«, sagte sie lächelnd. Einen Moment fürchtete sie, er könnte sentimental werden und alles verderben.

Hatte er ihre geheime Angst gespürt? Er stieß mit ihr an und sagte kein Wort. Der Augenblick der Verlegenheit war überstanden.

Später schauten sie sich einen uralten amerikanischen Film im Fernsehen an. Der schwere Wein und die Wärme des Kaminfeuers machten Nadia müde. Sie schlief im Stuhl ein. Als der Film zu Ende war, weckte Schwelm sie mit einem Kuß auf die Wange.

»Wir benehmen uns wie ein nettes, altes Ehepaar«, sagte sie gähnend.

»Ist das so schlimm?«

»Im Gegenteil.«

Kurz vor dem Zubettgehen fragte er sie noch:

»Hat Hardy Pross dir den Garagenschlüssel zurückgegeben?«

Ihr Atem stockte. Sie sagte eine Spur zu rasch: »Ich habe mich nicht mit ihm getroffen. Wir haben nur telefoniert. Den Garagenschlüssel hat er jedenfalls nicht erwähnt.«

»Es ist nicht wichtig«, sagte er. Seine Augen blickten vollkommen arglos. »Gute Nacht, Liebes.« Er küßte sie zum ersten Mal nach langer Zeit wieder auf den Mund. Ein kurzer, sanfter Kuß mit geschlossenen Lippen.

»Gute Nacht«, murmelte sie sonderbar verwirrt.

Sie vergaß die Sache mit dem Garagenschlüssel gleich darauf. Damals ahnte Nadia nicht, was für eine fatale Bedeutung der Garagenschlüssel wenig später gewinnen sollte.

*

Am übernächsten Tag flog Schwelm mit Kristine nach Brüssel. Sie blieben fünf Tage weg.

Wann hatte Nadia erstmals gespürt, daß sich etwas Bedrohliches anbahnte? Es lag in der Luft, unsichtbar, ungreifbar wie Leuchtgas. Am Anfang glaubte sie, ihre Depressionen hingen mit ihrem körperlichen Zustand zusammen. Die Ärztin, die Nadia daraufhin aufsuchte, verschrieb ihr ein Medikament und Bettruhe.

»Nichts Ernstes ... Es war unvernünftig von Ihnen, daß Sie sich nach der Fehlgeburt nicht regelmäßig haben untersuchen lassen.«

Als sie nach Hause kam, sagte das Dienstmädchen, ein Herr habe angerufen. Er sei sehr aufgeregt gewesen. Seinen Namen habe er nicht genannt. Hardy? Wie unvernünftig von ihm ... Sie wählte seine Nummer, und er kam sofort an den Apparat.

»Ich muß dich sehen. Was ist eigentlich los? Hast du mich schon abgeschrieben?« Seine Stimme war heiser vor Erregung. Es war schwer, ihn zu beruhigen. Er hielt ihre Krankheit für eine Ausrede und sprach diesen Verdacht offen aus.

»Kommst du zu meinem Konzert?«

»Wenn ich bis dahin gesund bin. Es geht mir wirklich nicht gut.«

»Entschuldige. Ich habe mich wie ein Idiot benommen. Aber ich bin fix und fertig.«

Nach diesem Gespräch wuchs Nadias Unruhe. Sie machte sich Sorgen um Hardy.

Als Schwelm und Kristine aus Brüssel zurückkamen, ging es Nadia schon wieder besser. Sie erzählte ihm nichts von ihrer Krankheit. Warum sollte sie ihn beunruhigen?

Am Abend vor dem Konzert rief Hardy noch einmal an. Sie machte ihm Vorwürfe wegen seiner Unvorsichtigkeit. Aber er ließ sie gar nicht erst ausreden.

»Ich habe die Karte für dich an der Abendkasse hinterlegt.«

Nadia mußte das Gespräch etwas plötzlich beenden, weil Kristine ins Zimmer kam. Es war ihr letztes Gespräch mit Hardy Pross, bevor das schreckliche Unglück passierte. Hinterher fragte Nadia sich, ob sie es hätte verhindern können. Sie war nicht ins Konzert gegangen. Von Schwelm wußte sie, daß Kristine sich eine Karte besorgt hatte.

»Findest du das in Ordnung?«

»Hätte ich es ihr verbieten sollen? Mit Verboten erreicht man in der Regel nur das Gegenteil.«

Nadia ging an diesem Abend früher als gewöhnlich ins Bett. Sie war entsetzlich nervös und voll quälender Zweifel, ob sie richtig gehandelt hatte. Gegen elf Uhr nahm sie schließlich zwei Tabletten.

Um halb neun Uhr morgens wachte sie mit dumpfem Kopf auf. Jovanka räumte gerade Schwelms Gedeck ab, als Nadia ins Frühstückszimmer kam.

»Ist mein Mann schon fort?«

»Vor zwei Minuten.«

Nadia konnte es sich hinterher nicht erklären, was sie bewogen hatte, mit dem Lift in die Garage zu fahren. Als sie sich zwischen dem zweiten und ersten Stockwerk befand, hörte sie von unten eine Detonation. Die Erschütterung war so heftig, als ob in unmittelbarer Nähe eine Bombe hochgegangen wäre.

Jetzt wurde Nadia bewußt, daß sie die ganzen Tage wie unter dem Fallbeil gelebt hatte: die blanke Schneide des Verhängnisses im Nacken. Einen Augenblick lang fürchtete sie zusammenzubrechen. Dann hielt der Fahrstuhl mit einem sanften Ruck, und sie stemmte sich gegen die schwere Tür und stürzte in die Garage.

Die Explosion hatte den Kühler von Schwelms Mercedes zerrissen und die Windschutzscheibe zertrümmert. Einige der umstehenden Wagen waren beschädigt. Das Garagentor war offen. Über die Betonrampe fiel das fahle Licht des Novembermorgens. Um den Unglückswagen hatte sich ein Menschenauflauf gebildet. Leute aus dem Haus und von der Straße. Sie hatten Schwelm auf den Boden gelegt, sein Gesicht eine unkenntliche, blutige Masse, und der Boden war voller Blut.

Ein paar von den Zeugen sagten später vor der Polizei aus, Nadia Schwelm sei fast unnatürlich gefaßt gewesen. Kein hysterischer Anfall, kein Aufschrei, keine Tränen. Man hatte versucht, sie zurückzuhalten. Aber sie hatte sich mit steinernem

Gesicht durch die Menge gedrängt und sich in die blutschwarze Lache hingekniet. Hinterher befragt, was sie dabei empfunden habe, wußte sie keine Antwort. Es war, als habe der Schock das Zentrum ihres Wahrnehmungsvermögens gelähmt. Da war eine große Kälte und Fremdheit und das alptraumhafte Gefühl, als habe sie dies alles schon einmal erlebt: damals in Hongkong, als betrunkene Seeleute ihren Vater erschlugen...

Die Erstarrung fiel erst von ihr ab, als wenige endlose Minuten später der Krankenwagen eintraf.

»Er lebt«, sagte der Mann im weißen Kittel. »Aber er ist sehr schwer verletzt. Der enorme Blutverlust...«

Nadia wandte mit eigenartiger Verzögerung den Kopf und sah ihn aus leeren Augen an. Sie wiederholte mit steifen Lippen:

»Er lebt?«

*

Vor der Polizei sagte der junge Notarzt später aus, sie habe einen betroffenen Eindruck gemacht. Als habe Nadia Schwelm fest mit dem Tod ihres Mannes gerechnet. Sie bestand darauf, mitzufahren. Auf der Fahrt zum Krankenhaus sprach sie kein einziges Wort.

Eine knappe Stunde danach wurde Nadia im Warteraum der Unfallstation verhaftet. Während im Operationssaal die Ärzte unter dem polaren Facettenlicht der OP-Lampe um das Leben von Hans Schwelm kämpften.

Der Kommissar, der sie verhörte, hieß Paulsen und war ein schwergewichtiger Endfünfziger mit einem melancholisch wirkenden Gesicht. Er stellte mit ausdrucksloser Stimme eine Unmenge Fragen, die Nadia ohne Zögern beantwortete. Sie schien sehr ruhig und irgendwie geistesabwesend. Der Kommissar wurde nicht schlau aus ihr. Der erste Eindruck von ihr war nicht übel. In gewisser Weise befremdlich, aber nicht schlecht. Wie auch immer: Paulsen gab nicht viel auf erste Eindrücke. Eines war ihm schon jetzt klar. Wenn diese Frau mit dem schönen eurasischen Maskengesicht schuldig oder auch nur mitschuldig war, würde er kein leichtes Spiel mit ihr haben.

»Sie wissen also nicht, wer die Sprengladung am Wagen Ihres Mannes angebracht haben könnte?«

Nadia schüttelte langsam den Kopf. Ihre Stimme war tief und rauh.

»Sie haben doch einen Verdacht. Warum reden Sie um die Sache herum?«

Paulsen schob die wulstige Unterlippe vor.

»Wollen Sie mir vorschreiben, wie ich ein Verhör zu führen habe?«

Sie bewegte die Schultern. Zum ersten Mal sah sie den Kommissar voll an. Das überraschende Hellblau ihrer schrägen Augen traf ihn wie eine Waffe.

»Im Augenblick interessiert mich nur, ob mein

Mann durchkommt. Werden Sie mir erlauben, das Krankenhaus anzurufen?«

»Das hat mein Assistent vor zehn Minuten getan.«

Ihre Lider zuckten. Etwas in ihrem Gesicht veränderte sich. Sie atmete hart durch.

»Und?«

Paulsen zögerte bewußt mit der Antwort. Er beobachtete sie genau und fragte sich, was hinter dieser blassen Stirn vorging.

»Die Chancen stehen fifty-fifty«, sagte er schließlich. »Daß Ihr Mann den Anschlag überlebt hat, ist fast ein Wunder.« Er lehnte sich zurück und legte die sommersprossigen Hände flach auf den Schreibtisch. »Ihre Ehe war nicht gerade glücklich, wie?«

Hörte sie ihm überhaupt zu? Ihre Hände strichen den blutbefleckten Rocksaum glatt, immer wieder und wieder. Sie weinte lautlos eine volle Minute lang, und Paulsen wartete geduldig, bis sie ihre Fassung wiedergewonnen hatte.

»Hat die Tochter meines Mannes gegen mich ausgesagt?« fragte Nadia unvermittelt.

»Wir wollen die Rollen nicht vertauschen«, sagte Paulsen mißmutig. »Ich frage, und Sie antworten. Stimmt es, daß Sie Ihren Mann um die Scheidung gebeten haben?«

»Ja, das stimmt.«

»Und es stimmt auch, daß er sich geweigert hat, Sie freizugeben?«

»Er glaubte an eine vorübergehende Krise.«
»Im Gegensatz zu Ihnen. Ist das richtig?«
»Nicht ganz. Ich bin zu der Einsicht gekommen, daß er wahrscheinlich recht hat. Das hört sich unglaubhaft an ... in dieser Situation ...«
»Trotzdem haben Sie die Beziehungen zu dem Musikstudenten Bernhard Pross nicht abgebrochen. Sie haben ihn in dem Glauben gelassen, daß Sie sich jedenfalls von Ihrem Mann trennen werden, daß Sie nur ihn und keinen andern Mann lieben, daß Sie ihn heiraten wollen, sobald Sie frei sind, und so weiter.«
»Wer hat Ihnen das gesagt? Kristine? Oder Hardy Pross?«
»Ich möchte Antworten hören und keine Gegenfragen.«
»Kann ich eine Zigarette haben?«
Paulsen gab ihr eine Zigarette und Feuer. Er sah scheinbar mitleidslos auf ihre zitternden Hände und wartete ein paar Sekunden. Als sie immer noch nichts sagte, platzte ihm der Kragen.
»Durch Schweigen werden Sie Ihre Lage kaum verbessern!«
»Entschuldigen Sie«, murmelte Nadia. »Ich ... ich kann noch nicht klar denken. Was ich auch sagen werde: Sie werden hinter jedem Wort einen anderen Sinn suchen. Trotzdem will ich's versuchen. Es gibt nichts, was ich zu verheimlichen hätte.«
»Um so besser für Sie!«

Ihre Stimme wurde fester.

»Ich hatte mich entschlossen, bei meinem Mann zu bleiben. Vielleicht war ich zu feige. Ich habe einfach nicht gewußt, wie ich es Hardy beibringen sollte. Außerdem wollte ich ihn vor seinem ersten Auftreten in der Öffentlichkeit nicht unnötig belasten. Für ihn hing soviel von diesem Konzert ab, verstehen Sie? Ich habe mich über eine Woche nicht mit ihm getroffen. Er hätte mir sofort angesehen, was los ist. Er muß es wohl auch so gespürt, geahnt haben. Als wir vorgestern miteinander telefonierten, kam er mir sehr aufgeregt und durcheinander vor.«

»Das haben auch andere ausgesagt. Zum Beispiel die Jungs von der Band, mit der er gestern abend aufgetreten ist. Pross wollte das Konzert in letzter Minute absagen. Er machte den Eindruck, als stünde er unter einem furchtbaren inneren Druck. So steht es dem Sinn nach im Protokoll ... Hat er jemals gedroht, er würde Ihren Mann umbringen, wenn er nicht in die Scheidung einwilligt?«

Ihr fiel ein, was Hardy bei ihrem letzten Zusammensein gesagt hatte. Plötzlich hatte sie Eisnadeln unter der Haut.

»Niemals«, sagte sie dünn.

»Dann muß ich Ihr Gedächtnis auffrischen. Die Tochter Ihres Mannes hat ein Gespräch zwischen Ihnen und Bernhard Pross mitgehört. Bei dieser Gelegenheit hat der junge Pross recht massive Drohungen von sich gegeben ...« Paulsen blätterte in einem Aktendeckel, bis er fand, was er gesucht hatte. Er setzte die Brille auf und las: »Hardy schrie: Wenn ich durchdrehe und irgendeinen Irrsinn anstelle, wird es deine Schuld sein!« Er setzte die Brille ab und fragte: »Ist dieser Satz gefallen, ja oder nein?«

»Ich kann mich nicht erinnern. Kristine hat an der Tür gehorcht. Sie kann höchstens Satzfetzen aufgeschnappt haben, die sie dann nachträglich in einen ganz bestimmten Zusammenhang gebracht hat ... Haben Sie die Tochter meines Mannes gefragt, wie sie zu Hardy Pross steht?«

»Gewiß. Und sie hat diese Frage mit dankenswerter Offenheit beantwortet.«

»Enttäuschte Liebe, die in unversöhnlichen Haß umschlägt. Ich weiß, das klingt kitschig. Aber manchmal ist die Wirklichkeit banaler als ein Gartenlauben-Roman. Muß ich Ihnen erzählen, wozu eine eifersüchtige Frau fähig ist? Bei Kristine kommt hinzu, daß Hardy ihre erste große Liebe war. Außerdem liebt sie ihren Vater abgöttisch und hält mich für die Erbsünde in Person.«

»Etwas Lebenserfahrung müssen Sie mir auch zubilligen. Im übrigen halte ich mich an die Fakten. Der junge Pross ist mit an Wahnsinn grenzender Leidenschaft in Sie verliebt. Die Weigerung Ihres Mannes, in die Scheidung einzuwilligen, könnte bei ihm eine Kurzschlußreaktion ausgelöst haben.«

»Sind das Ihre Fakten?« fragte Nadia verächtlich.

»Unterbrechen Sie mich nicht. Ich bin nämlich noch nicht fertig. Unmittelbar nach dem Konzert — das übrigens ein großer Erfolg war — verschwand Pross. Zu der Party, die sein Manager Ben Snyder gab, erschien er nicht. Etwa eine Dreiviertelstunde nach dem Ende des Konzerts traf ihn Kristine Schwelm zufällig. Vor ihrem Haus. Sie sprach ihn an, worauf er ziemlich hysterisch reagierte. Er beschimpfte sie und stieß Drohungen gegen Ihren Mann aus. Dann stürzte er davon. Was sagen Sie nun?«

Nadia krampfte die eiskalten Finger ineinander.

»Mein Gott«, sagte sie. »Ich kann mir einfach nicht vorstellen, daß er es getan hat. Hardy ist kein gewalttätiger Typ. Und er ist erst recht nicht der Typ, der kaltblütig einen Mord inszeniert. Dieser Anschlag scheint doch sorgfältig vorbereitet worden zu sein. Jemand hat den Sprengstoff besorgt und die Ladung angebracht. Ich nehme an, daß man dazu gewisse Fachkenntnisse braucht.«

»Oder gewisse handwerkliche Fähigkeiten«, sagte Paulsen scharf. »Pross soll recht geschickt mit den Händen sein. Er ist ein guter Automechaniker. In Ihrem Haushalt hat er die meisten Reparaturen selbst ausgeführt. Die Sprengladung war übrigens keine Profi-Arbeit. Sonst wäre Ihr Mann nicht mehr am Leben.«

»Sie kennen Pross nicht«, sagte sie nach einer

kleinen Pause. »Hardy Pross als Sprengstoffattentäter, das ist absurd.«

»Man hat schon Pferde kotzen sehen«, sagte der Kommissar ungerührt. »In unserem Beruf sehen wir täglich Pferde kotzen. Herdenweise. Womit ich sagen will, daß das scheinbar Absurde unser täglich Brot ist... Mag sein, daß Pross nicht die Nerven hat, einen Mordplan mit allen Details auszuhecken und in die Tat umzusetzen. Dazu braucht man eiserne Nerven und einen kalten Kopf. Aber vielleicht hatte er Komplicen. Lassen Sie mich einmal laut denken. Sozusagen ins unreine: Es wäre doch möglich, daß Sie diesen labilen, bis zur Raserei in Sie verliebten jungen Mann für Ihre Zwecke mißbraucht haben. Wie ich gehört habe, gelten Sie als äußerst kaltblütig und intelligent. Und Pross war Wachs in Ihrer Hand...«

Nadia war darauf gefaßt gewesen. Trotzdem traf sie diese ungeheuerliche Anschuldigung wie ein Tiefschlag. Mit atemloser Stimme sagte sie:

»Das ist infam.«

»Ich bin Polizist«, sagte Paulsen sanft. »Ich muß jeder Spur nachgehen und jede Möglichkeit erwägen.«

»Ein Verdacht allein genügt doch wohl nicht«, sagte sie etwas ruhiger. »Wie steht es mit Ihren Beweisen?«

»Wir haben die derzeitige Behausung von Pross durchsucht und einiges Beweismaterial gefunden.

Mindestens ein Pfund Sprengstoff von gleichartiger Beschaffenheit wie das Zeug, mit dem der Anschlag auf Ihren Mann verübt wurde. Ferner elektrische Sprengkapseln und eine 50-Volt-Trockenbatterie und ein interessantes Handbuch mit genauen Bomben-Bauanleitungen. Haben Sie eine Ahnung, woher Pross sich den Sprengstoff besorgt haben könnte?«

Nadia hatte nach dieser Enthüllung plötzlich überhaupt keine Kraft mehr. Sie konnte auch nicht mehr denken. Das Gefühl absoluter Ohnmacht löschte jede andere Empfindung aus. Sie schloß die Augen und schüttelte stumm den Kopf.

»Dann werde ich es Ihnen sagen«, fuhr die Stimme des Kommissars unbarmherzig fort. »Ein guter Bekannter von Ihnen, ein gewisser Doktor Rheda, verfügt über erstklassige Beziehungen zur Frankfurter Unterwelt. Sie haben Doktor Rheda in den letzten Wochen wiederholt größere Summen zukommen lassen. Wofür war dieses Geld bestimmt?«

»Sie glauben doch nicht im Ernst...« Ein Gedanke flackerte in ihr auf. Nadia hob jäh den Kopf und starrte Paulsen an. »Warum verhaften Sie Rheda nicht?« fragte sie wild.

»Weil er als Täter nicht in Frage kommt. Doktor Rheda wurde vorgestern in bedenklichem Zustand von Beamten des Rauschgiftdezernates aufgegriffen und in eine Nervenheilanstalt eingewiesen.«

Unsägliche Resignation erfaßte Nadia. Es kam ihr

vor, als wäre sie in einen Sumpf geraten. Je heftiger sie sich wehrte, um so tiefer sank sie ein. Noch einmal raffte sie sich auf und fragte:

»Hat Hardy Pross die Tat gestanden?«

»Er ist geflüchtet«, sagte der Kommissar. »Aber er wird nicht weit kommen... Wollen Sie nicht ein Geständnis ablegen?«

»Ich habe mit der Sache nichts zu tun«, flüsterte sie kaum hörbar. Von da an verschwamm alles wie in einem Nebel. Als Paulsen sie fragte, ob sie mit ihrem Anwalt sprechen wollte, machte Nadia nur eine vage Schulterbewegung. Sie kannte keinen Anwalt. Natürlich hatte Schwelm einen Hausanwalt. Aber es wäre ihr grotesk vorgekommen, sich ausgerechnet an ihn zu wenden. Ihr wurde mit hoffnungsloser Eindringlichkeit bewußt, wie isoliert sie gelebt hatte. Nein, sie kannte wirklich niemand, der ihr helfen konnte...

*

Hardy Pross wurde am Abend des gleichen Tages verhaftet. Spaziergänger entdeckten seinen roten Citroën auf einem Holzweg im Wald unweit der Autobahn zwischen Frankfurt und Aschaffenburg. Im ersten Augenblick dachten sie, der Fahrer wäre tot. Da inzwischen Rundfunk und Fernsehen die Fahndungsmeldung ausgestrahlt hatten, schalteten sie sofort und benachrichtigten die nächste Polizeistation. Die Polizeibeamten stellten bald darauf fest, daß Hardy Pross weder tot noch irgendwie verletzt war. Er war nur stockbetrunken. Bei seiner Verhaftung leistete er keinen Widerstand. Er schien überhaupt nicht mitzukriegen, was ihm geschah. In seiner Manteltasche wurde unter anderem der Garagenschlüssel gefunden.

Am anderen Morgen war Hardy Pross soweit nüchtern, daß der Kommissar ihn vernehmen konnte. Die Bestürzung des mutmaßlichen Attentäters wirkte so echt, daß ein weniger abgebrühter Beamter mit Sicherheit darauf hereingefallen wäre. Paulsen dagegen war nicht so leicht zu beeindrucken. In seiner jahrzehntelangen Praxis hatte er Unschuldige verhört, die sich in panischer Angst wie Tiere in der Falle gebärdeten und sich schuldiger benahmen als jeder Schuldige. Und er hatte erlebt, wie eiskalte Mörder mit dem Gehabe von Biedermännern die Gemüter von Polizisten und Untersuchungsrichtern, von Staatsanwälten und Geschworenen zu rühren vermochten. Mörder und Mörderinnen mit engelhaften Unschuldsmienen die ruhig schliefen, mit gesundem Appetit aßen und jenen harmonischen Seelenfrieden ausstrahlten, der nach Ansicht naiver Gemüter nur den Schuldlosen auszeichnet.

Auch Kommissar Paulsen hatte während der Untersuchung dieses Falles gelegentlich Momente des Zweifels durchzustehen. Die Indizienkette war nahezu lückenlos. Wenn schon: Ein Geständnis wäre ihm lieber gewesen. Manchmal hatte er das Gefühl, auf der Stelle zu treten. Dann fragte er sich, ob er wirklich über genügend Beweismaterial verfügte. War er in der Verfolgung dieser einen Fährte zu stur gewesen? Hatte er den Augenblick verpaßt, wo es noch Zeit war, umzukehren und in einer ganz anderen Richtung nach bisher vernachlässigten Spuren zu suchen?

Einen solchen Moment echter Anfechtung machte Kommissar Paulsen durch, als er einige Wochen nach dem Anschlag sein erstes Gespräch mit dem endlich vernehmungsfähigen Hans Schwelm führen konnte.

Schwelm war immer noch sehr schwach. Der behandelnde Arzt erhob Einwände. Aber Schwelm selbst bestand darauf, vernommen zu werden. Das Sprechen strengte ihn an.

»Halten Sie Hardy Pross für überführt?«

»Die Beweislast ist erdrückend. Mit an Sicherheit grenzender Wahrscheinlichkeit kommt nur er als Täter in Frage.«

»Aber er bestreitet die Tat?«

»Allerdings. Mit Nachdruck. Sein Manager hat sich bereiterklärt, seine Verteidigung zu finanzieren. Mister Snyder hat ihm einen der gewieftesten Anwälte besorgt. Und was tut Pross? Er überwirft sich mit seinem Star-Verteidiger, weil dieser auf mildernde Umstände plädieren will. Woher ich das weiß? Pross selbst hat es mir gesagt... Sie kennen ihn besser? Halten Sie ihn einer solchen Tat fähig?«

Schwelm zögerte mit der Antwort. Sein Gesicht war so weiß wie der Kopfverband, der es zu einem Drittel verdeckte.

»Ich weiß es nicht«, sagte er schließlich mit schwacher, rauher Stimme. »Ich mochte ihn gern, sehr gern sogar. Und ich hatte bis zuletzt das Gefühl, daß er meine Sympathie erwiderte. Wir hatten ein gutes, offenes Verhältnis.«

Der Kommissar räusperte sich. Er fragte behutsam: »Wußten Sie, daß Pross der Geliebte Ihrer Frau war?«

Schwelm machte eine verneinende Kopfbewegung. Er befeuchtete seine Lippen. Dann sagte er mit großer Ruhe und Bestimmtheit:

»Wer auch immer den Anschlag verübt oder geplant haben mag, meine Frau hat nichts damit zu tun. Das ist meine unerschütterliche Überzeugung.«

Eine Krankenschwester trat leise herein. Ihre steife Haube rauschte wie Taubenflügel. Sie nickte Paulsen zu, und er erhob sich mit einem Seufzer. Er war schon an der Tür, als Schwelm ihn noch einmal zurückrief:

»Sagen Sie meiner Frau, daß ich von ihrer Unschuld überzeugt bin.«

»Werden Sie es ihr sagen?« fragte der Assistent des Kommissars, als Paulsen ihm von seiner Unterredung mit Schwelm berichtete.

Der Kommissar schüttelte bedächtig den Kopf.

»Ich habe lange und gründlich darüber nachgedacht«, sagte er. »Wenn diese Frau schuldig ist — und ich glaube, sie ist es —, dann wäre es psychologisch grundfalsch, sie in ihrer Halsstarrigkeit auch noch zu bestärken.«

»Und wenn sie nicht schuldig ist?«

Der Kommissar hob die klobigen Schultern und ließ sie wieder sinken.

*

Nadia hatte längst aufgehört, die Tage und Wochen zu zählen. Am schlimmsten war das Gefühl vollkommener Isoliertheit. Als wäre sie in einem Block aus Eis eingeschlossen. Man sagte ihr nicht, daß Schwelm inzwischen außer Lebensgefahr war. So oft sie auch danach fragte, sie stieß auf eine Mauer des Schweigens.

Die polizeiliche Untersuchung war abgeschlossen. Die Staatsanwaltschaft erhob Anklage. Manchmal fragte sich Nadia, ob sie nicht einen schrecklichen Fehler gemacht hatte, als sie sich weigerte, ein zweites Mal mit Rechtsanwalt Laubach zu sprechen. Sie erinnerte sich flüchtig, ihn damals auf der Cocktail-Party anläßlich des Firmenjubiläums kennengelernt zu haben. Ein magerer, modisch gekleideter Bursche, Mitte vierzig, mit einem knochigen, ausdruckslosen Gesicht, kalten Augen hinter randlosen Gläsern und dem Lächeln eines Haifisches. Bei seinem ersten Besuch bestürmte sie ihn mit Fragen:

»Kommen Sie im Auftrag meines Mannes? Wie geht es ihm? Hält er mich für schuldig?«

Laubach hatte eine fischglatte Art, jeder direkten Frage auszuweichen. Sie erfuhr von ihm lediglich, daß Schwelms Zustand nach wie vor sehr ernst war und daß der behandelnde Arzt verboten hatte, ihm Fragen zu stellen, die ihn aufregen konnten. Im weiteren Gespräch spürte Nadia mit jeder Faser die verhaltene Ablehnung des Anwaltes ihr gegenüber. Er war nicht der Typ, so etwas offen auszusprechen, aber sie wußte schon in den ersten fünf Minuten, daß er keineswegs von ihrer Unschuld überzeugt war. Hatte sie zu überempfindlich reagiert, als sie die Unterhaltung brüsk abbrach?

»Sie verschwenden Ihre und meine Zeit. Wie wollen Sie mir helfen, wenn Sie von meiner Mitschuld insgeheim überzeugt sind?«

»Stellen wir die Frage einmal anders: Wie kann ich Ihnen helfen, wenn Sie mir gegenüber nicht vorbehaltlos offen sind?«

An diesem Punkt wurde ihr klar, daß jedes weitere Wort zwecklos war. Sie sprang auf und ließ sich in die Zelle zurückbringen. Und damit war ihr letzter Kontakt zur Welt außerhalb der Mauern des Untersuchungsgefängnisses abgerissen.

Nadia wußte nicht, was die Zeitungen über ihren Fall schrieben. Sie besaß aber Phantasie genug, um es sich vorzustellen. Tatsächlich wurde sie von einer gewissen Presse in der Luft zerrissen und lange vor Beginn des Prozesses schuldig gesprochen. Die Rheda-Affäre wurde wieder ausgegraben, aufgewärmt und mit frischer Petersilie garniert. Bezeichnend für die öffentliche Stimmung war, daß nun mit einmal auch der in einer Nervenheilanstalt dahinvegetierende Paul Rheda zum mehr oder weniger unschuldigen Opfer der amoralischen Bestie Nadia hochstilisiert wurde. Und Hardy Pross? Um ihn vergoß die Boulevardpresse tagtäglich dicke Krokodilstränen aus Druckerschwärze. Ein gefallener Engel. Ein Märtyrer am Kreuz sexueller Hörigkeit. Nicht Täter, sondern lediglich blindes Tatwerkzeug in der Hand eines seelen- und gewissenlosen, männerkillenden, habgierigen Ungeheuers.

Allmählich wurde die Sensation schal. Das Interesse der Öffentlichkeit flaute ab. Nachdem der Versuch, neue Informationsquellen aufzureißen, am Widerstand der unmittelbar Beteiligten gescheitert war, ließen die Wölfe den abgenagten Knochen liegen und wandten sich lukrativeren Dingen zu.

Als der Prozeß vor dem Schwurgericht begann, erhoben die Wölfe wieder ihre Nasen, nahmen die verlorene Witterung auf und heulten erneut los. Das große Spektakel wurde an einem blaßblauen Frühsommertag eröffnet. Das Publikum stand Schlange. Die Volksseele blubberte wie Erbsensuppe auf vorgewärmter Kochplatte. Der erste Dampf wurde abgelassen, als Nadia Schwelm in Begleitung einer Polizeibeamtin den Gerichtssaal betrat. Gleichzeitig mit dem Blitzlichtgewitter der Pressefotografen flackerte so etwas wie Angriffsstimmung auf. Und es wurde erst wieder ruhig, als der Vorsitzende seine altersbrüchige Stimme warnend erhob:

»Zwingen Sie mich nicht, die Räumung des Saales zu veranlassen!«

Ein Zeitungsberichterstatter schrieb nach dem ersten Verhandlungstag mit zynischem Unterton, die Mitangeklagte Nadia Schwelm habe »ihr Publikum enttäuscht«. Tatsächlich stand ihr Aussehen und Auftreten auf geradezu ärgerliche Weise in Widerspruch zu dem Bild, das sich eine breite Öffentlichkeit von ihr gemacht hatte. Ihr ungeschminktes Gesicht mit den starken Backenknochen wirkte weniger maskenhaft und trotz der Schatten unter den schrägen Augen viel jünger, viel weicher und verwundbarer als auf den Fotos. In der Untersuchungshaft hatte sie sich das blauschwarze Haar kurzschneiden lassen. Sie trug einen einfachen grauen Flanellrock und eine weiße Hemdbluse. Eine eigenartige Ruhe ging von ihr aus.

»Das ist doch alles nur Theater«, flüsterte eine Frau auf der Zuschauertribüne ihrer Nachbarin zu. »Dieses raffinierte Stück weiß ganz genau, wie man Eindruck auf die Geschworenen macht...«

Der Hauptangeklagte Bernhard Pross dagegen sah haargenau so aus, wie man sich ihn vorgestellt hatte: ein sanftäugiger, feingliedriger Träumer mit dem vollkommen schönen Profil eines Griechengottes. Sein schrecklich mageres Gesicht, seine Stimme, jede Bewegung drückte totale Apathie aus. Einige Wochen vor Beginn des Prozesses war er in Hungerstreik getreten und wenig später mit einem Kreislaufkollaps ins Krankenrevier eingeliefert worden. Es war ihm anzumerken, daß er sich davon noch nicht erholt hatte.

Als Hans Schwelm im Rollstuhl hereingeschoben wurde, kam erneut Bewegung in die Zuschauermenge. Man wußte aus den Zeitungen, daß Schwelm erst kürzlich aus der Klinik entlassen worden war und daß seine Ärzte ihm von der Teilnahme am Prozeß dringend abgeraten hatten. Seine schweren Beinverletzungen waren noch nicht restlos verheilt. Die wächserne Blässe seines Gesichts ließ die häßlichen roten Narben wie aufgeschminkt erscheinen. Eine dunkle Brille verdeckte seine Augen. Seine Tochter Kristine war bei ihm. Ein süßer, kindlicher Racheengel, das lichtbraune Haar artig gescheitelt und im Nacken mit einer Samtschleife zusammengebunden.

Margot Schwelm erhob sich halb von ihrem Sitz und winkte ihrer Tochter zu. Für einen Moment konzentrierte sich die Aufmerksamkeit des Publikums auf die hagere, dunkel gekleidete Dame in der zweiten Reihe. Sie lächelte ihr tränenumflortes Witwenlächeln und sank zurück, preßte ein Spitzentaschentuch an die dünnen Lippen. Kristine grüßte flüchtig zurück. Sie lächelte nicht. Sie beugte sich über ihren Vater und sagte etwas, das er nicht verstand oder nicht verstehen wollte.

Dies war der Augenblick, vor dem sich Nadia monatelang gefürchtet hatte. Es war ihr erstes Wiedersehen seit jenem merkwürdigen Herbstabend vor dem Unglück. Einen Atemzug lang war sie nahe daran, die Fassung zu verlieren. Ihre Hände wurden eiskalt. Ein jäher Schmerz krampfte ihr Herz zusammen. Aber dann geschah etwas Unerwartetes. Hans Schwelm nahm die Brille ab und lächelte ihr aufmunternd zu. Es war wie damals, als sie einander zum ersten Mal begegnet waren. Vor Hunderten von Jahren. Auf dem *Silver Jet Ball*. Ihre Blicke kreuzten sich, hielten sich fest, ganz fest, und dieser Schock leidenschaftlichen Wiedererkennens war bedeutsamer als eine Umarmung, beredter als jedes Wort und die blitzhafte Auflösung eines fast tödlichen Mißverständnisses.

»Würden Sie bitte vortreten...«

Die trockene Stimme des Vorsitzenden holte Nadia in die Realität zurück. Sie war schon aufgestanden, als sie begriff, daß diese Aufforderung nicht ihr gegolten hatte. Zuerst wurde Hardy Pross zur Person vernommen. Er konnte sich kaum auf den Beinen halten. Man brachte ihm einen Stuhl. Offenbar fiel es ihm schwer, der Verhandlung zu folgen. Der Vorsitzende mußte seine Fragen mehrmals wiederholen. Die Antworten kamen stockend, mit fast unhörbarer, verschleierter Stimme.

Während sie dieser schrecklich veränderten Stimme mit äußerster Konzentration lauschte, vergaß Nadia beinahe, daß es hier und jetzt auch um ihr Schicksal ging. Sie hatte sich in schlaflosen Nächten immer wieder und wieder gefragt, ob Hardy wirklich diese wahnwitzige, sinnlose Tat begangen hatte. Neben der verzweifelten Sorge um Hans Schwelm hatte dieser Gedanke sie am eindringlichsten beschäftigt, am tiefsten entsetzt. Wenn er schuldig ist, dachte sie, bin ich es zehnfach, hundertfach...

Die Einvernahme des Hauptangeklagten brachte nichts Neues. Er beteuerte seine Unschuld. Er leugnete nicht, daß er Nadia Schwelm vom ersten Moment an liebte.

»Was Sie nicht daran hinderte, intime Beziehungen zu Kristine Schwelm aufzunehmen!« Die Stimme des Oberstaatsanwaltes war wie ein Messer. »Sie wußten doch, daß Kristine Schwelm noch unberührt war. Was in aller Welt hat Sie bewogen, dieses halbe Kind zu verführen?«

»Ich habe sie nicht verführt.«

»Wollen Sie etwa behaupten, das Mädchen hätte sich Ihnen aufgedrängt?«

»Fragen Sie Kristine, wie es gewesen ist. Ich werde nichts mehr dazu sagen.«

Die Verhandlung ging weiter. Der Vorsitzende wollte wissen, wann Hardy Pross zum ersten Mal mit Nadia Schwelm intim geworden war. Im Gegensatz zum Staatsanwalt vermied er alles, was Hardy hätte einschüchtern können. Er war ein Mann hoch in den Sechzig und fast kahl, mit rot geäderten, leberfleckigen Wangen und dem milden Lächeln eines Beichtvaters, dem nichts Menschliches fremd ist.

»Hat Frau Schwelm Sie ermuntert?«

»Im Gegenteil. Ich war der aktive Teil. An dem Abend, als es passierte, war sie sehr verzweifelt. Sie... sie wollte sich das Leben nehmen. Ich habe sie daran gehindert. Und dann ist es eben geschehen.«

»Können Sie uns den Grund von Frau Schwelms Verzweiflung sagen?«

»Das ist sehr kompliziert. Ich glaube, sie liebte ihren Mann immer noch. Aber sie hatte das Gefühl, daß sie nicht in seine Welt paßte, daß seine Freunde sie nicht akzeptierten. Aber das ist noch nicht alles. Sie litt darunter, daß ihr Mann ihr nicht vertraute. Da war die Sache mit diesem Doktor Rheda, den sie von früher kannte. Und dann die Affäre mit diesem Südamerikaner, den sie auf ihrer Hochzeitsreise kennenlernte. Ihr Mann glaubte, daß sie ihn mit diesen beiden Männern betrogen hatte. Aber das stimmt überhaupt nicht.«

»Woher haben Sie Ihre Weisheit?« fragte der Staatsanwalt mit einem maliziösen Lächeln. »Doch nicht etwa von Frau Schwelm?«

Hardy Pross nickte. Im Publikum wurde gelacht.

»Fahren Sie fort«, sagte der Vorsitzende freundlich. »Warum hat Frau Schwelm ihrem Mann denn nicht die Wahrheit gesagt?«

»Das ist es ja eben. Sie versuchte es. Aber er ließ sie gar nicht ausreden. Er überfuhr sie mit seiner Großmut. Er verzieh ihr sozusagen Sünden, die sie überhaupt nicht begangen hat. Wahrscheinlich hielt er sie für eine Nymphomanin. Mein Gott, ich weiß nicht, was in seinem Kopf vorgegangen ist. Ich weiß nur, daß er diese Frau mit seinem großmütigen Getue halb wahnsinnig machte.«

»Das können Sie Ihrer Großmutter erzählen!« sagte der Staatsanwalt rüde. »Ich denke, wir sollten die Märchenstunde beenden und uns dem eigentlichen Verhandlungsgegenstand zuwenden.«

Der Vorsitzende hüstelte ärgerlich.

»Und ich ersuche den Herrn Staatsanwalt, sich in seiner Ausdrucksweise zu mäßigen ... Schildern Sie uns jetzt den Abend vor der Tat.«

»Ich hatte Frau Schwelm etwa zehn Tage nicht gesehen und war ziemlich fertig. Wir haben telefoniert. Sie sagte, sie fühle sich nicht wohl. Aber ich hatte den Eindruck, daß sie mir auswich. Wenn ich jetzt darüber nachdenke ... Also, ich habe wohl schon damals gewußt, daß sie im Grunde nur ihren Mann liebte. Als ich dann erfahren habe, daß sie nicht in mein Konzert kommen würde, sind bei mir einige Sicherungen durchgebrannt.«

Der Staatsanwalt fiel ihm ins Wort:

»Den Plan, Hans Schwelm zu beseitigen, haben Sie doch wesentlich früher gefaßt. Wann?«

Hardy Pross wurde kalkweiß. Er sagte mit leiser, fester Stimme:

»Ich habe Herrn Schwelm damals beinahe gehaßt. Aber ich habe nicht einmal im Traum daran gedacht, ihn zu töten. Das kann ich beschwören.«

»Das haben Sie uns schon gesagt«, warf der Vorsitzende begütigend ein. »Sie können fortfahren.«

»Vor dem Konzert habe ich getrunken. Nicht viel. Aber zuviel für mich. Ich hatte nichts im Magen und kaum geschlafen. Ich dachte, ich würde einen Riesenreinfall erleben. Ich war irgendwie weggetreten. Komischerweise ging alles glatt. Ich hatte einen enormen Erfolg. Aber mich ließ das alles kalt. Mir war alles egal. Ich wollte niemand sehen. Deshalb ging ich auch nicht zur Party.«

»Warum sind Sie nach dem Konzert zum Haus der Schwelms gefahren?«

»Ich wollte in Nadias Nähe sein. Mehr kann ich dazu nicht sagen. Ich bin auch nicht gleich dorthin gefahren. Ich war in irgendeiner Kneipe im Westend und habe weitergesoffen.«

»Und vor dem Haus der Schwelms haben Sie dann Kristine Schwelm getroffen. Sie hat Sie angesprochen, und Sie haben Fräulein Schwelm beschimpft und Drohungen gegen ihren Vater ausgestoßen.«

»Hat Kristine das gesagt? Dann lügt sie. Es stimmt, daß sie mich angesprochen hat. Aber ich habe ihr überhaupt nicht geantwortet. Ich bin einfach abgehauen und in die nächste Kneipe, und dort bin ich restlos versackt. Danach ist der Film bei mir gerissen. Ich weiß nicht einmal, wie ich mit meinem Wagen in dieses Waldstück an der Autobahn geraten bin. Ich bin erst wieder halbwegs zu mir gekommen, als ich von Polizeibeamten geweckt und festgenommen wurde.«

»Und das sollen wir Ihnen abkaufen?« fragte der Staatsanwalt gedehnt.

Der Vorsitzende strafte ihn mit einem milden Beichtvaterblick. Er sagte gelassen:

»Über Ihre Begegnung am Vorabend des Unglücks wird Fräulein Schwelm später im Zeugenstand aussagen. Nur noch eine Frage, Herr Pross: Wie, glauben Sie, ist das Belastungsmaterial — der Sprengstoff, die Sprengkapseln und das Handbuch mit Bauanleitungen für Bomben — in Ihre Wohnung gekommen?«

Hardy atmete scharf aus. Auf seinen mageren Wangen erschienen fiebrige Flecken.

»Ich weiß es nicht. Ich kann nur wiederholen, was ich schon vor der Polizei ausgesagt habe. Die Wohnung gehört einem Freund von mir. Am frühen Nachmittag vor dem Konzert tauchte ein etwas vergammelt aussehender junger Kerl bei mir auf und erklärte, mein Freund habe ihm erlaubt, in seiner Bude zu pennen. Ich habe mir nichts dabei gedacht. Mein Freund ist sehr gutmütig, und es war nicht das erste Mal, daß er Fremden, die keine Bleibe hatten, seine Bude zur Verfügung stellte. Ich gab dem Fremden also den zweiten Schlüssel und fuhr zur Probe.«

»Aha, der große Unbekannte!« höhnte der Staatsanwalt.

»Ihr Freund ist als Zeuge geladen«, sagte der Vorsitzende. »Er kann sich nicht erinnern, einem Fremden dieses großzügige Angebot gemacht zu haben. Keiner der Hausbewohner hat diesen Fremden gesehen.«

Hardy machte eine mutlose Schulterbewegung. Nadia sah plötzlich, wie ein Gerichtsdiener sich dem Tisch der Verteidigung näherte und ihrem Pflichtverteidiger ein Kuvert übergab. Der junge Anwalt öffnete den Brief und überflog ihn. Ein merkwürdiger Ausdruck kam in sein Gesicht. Mit einer jungenhaften Gebärde warf er den blonden Haarschopf aus der Stirn. Dieser schmächtige, sommersprossige Doktor Fux war noch nicht dreißig, und dies war sein erster großer Strafprozeß und vielleicht die Chance seines Lebens. Nadia mochte ihn gern. Sie fand seinen glühenden Eifer irgendwie rührend. Aber es fiel ihr schwer, ihn ernstzunehmen.

Doktor Fux las den Brief noch einmal. Dann blickte er mit einem fast übermütig strahlenden

Grinsen auf und zwinkerte Nadia zu. Sie war viel zu verdutzt, um irgend etwas zu empfinden.

Im dunkel getäfelten Saal wurde es unruhig. Alle Blicke wandten sich Doktor Fux zu. Er stand auf. Seine Stimme klang schrill vor Aufregung:

»Herr Vorsitzender, die Verteidigung stellt den Antrag, Frau Hildegard Melnik als Zeugin vorzuladen. Sie hat eine wichtige, möglicherweise prozeßentscheidende Aussage zu machen.«

Einen Augenblick lang war es totenstill im Saal des Schwurgerichts.

»Und wer ist diese Frau Melnik?« fragte der Vorsitzende trocken.

Der junge Anwalt holte tief Luft.

»Frau Melnik ist die geschiedene Ehefrau des ›Großen Unbekannten‹, an dessen Existenz der Herr Oberstaatsanwalt offenbar zweifelt.«

Ein Raunen ging durch den Saal, die Zuhörer sprachen und riefen schließlich durcheinander. Es dauerte eine Minute oder länger, bis der Tumult sich gelegt hatte. Die Stille nach dem Sturm tat in den Ohren weh.

»Dem Antrag der Verteidigung wird stattgegeben«, sagte der Vorsitzende, der sich kurz im Flüsterton mit den Beisitzern beraten hatte.

»Wann wird Frau Melnik hier erscheinen können?«

»Sie trifft heute abend in Frankfurt ein«, sagte Doktor Fux. »Es sind gewisse Vorsichtsmaßnahmen notwendig, da Frau Melnik sich von ihrem geschiedenen Mann bedroht fühlt. Ich selbst werde sie abholen und in meine Kanzlei bringen.«

»Weiß Frau Melnik, an welchem Ort ihr Mann sich aufhält?«

»Darüber möchte ich jetzt nichts sagen.«

»Es ist gut. Können wir jetzt Frau Schwelm zur Person hören?«

Nadia schreckte hoch. Sie fühlte sich eigenartig benommen, als stünde sie unter Drogenwirkung. Die unsägliche Hoffnung eines Augenblicks hatte sie unsicher und zittrig gemacht, der Realität entfremdet.

Was auch immer diese geheimnisvolle Frau Melnik auszusagen hat — sie wird bestenfalls Hardy Pross entlasten ...

Sie nahm sich zusammen und straffte die Schultern. Ihr Herzschlag war wie ein harter, spitzer Vogelschnabel unter den Rippen. Als die allgemeine Aufmerksamkeit sich ihr zuwandte, lag plötzlich etwas Undefinierbares in der Luft. Scharf, durchdringend, todgefährlich wie Raubtiergeruch.

Die wollen ihr Opfer. Und ihr Opfer heißt ganz gewiß nicht Hardy Pross ...

»Sie heißen Nadia Schwelm, geborene Landauer ...«

Mit sicherer, klarer Stimme beantwortete Nadia die Fragen des Vorsitzenden. Sie hatte sich wieder in der Gewalt, und sie war beinahe ohne Furcht.

»Wie alt waren Sie, als Sie den Schiffsarzt Doktor Rheda kennenlernten?«

»Ich war sechzehn.«

»Hatten Sie zu der Zeit schon Erfahrungen mit Männern?«

»Überhaupt keine.«

Auf der Zuschauertribüne wurde gekichert. Drekkig, ungläubig, wegwerfend.

»Fahren Sie fort.«

»Nach dem Tod meines Vaters hatte meine Mutter mich in ein Heim abgeschoben. Ein Heim für verwahrloste Mädchen, das von Ordensschwestern geleitet wurde. Ich lebte dort wie im Kloster. Die Schwestern waren sehr streng. Trotzdem war ich dort in gewisser Weise glücklich. Zum ersten Mal in meinem Leben fühlte ich mich beschützt. Aber es war wohl eine Scheingeborgenheit... Bitte, unterbrechen Sie mich, wenn ich zu ausführlich werde.«

Der Vorsitzende lächelte sie freundlich an:

»Sprechen Sie ruhig weiter. Ich meine, die Vorgeschichte ist wichtig zum Verständnis dessen, was später geschehen ist.«

»Als ich sechzehn war, holte meine Mutter mich nach Hause. Sie fand, daß ich alt genug war, um Geld zu verdienen. Sie verschaffte mir einen Job in dem Night-Club, wo sie selbst arbeitete. In der *Full-House-Bar* in der Nathan-Road. Im Vergnügungsviertel von Hongkong.«

»Als was war Ihre Mutter dort tätig?«

»Als Tanzmädchen. Später als Barfrau und so weiter.«

Das Undsoweiter löste erneut gedämpftes Gelächter aus.

»Und Sie?«

»Der Besitzer der *Full-House-Bar* hatte bald raus, daß ich als Animiermädchen eine Niete war.«

»Na, na«, rief der Staatsanwalt. »Und das sollen wir Ihnen abnehmen? So wie Sie gebaut sind...«
Seine Brillengläser funkelten.

Nadia lag eine scharfe Antwort auf der Zunge. Sie hätte sie heruntergeschluckt, aber das infame Gekicher im Zuschauerraum brachte sie auf.

»Ist es in deutschen Gerichtssälen üblich, daß der Staatsanwalt billige Witze auf Kosten der Angeklagten reißt?«

Der Staatsanwalt lief rot an und kniff die Lippen zusammen.

»Sie nehmen sich allerhand heraus!«

»Können wir fortfahren?« fragte der Vorsitzende trocken.

»Ich war sehr schüchtern damals«, sagte sie nach einer kleinen Pause. »Ich fand mich in diesem Milieu einfach nicht zurecht. In der sterilen Geborgenheit des Heimes hatte ich nicht die natürlichen Abwehrkräfte entwickeln können, die man braucht, um ein solches Drecksleben durchzustehen. Andererseits war ich zu stolz oder zu bockig, um aufzugeben. Also fing ich an, mich zu verstellen. Ich überspielte meine Schüchternheit. Ich gab mich rotzfrech und abgebrüht, und ich spielte meine Rolle so gut, daß sogar meine Mutter darauf hereinfiel.«

»Und dann tauchte dieser Doktor Rheda auf?«

»Ja, ja. Mein Pech war, daß er mich so einschätzte, wie ich mich nach außen gab. Als eine kesse, frühreife Göre, die es knüppeldick hinter den Ohren hatte. Ich merkte, daß ich ihm gefiel, und verknallte mich fürchterlich in ihn. Er sah fabelhaft aus. Er hatte bessere Manieren als die anderen Gäste und immer saubere Fingernägel und das Flair der großen, weiten Welt. Ich hielt ihn für etwas Besonderes. Eine Lichtgestalt zwischen lauter Lemuren. Die Weiber flogen auf ihn. Damals wußte ich noch nicht, daß er der Geliebte meiner Mutter war.«

»Hat er Sie verführt?«

»Ich habe nicht mit ihm geschlafen. Wenn Sie das meinen. Aber es lag nicht an mir. Ich wäre mit ihm bis ans Ende der Welt oder in die Hölle gegangen, wenn...«

»Wollen Sie damit sagen, daß er Sie abgewiesen...«

»So ungefähr. Als er spitzkriegte, daß ich tatsächlich noch nie mit einem Mann geschlafen hatte, ließ er mich fallen wie eine heiße Kastanie.«

»Das war doch immerhin recht anständig von diesem Herrn.«

»Man kann es auch anders sehen. Er war ein eiskalter, abgefeimter Zyniker ohne einen Funken Verantwortungsgefühl. Zuerst wurde er wütend, und dann lachte er sich schief über das romantische, unerfahrene Mädchenkind mit seinem Märchenglauben an die ganz große Liebe... Ich sollte zunächst mal Erfahrungen in anderen Betten sammeln. Dann könnte ich wieder bei ihm anklopfen. Ich war halbtot vor Scham und doch so verrückt nach ihm, daß ich diese reizende Empfehlung wörtlich nahm.«

»Sie haben also...«

»Er selbst hat dafür gesorgt. Um es kurz zu machen: Sie haben mich mit Whisky vollgepumpt und...«

»Wer — sie?«

»Rheda. Und meine Mutter.«

Der Staatsanwalt stieß den Kopf wie ein Bussard vor.

»Sie wollen uns doch nicht erzählen, daß ihre eigene leibliche Mutter...«

»Es war aber so«, sagte Nadia kalt und hart.

»Und was geschah dann?« fragte der Vorsitzende leicht erschüttert.

»Ich war viel zu betrunken, um mich an Einzelheiten zu erinnern. Sie schickten mich mit dem erstbesten besoffenen Matrosen ins Bett. Vielleicht waren es auch mehrere. Ich weiß es nicht, und ich will es auch nicht wissen. Als ich wieder einigermaßen nüchtern war, bin ich fast verrückt geworden. Rheda war inzwischen wieder auf See. Ich sah ihn erst drei Monate später wieder. Zu der Zeit wußte ich schon, daß ich schwanger war.«

»Großer Gott«, sagte der Vorsitzende ehrlich betroffen. »Und wie reagierten Sie auf dieses Wiedersehen?«

Der Staatsanwalt klopfte mit dem Bleistift auf den Tisch. Er fragte ironisch gedehnt:

»Sollten wir nicht endlich zur Sache kommen?«

»Die Beziehung der Angeklagten zu Doktor Rheda gehört durchaus zur Sache. Wir wollen uns ein Bild von der Persönlichkeit der Mitangeklagten Nadia Schwelm machen, nicht wahr? Fahren Sie also fort.«

Nadia lächelte leicht. Es war komisch, aber diese alten Geschichten berührten sie kaum noch. Sie erinnerte sich an das alles wie an eine abgeschlossene Periode ihres Lebens. Ohne Bitterkeit, ohne Scham, Haß und Schmerzempfindung. Sie sagte gelassen:

»Ich bin mit dem Messer auf Rheda los. Vermutlich hätte ich ihn umgebracht, wenn sie mich nicht zu dritt festgehalten hätten.«

»Haben Sie Ihr Kind zur Welt gebracht?«

Sie schüttelte langsam den Kopf.

»Eine alte Chinesin hat die Abtreibung vorgenommen. Danach war ich ziemlich lange krank.«

»Wann haben Sie Hongkong verlassen?«

»Etwa vier Jahre später. Von meiner Mutter hatte ich mich schon vorher getrennt. Ich habe sie nie wiedergesehen. Sie ist vor einiger Zeit in London an Krebs gestorben... Ich nahm nach meiner Entlassung aus dem Hospital einen Job in einem Warenhaus an. Später wurde ich Stewardeß bei einer Charterfluggesellschaft. Auf einem Flug lernte ich die Besitzerin des Frankfurter Modesalons Marie-Helen kennen. Sie bot mir eine Stelle an. So kam ich hierher.«

»Dem Gericht liegt eine Aussage von Frau Marie-Helen Colbert vor«, sagte der Vorsitzende. »Sie bescheinigt Frau Schwelm, daß sie eine sehr tüchtige und zuverlässige Mitarbeiterin war... Wie kam es zu Ihrer Entlassung?«

»Ich wurde in einen Skandal verwickelt. Rheda hatte mich in Frankfurt aufgestöbert. Wir hatten eine Auseinandersetzung in seinem Hotelzimmer. Er wurde zudringlich, und ich wehrte mich. Rheda war betrunken. Er stürzte unglücklich und verletzte sich. Später rächte er sich, indem er dem Reporter eines Groschenblattes Lügengeschichten über mein Vorleben erzählte. Damit war meine Existenz ruiniert.«

»Worauf Sie sich prompt einen reichen Freier angelten«, warf der Staatsanwalt bissig ein. »Ohne Rücksicht darauf, daß dieser Mann — ich spreche von Hans Schwelm — bereits verheiratet war. Ohne jeden Skrupel zerstörten Sie das Glück einer Familie...«

»Das ist einfach nicht wahr!«

Jetzt starrten alle den blassen Mann im Rollstuhl an.

»Ich muß das richtigstellen«, sagte Schwelm heiser. »Nadia wollte mich nicht heiraten. Ich habe mich ihr förmlich aufgedrängt.«

Der Staatsanwalt lächelte gönnerhaft.

»Es ist sehr nobel von Ihnen, sich schützend vor Ihre Frau zu stellen. Ihre Großmut verdient unseren Respekt...«

»Nennen Sie es, wie Sie wollen. Es ist die reine Wahrheit.«

»Wir werden darauf zurückkommen«, sagte der Vorsitzende. Und zum Staatsanwalt gewandt: »Wie Sie wissen, hat Herr Schwelm sich der Verteidigung als Zeuge zur Verfügung gestellt.«

Die Verhandlung schleppte sich weiter. In den langen Monaten der Untersuchungshaft hatte es Nadia am tiefsten vor jenem Moment gegraut, wo die Geschichte ihrer Ehe bis in die intimsten Einzelheiten auf dem Seziertisch des Gerichtssaales auseinandergenommen werden sollte. Aber als es soweit war, stellte sie mit einer gewissen Betroffenheit fest, daß ihr das alles nichts mehr anhaben konnte. Als wäre auch dieser Lebensabschnitt ein Stück versteinerte Vergangenheit, abgetan und bis zur Unwirklichkeit entrückt. Etwas, das einer Fremden zugestoßen war und womit sie selbst nichts mehr zu schaffen hatte.

Von ihrem Verteidiger wußte Nadia, daß Hans

Schwelm keinen Augenblick an ihrer Unschuld gezweifelt hatte. Seine Vernehmung im Zeugenstand rührte das Publikum zu Tränen. Die Reporter der Skandalblätter strickten emsig an der Love-Story des Jahres: Die Macht der Liebe oder des Menschen Hörigkeit...

»Es ist meine Schuld, daß alles so gekommen ist. Wenn ich die Vorgeschichte gekannt hätte...«

»Warum haben Sie Ihrem Mann nicht offen und ehrlich gesagt, was damals in Hongkong zwischen Ihnen und Doktor Rheda vorgefallen ist?«

»Warum? Mein Gott, wie soll ich es Ihnen erklären? Es gibt einen Grad der Scham, des Selbstekels, der einen sprachlos macht.«

»Und Sie, Herr Schwelm: Haben Sie geglaubt, was Doktor Rheda damals über Ihre Frau an die Presse berichtet hat?«

»Ja und nein. Ich habe Rheda für seinen Widerruf bezahlt, hoch bezahlt... Um ganz aufrichtig zu sein: Ich dachte, daß sicherlich etwas Wahres daran sein müßte. So wie Nadia sich verhielt, mußte ich das annehmen. Sie lehnte es konsequent ab, sich gegen diese ungeheuerlichen Behauptungen zu verteidigen... Und wenn es so gewesen wäre: Ich hätte sie trotzdem geliebt... alles hätte ich ihr verziehen...«

»Auch die Affäre mit diesem Brasilianer Cabral? Während Ihrer Flitterwochen?«

»Auch das. Ich wollte sie um keinen Preis verlieren. Ich habe gedacht: Wenn sie so ist und wenn sie das braucht..."

»Es wäre zum Totlachen«, sagte Nadia. »Wenn es nicht so todtraurig wäre. Es gab keine Affäre Cabral. An dem bewußten Abend auf der *Trinidad* war ich hoffnungslos seekrank. Außerdem fand ich Cabral widerwärtig. Zwischen ihm und mir ist nie etwas vorgefallen. Und das Kind, das ich erwartete und nicht bekommen durfte..."

Auch das tat nicht mehr weh. Versteinerte Vergangenheit. Abgetan und bis zur Unwirklichkeit entrückt. Diese innere Leere war erschreckend. Sie fühlte sich wie ausgekratzt. Die sinnlose Wiederholung schalgewordener Vorgänge hatte etwas Infernalisches...

»Es tut mir so leid«, hörte sie Schwelm mit bewegter Stimme sagen. »Nadia muß schrecklich gelitten haben..."

Der Mann im Rollstuhl weinte. In dieser Sekunde wünschte Nadia, er würde statt Reue und Mitleid nur blanken Haß für sie empfinden. Einen Herzschlag lang hatte sie allen Ernstes geglaubt, sie hätten noch eine Chance... sie könnten noch einmal bei Null anfangen, wie damals beim *Silver Jet Ball* vor Hunderten von Jahren...

»Sie dürfen das nicht zulassen«, sagte sie tonlos. »Ich will nicht, daß dieser Mann sich vor den Augen einer sensationsgierigen Öffentlichkeit demütigt.«

Dieser Mann? Warum hatte sie nicht »mein Mann« gesagt?

Nadia atmete auf, als der erste Verhandlungstag endlich überstanden war.

*

Der Auftritt der Zeugin Hildegard Melnik wurde mit Spannung, aber auch mit Skepsis erwartet. Der Staatsanwalt hielt das Ganze für einen Trick der Verteidigung, für raffinierte Hinhaltetaktik. Jedenfalls sagte er das, und es gab genug Leute, die seine Meinung teilten. Die Sache verzögerte sich. Es gab Schwierigkeiten, weil die Zeugin Melnik sich angeblich geweigert hatte auszusagen, solange ihr geschiedener Mann noch auf freiem Fuß war. Die Nachricht von seiner Verhaftung irgendwo an der deutsch-österreichischen Grenze schlug wie eine Bombe ein. Aus einem Phantom, an dessen Existenz nicht nur der Herr Oberstaatsanwalt zweifelte, war über Nacht eine reale Figur von vielleicht prozeßentscheidender Bedeutung geworden.

Montag, 24. Mai. In den Gärten blühten Flieder und Goldregen. Es hatte die ganze Nacht heftig geregnet. Eine feucht-dunstige Wärme hing über der Stadt. Der große Saal des Schwurgerichts war überfüllt. Hans Schwelm blieb auf Anraten seiner Ärzte der Verhandlung fern. Kristine erschien in Begleitung ihrer Mutter. Sie war bereits als Zeugin vernommen worden und hatte einiges von ihrer früheren Aussage zurücknehmen müssen. Auf ihre Vereidigung verzichtete das Gericht.

Als die Zeugin Hildegard Melnik aufgerufen wurde, herrschte atemlose Stille im Saal. Hardy Pross war so aufgeregt, daß er seine Hände nicht ruhig halten konnte. Sein schmales Gesicht glühte. Eine fiebrige Hoffnung glänzte in seinen Augen. Nadias steinerne Ruhe stand in schroffem Gegensatz dazu. Sie benahm sich, als würde sie das alles gar nichts mehr angehen.

»Sie sind Hildegard Melnik, geborene Pillau, vierundzwanzig Jahre alt, geschiedene Ehefrau des staatenlosen Hilfsarbeiters Josef Melnik?«

»Ja, Herr Vorsitzender.«

»Sie müssen lauter sprechen.«

Ein kindlich-schmächtiges Wesen in einem billigen Warenhaus-Kostüm, keksblond, spitznasig und unscheinbar wie eine Kleidermotte.

»Erzählen Sie uns jetzt, was Sie über diesen Fall wissen...«

»Mein geschiedener Mann lernte Doktor Rheda ungefähr drei Wochen vor der Tat in der *Flipper-Bar* kennen. Josef hatte wieder einmal seine Stellung verloren. Er trank zuviel. Seine neuen Freunde hatten einen schlechten Einfluß auf ihn. Ich wollte mich schon damals von ihm trennen und mit dem Kind zu meinen Eltern ziehen. Aber Josef sagte, wir würden bald im Geld schwimmen. Mir gefiel das nicht. Ich hatte gleich so ein komisches Gefühl.«

»Hat er Ihnen gesagt, was er vorhatte?«

»Er sagte etwas von einem ganz großen Ding, das er drehen wollte. Zuerst habe ich ihm nicht geglaubt. Er hatte schon öfter so herumgesponnen. Aber dann habe ich gemerkt: Diesmal ist es ihm ernst.«

»Woran haben Sie es gemerkt?«

»An einem Abend war er schrecklich betrunken und gab mächtig an. Er hat mir von diesem Doktor Rheda erzählt und von ihrem gemeinsamen Plan.«

»Und wie war dieser Plan?«

»Josef sollte eine Sprengladung am Wagen von Herrn Schwelm anbringen. Wenn dieses Kapitalistenschwein hopsgeht, sagte Josef zu mir, dann erbt seine Frau das ganze Vermögen.«

»Sprechen Sie lauter, Frau Melnik. Der Plan stammte also von Doktor Rheda?«

»Ja, Herr Vorsitzender. Ich denke, Doktor Rheda war schon damals nicht ganz normal. So wirkte er jedenfalls auf mich. Aber er hatte einen unheimlichen Einfluß auf Josef.«

»War Frau Schwelm in den Plan eingeweiht? Was wissen Sie darüber?«

»Frau Schwelm war nicht eingeweiht.«

Nadia hob den Kopf. Ein flüchtiges Rot schoß in ihre Wangen.

»Wissen Sie das genau?«

»Ich kann nur wiedergeben, was Josef mir erzählt hat. Doktor Rheda hatte ihm gesagt, Frau Schwelm dürfe nie etwas erfahren, weil sie sich sonst sicher gegen Doktor Rheda gestellt hätte. Deshalb sollte der Verdacht auf Herrn Pross gelenkt werden. Doktor Rheda wußte, daß Herr Pross ein Verhältnis mit Frau Schwelm hatte. Er sagte zu Josef: Nadia ist viel zu anständig, um so etwas mitzumachen. Mit dem Mörder ihres Mannes würde sie niemals zusammenbleiben. Also müssen wir beide ausschalten: Schwelm und Pross. Dann gehört Nadia mir ganz allein. Sie hat sonst niemand auf der Welt.«

Der Staatsanwalt hüstelte.

»Und auf dieses hirnverbrannte Gerede ist Ihr Mann hereingefallen?«

»Ich verstehe es ja auch nicht. Wie ich schon vorhin sagte: Doktor Rheda hatte einen großen Einfluß auf meinen Mann. Er konnte die verrücktesten Dinge sagen, und Josef glaubte ihm jedes Wort.«

»Was hat Doktor Rheda Ihrem Mann geboten?«
»Hunderttausend.«
»Und woher hatte Ihr Mann den Sprengstoff?«
»Er hat mal in einem Steinbruch gearbeitet und das Zeug beiseitegebracht. Für alle Fälle, meinte er.«
»Warum sind Sie nicht zur Polizei gegangen?«
»Als mein Mann wieder nüchtern war, hatten wir eine furchtbare Auseinandersetzung. Er schlug mich nieder. Ich war stundenlang ohne Bewußtsein. Als ich wieder zu mir kam, war es schon passiert.«

»Dem Gericht liegt eine Bescheinigung des Arztes von Frau Melnik vor«, sagte der Vorsitzende. »Ist das alles, was Sie zu sagen haben, Frau Melnik?«

Sie nickte nur.

»Und Sie können das auf Ihren Eid nehmen?«

»Ja«, sagte die Zeugin Hildegard Melnik fast unhörbar.

Nach ihrer Vereidigung wurde Kommissar Paulsen vernommen. Seine Aussage bestand eigentlich nur aus zwei Sätzen:

»Josef Melnik hat gestern nacht ein umfassendes Geständnis abgelegt. Wie ich heute morgen erfahren habe, ist Doktor Rheda in der Nervenheilanstalt einem Leberleiden erlegen.«

*

Nach dem Freispruch wurden Nadia und Hardy Pross von der Meute der Reporter bestürmt.

»Frau Schwelm: Ihr Mann hat Ihre Unschuld nie bezweifelt... Werden Sie zu ihm zurückkehren?«

»Kein Kommentar«, sagte Nadia mit unbewegtem Gesicht.

Doktor Fux nahm ihren Arm und zog sie zu seinem Wagen.

»Wohin soll ich Sie bringen?« fragte er.

»In die Klinik. Zu meinem Mann.«

Während der Fahrt sprachen sie kein Wort.

»Was haben Sie vor?« fragte der junge Anwalt zum Abschied.

Nadia hob die Schultern.

»Ich weiß es noch nicht«, sagte sie. »Jedenfalls danke ich Ihnen für alles... Würden Sie mir einen Gefallen tun? Rufen Sie Hardy Pross an und sagen Sie ihm, daß ich ihm alles Glück dieser Erde wünsche.«

»Sie wollen ihn nicht wiedersehen?«

»Er soll mich vergessen. So bald wie möglich. Leben Sie wohl.« Sie gab dem Anwalt die Hand und ging schnell ins Haus.

Vor der Tür des Krankenzimmers traf sie mit Kristine zusammen.

»Es tut mir so leid«, sagte Kristine hölzern. »Ich weiß nicht, wie ich das je wiedergutmachen kann.«

Nadia schüttelte ungeduldig den Kopf.

»Schon gut«, sagte sie. »Bevor ich mit deinem Vater spreche, muß ich eines wissen: Wird er je wieder ganz gesund werden?«

»Die Ärzte sind sehr zuversichtlich«, sagte Kristine.

»Das ist gut«, sagte Nadia. Sie lächelte und küßte Kristine spontan auf die Wange. »Das macht alles leichter«, sagte sie. »Würdest du mich ein paar Minuten mit deinem Vater alleinlassen?«

Das Schwerste lag noch vor ihr. Nadia atmete hart durch, bevor sie das Krankenzimmer betrat.

»Ich bin so froh, Liebes«, sagte Schwelm.

Sie setzte sich zu ihm und nahm seine beiden Hände.

»Wie geht es dir heute?«

»Es geht mir großartig. Was hältst du davon, wenn wir unsere Hochzeitsreise nachholen?«

Etwas in ihr tat weh wie ein bloßliegender Nerv.

»Jetzt hör mir zu und unterbrich mich nicht«, sagte sie und drückte seine Hände. »Wir könnten wieder von vorn anfangen, aber es wäre sinnlos. Laß mich ausreden, bitte!«

»Ich muß dich unterbrechen«, sagte er drängend. »Es ist alles meine Schuld... Großer Gott, ich weiß, wie dir zumute ist...«

»Du weißt gar nichts«, sagte sie sanft. »Und deine einzige Schuld ist, daß du dir ein falsches Bild von mir gemacht hast. Daran ist schon manche Beziehung kaputtgegangen. Ich bin noch nicht fertig, Lieber. Die Sucht, sich ein Bild von anderen Menschen zu machen, ist die eigentliche Erbsünde der Geschlechter. Zuerst hast du mich für eine femme fatale gehalten. Und jetzt hältst du mich für ein armes, geschundenes Lämmchen, dem zeitlebens Unrecht widerfahren ist. Und beide Bilder stimmen nicht.«

»Gibst du mir keine Chance kennenzulernen, wie du wirklich bist?« fragte er leise.

»Ich weiß ja selbst nicht, wie ich wirklich bin«, sagte sie. »Vielleicht habe ich jetzt die Chance, ich selbst zu werden. Ich darf mich nicht wieder in eine falsche Geborgenheit flüchten. Ich darf mich nicht in ein fertiges Nest setzen. Versuche doch bitte, das zu verstehen.«

»Gehst du fort?«

»Ja«, sagte sie und lächelte ohne Tränen.

»Zurück nach Hongkong?«

»Vielleicht.«

»Werden wir uns jemals wiedersehen?« fragte er nach einer Pause.

»Ich liebe dich«, sagte Nadia. »Aber ich glaube nicht, daß wir uns jemals wiedersehen werden.«

ROBERT LUDLUM
Das Parsifal Mosaik

632 Seiten, Ln., DM 34,—

Es ist der Roman über einen Mann, der aus Bruchstücken das Bild eines unglaublichen Täuschungsmanövers zusammensetzt, das, sollte es je gelingen, alle internationalen Verträge außer Kraft setzen und die Welt in den nuklearen Krieg stürzen würde.

Ein Thriller, der sich allen Vergleichen entzieht, weil er neue Maßstäbe in diesem Genre setzt.

ERSCHIENEN BEI HESTIA